STOAN

AUSSERIRDISCHER GEFÄHRTE
BUCH DREI

KATE RUDOLPH

STARR HUNTRESS

ÜBERSETZT VON
RENATE DÖRING

Herausgegeben von Starr Huntress & Kate Rudolph.
www.starrhuntress.com
www.katerudolph.net

Deutsche Erstausgabe von Celestial Heart Press, PO Box 1172, Valparaiso, Indiana, 46383 USA

August 2022

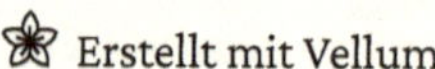 Erstellt mit Vellum

ÜBER DIESES BUCH

Außerirdischer in Aktion …

Stoan ist ein Spion, und selbst wenn ihn seine gefährliche Arbeit nicht umbringt, lebt er trotzdem von geborgter Zeit. Wenn er nicht vorher seine Gefährtin findet, wird er an seinem dreißigsten Geburtstag sterben. Doch als ihm die menschliche Frau begegnet, die das Denya-Band in ihm erweckt, rebelliert seine Seele. Er sieht die Hoffnung, die für sein Volk in der Verbindung zwischen Menschen und Detyen liegt, aber er hat sich bereits einer anderen versprochen.

Eine gebrochene Frau …

Reina Draven hat durch den Ehrgeiz eines Warlords fast alles verloren. Als sie in eine Welt voller Gefahren und Intrigen hineingezogen wird, ist ihr einziger Halt der verschlossene blaue Außerirdische, der ihr als Partner für eine ihr auferlegte Mission zugewiesen wurde. Obwohl zwischen ihnen eine heiße Flamme des Begehrens lodert, weiß sie nicht, ob sie für eine Romanze bereit ist, und er scheint entschlossen, sich von ihr fernzuhalten.

Ein Band, das zu stark ist, um verleugnet zu werden ...

Ihre Mission führt sie tief in feindliches Gebiet, und um zu überleben, müssen Reina und Stoan lernen, einander zu vertrauen. Während die Gefahr immer größer wird, springt auch der Funke zwischen ihnen über. Doch als eine Überraschung aus Stoans Vergangenheit den Plan durchkreuzt, wird ihre Zukunft von etwas bedroht, das noch gefährlicher ist als ein ehrgeiziger Warlord.

Wird Stoan sich für eine Zukunft mit seiner Denya entscheiden? Oder werden seine Geheimnisse ihn vollständig verschlingen?

1

KAPITEL EINS

Stoan NaTakandey hatte sich vor diesem Treffen gefürchtet, seit er Ty und seine Denya weggehen sah. Aber es war unvermeidlich. Ein Mann betrügt seine Geliebte nicht, ohne dass es Konsequenzen hat. Er war zu ihrem Palast gerufen worden und hatte keine Ausrede, die Einladung auszuschlagen. Nicht, wenn er weiterleben wollte.

Commander Nina saß in ihrem Büro, hinter ihrem Schreibtisch. Nur wenige Gäste hatten diesen Raum je gesehen, und nur wenige ihrer Gefolgsleute wurden hierher eingeladen. Hier erledigte sie ihre Arbeit, plante ihre Eroberungen, verwaltete ihr Territorium und delegierte ihre Aufgaben. Stoan hatte genau einmal auf der Bank gegenüber dem Schreibtisch gesessen, vor vier Jahren, als sie ihn für die Aufgaben anheuerte, die sie ihren normalen Mitarbeitern nicht anvertrauen konnte.

Als er Platz nahm, blickte sie von dem Computerpad auf, an dem sie gerade arbeitete. Ihr Gesichtsausdruck war grimmig und er wusste, dass das hier nicht gut laufen würde.

Dann tat Nina etwas Unerwartetes.

Sie hielt einen altmodischen Metallschlüssel hoch und legte ihn vor ihn hin. „Den hier hat dein Freund Tyral NaRaxos an sich genommen und abgegeben. Einer von General Droscus' Wachen trug ihn bei sich."

Stoan nahm den Schlüssel an sich und studierte ihn. Er war aus Messing und passte in die Mitte seiner Handfläche, die Zähne waren gezackt und gleichmäßig. Ein verschlungenes Muster im Metall ließ ihn eher dekorativ als nützlich aussehen. Aber niemand benutzte heute noch Metallschlüssel. „Was ist das?"

„Ich möchte, dass du das herausfindest. Und ich möchte dir jemanden vorstellen. Sie wird dir assistieren." Nina sah auf, als jemand hinter ihm den Raum betrat.

Stoan sträubten sich die Nackenhaare, und seine Krallen drohten auszufahren. Sein Magen krampfte sich zusammen, und er wusste mit absoluter Sicherheit, dass sich sein Leben für immer verändern würde, wenn er sich umdrehte. Wie bei einer Marionette drehte sich sein Kopf, und er erhaschte einen Blick auf blondes Haar und die kurvenreiche Gestalt einer menschlichen Frau.

Ein Erkennen durchfuhr ihn, das Universum ordnete sich neu. Stoans Verstand revoltierte und seine Eingeweide brodelten. Das konnte nicht sein. Nicht hier, nicht jetzt, nicht sie. Und auch wenn sein Körper sie als seine Denya erkannte, gab es nur einen Gedanken in seinem Kopf.

Nein!

Das *konnte nicht* passieren. Stoan wollte von seinem Stuhl aufspringen und fliehen, bis die Erinnerung an diese Frau, ihr Duft, aus seinem Gedächtnis verbannt war. Die Menschenfrau war von durchschnittlicher Größe, ihr blondes Haar hing in ungestylten Locken über die Schultern herab. Sie trug kein Make-up, jedoch waren ihre roten Lippen zum Hineinbeißen. Ihre Augen leuchteten in einem Blau, das so hell war wie die Ozeane seines Heimatplaneten Beothea. Aber da war ein dunkler Bluterguss entlang des Wangenknochens, ein fast verheiltes blaues Auge.

Stoans Hand ballte sich zu einer Faust und seine Krallen stießen von innen gegen seine Haut. Jemand hatte seine Denya verletzt. Sein Herz lechzte nach Blut.

Nein, nicht *seine* Denya

Er hatte seinen Weg eingeschlagen, er hatte seine Wahl getroffen. Diese Frau, dieser Mensch, könnte niemals die Seine sein.

Sie hob ihr Kinn nur um wenige Millimeter und ihre Blicke trafen sich. Wenn Stoan nicht gesessen hätte, wäre er zurückgetaumelt. Es war wie ein Schlag in den Bauch, wie ein Messer, das sich tief in seine Eingeweide bohrte und ihm das Leben aus dem Leib fließen ließ. Und im

Gefolge dieses Schmerzes, dieses Verrats, wuchs das Verlangen. Er erwachte zum Leben, sein Schwanz war bereit, sein Blut pochte und befahl ihm, sie zu nehmen, sie in Besitz zu nehmen, sie zu der Seinen zu machen.

Nein.

Er war ein zivilisierter Mann, kein Tier, das von den uralten Trieben seiner aussterbenden Art beherrscht wurde. Er klammerte sich an diesen Gedanken, während er sich zwang, einmal zu nicken und sich wieder Nina zuzuwenden.

Nina musterte ihn, ihre dichten Brauen zusammengezogen. Sie blickte kurz zu der Frau und dann wieder zu ihm. Aber wenn sie etwas in seiner Reaktion sah, in ihrer Interaktion oder deren Fehlen, dann sagte sie es nicht.

„Das ist Reina Draven", sagte Nina und deutete auf den Platz auf der Bank neben Stoan, dass die Frau dort Platz nehmen sollte. „Ich glaube, ihr kennt euch schon?"

Sie kannten sich nicht. Diese Verbindung wäre damals schon spürbar gewesen, wenn sie sich schon einmal begegnet wären. Aber ihr Name rief seine Erinnerung wach. Sie war die Freundin von Dorsey Kwan, der Menschenfrau, die einen Detyen als Gefährten genommen hatte. Die Frau, die sie alle durch ihre bloße Existenz gerettet hatte.

Er hatte Reina eine Nachricht zu überbringen, aber nicht jetzt. Nicht, wenn Nina weniger als zwei Meter entfernt saß.

„Nein, Ma'am", sagte die Menschenfrau mit tiefer, heiserer Stimme. Es schoss direkt in sein Innerstes, und Stoan hatte seine Hand bereits von ihrem Platz auf seinem Knie gehoben und wollte nach ihr greifen, bevor ihm klar wurde, was er da tat. Er zog sie zurück und lehnte sich so weit weg, wie er konnte, ohne beleidigend zu werden.

Die Entfernung bewirkte nichts.

Nina hob als Antwort auf Reinas Aussage eine Augenbraue, aber sie nickte in seine Richtung. „Stoan ist einer meiner Agenten. Ich benötige die Unterstützung von euch beiden für ein sensibles Projekt."

Stoan richtete sich auf. Er traute Nina nicht, und sie sprach in einem vorsichtigen Tonfall, der ihm verriet, dass sie vorhatte, die beiden völlig unvorbereitet und mit überzogenen Erwartungen auf diese Mission zu schicken, was immer es auch sein mochte.

„Was willst du?", fragte Reina.

Stoan hörte Kummer und Erschöpfung. Sein Bedürfnis zu trösten kämpfte mit seinem Bedürfnis, in Besitz zu nehmen, und beide Instinkte kämpften mit dem tieferen, in seinem Herzen und seiner Seele vergrabenen Instinkt. Er erstarrte förmlich und unterdrückte das pochende Verlangen in seinem Inneren. Er konnte ihr nicht helfen, er konnte sie nicht retten.

Nina verschränkte die Finger, beugte sich vor und stützte die Ellbogen auf den Schreibtisch. „Du wirst mir helfen, etwas zu bekommen, das für Droscus sehr wichtig ist. Genau wie er dir etwas genommen hat.“

———

Fühlte sich so ein Treffer von einem Blaster an?

Er hallte durch das hohle Zentrum in ihrer Brust und um dieses seltsame, beharrliche Summen herum, das in ihr gewachsen war, seit sie den Raum betreten hatte. Seit sie den attraktiven blauen Außerirdischen erblickt hatte. Wobei „Außerirdischer“ wohl das falsche Wort war, vermutete Reina. Die Menschen waren genauso Außerirdische wie seine Spezies, was auch immer er war. Auf Tarni gab es keine indigene Bevölkerung.

Das Büro von Kommandantin Nina war riesig, mindestens so groß wie ein *Hintrot*-Feld, die Art von Feld, auf dem ein beliebtes Ballspiel gespielt wurde. Zehn Männer könnten sich der Länge nach auf den Boden legen und die Reihe würde trotzdem nicht von einer Wand zur nächsten reichen. Trotz der Größe des Büros erschien der Außerirdische, *Stoan*, wie sie sich erinnerte, riesig. Seine breiten Schultern beanspruchten den größten Teil der Breite der Bank gegenüber dem Commander, und sie befürchtete, dass er, wenn er aufstünde, sie weit überragen würde. Sie war kein zierliches Mädchen, aber Stoan verströmte mit jedem Atemzug Männlichkeit und Kraft.

Er trug ein langärmeliges hellbraunes Gewand und

eine locker sitzende, dunkle Hose. Oberhalb des Kragens seines Gewandes waren seltsame geometrische Zeichen zu sehen, die sich dunkel von seiner Haut abhoben. Die meisten waren quadratisch und fast so schwarz wie eine Tätowierung.

Reina zwang sich, ihren Blick wieder auf Nina zu richten. *Genau wie er dir etwas genommen hat.* Sie ließ es so klingen, als hätte man ihr ein Erbstück oder ihr Mittagessen vorenthalten. Nicht, als hätte der mit Nina rivalisierende General ihren Mann getötet und ihren Bruder entführt. Nicht, als ob seine Männer sie blutig geschlagen und fast auch noch entführt hätten.

Und wozu das alles? Ein paar hübsche Steine?

Oh, Lex, dachte sie zum hundertsten Mal, *warum hast du mich da hineingezogen?*

Reina setzte sich neben Stoan und spürte die Hitze, die von seinem Körper ausging. Sie war so stark, dass sie sich wie eine Mauer zwischen ihnen anfühlte. Aber anstatt sie fernzuhalten, wurde sie eingeladen, mit ihm verbunden, auf eine Weise, die sie nicht ganz verstand.

Es war in dem Moment passiert, bevor sich ihre Blicke trafen. Ein seltsames Gefühl hatte sie überkommen. Es war, als würde sie ihn kennen. Nicht im Sinne seiner Gedanken, Ängste, Vorlieben und Wünsche. Nein, es war etwas Tieferes, etwas auf der molekularen Ebene.

Und wenn Reina ihr Verlangen nicht unterdrücken und alles, was wichtig war, für sich behalten konnte, fürchtete sie, dass sie ohne Umschweife auf ihn klettern könnte, um herauszufinden, ob sein Mund genauso gut schmeckte, wie diese küssbaren Lippen aussahen.

Sie war verrückt geworden. Dies war eine seltsame Manifestation der Trauer um einen Mann, den sie kaum vermisste. Lex hatte versprochen, dass er immer an ihrer Seite sein würde, aber während ihrer Ehe war er die Hälfte der Zeit beruflich unterwegs gewesen, und die meiste Zeit, die er zu Hause war, hatten sie gestritten.

Reina hatte den Anruf von Commander Nina nicht erwartet. Nicht, nachdem sich endlich so etwas wie Normalität eingestellt hatte. Eine Woche zuvor war Reinas Leben ins Chaos gestürzt, nachdem sie die Nachricht vom mysteriösen Tod ihres Mannes erhalten hatte.

Kurz vor seiner Ermordung hatte er ihr eine Nachricht mit Beweisen geschickt, dass General Droscus, ein Mann, der einen großen Teil ihres Heimatplaneten Tarni beherrschte, in einen Plan verwickelt war, Commander Nina, die andere planetarische Macht und Herrscherin von Reinas Heimatgebiet, zu bestehlen. Bei dem Versuch, den Betrug zu vertuschen, wurden sie und ihr Bruder überfallen und ihr Bruder entführt.

Danach hatte Nina freundlicherweise angeboten, Reina bei sich unterzubringen, bis sich die Lage beruhigt hatte. Für ein Gefängnis war die Festung sehr schön.

Reina hatte hundert Fragen und mehr, aber sie hatte Kontakt zu niemanden außer dem Zimmermädchen, das sich um ihre Bedürfnisse kümmerte und sich weigerte, über etwas Wichtiges zu sprechen. Reina wusste, dass ihr Bruder jetzt in Sicherheit war, auch wenn er sich immer noch von seinen Verletzungen erholte. Sie wusste, dass Dorsey und ihr Außerirdischer, der Stoan sehr ähnlich sah, nirgendwo zu finden waren.

„Ich bin nur eine Buchhalterin", sagte Reina zu Nina. Vor dem, was passiert war, hätte sie niemals so offen und selbstbewusst gesprochen. Aber jetzt hatte sie das Gefühl, dass die nichts mehr zu verlieren hatte. Welchen Sinn hatte es, irgendetwas zu beschönigen, wenn alles zusammenbrach?

„Du wirst es tun, weil ich es sage", sagte Nina, deren Geduld offensichtlich erschöpft war. „Ich kann allerdings nicht sagen, wann du gebraucht wirst. Vertrau Stoan und allen, von denen er sagt, dass sie vertrauenswürdig sind. Geh mit ihm, wenn er dich ruft, und alle deine Probleme werden gelöst."

„Und wenn ich es nicht tue?" Es war Selbstmord, diesen Ton anzuschlagen, aber Reina hatte schon genug Tode überlebt. Sie war immun.

Seltsamerweise lächelte Nina, aber der Ausdruck verschwand so schnell wie er gekommen war. „Aus irgendeinem Grund bist du dem General aufgefallen. Es wäre nicht gut für dich, wenn du ohne Beschützer in der Zitadelle landen würdest."

Ah, da war die Drohung. Sie hätte es wissen müssen. So etwas wie eine echte Wahl gab es nie.

2

KAPITEL ZWEI

Das Briefing war dürftig, aber ausnahmsweise war Stoan dankbar. Er war weniger als eine Viertelstunde in der Nähe seiner, nein, *der* Denya gewesen. Und obwohl sein Verstand und seine Wünsche durcheinander geraten waren, hatte er in den zwei Tagen seit dieser schicksalhaften Begegnung seinen Kern neu geformt und sein inneres Selbst gestärkt.

Reina war nicht die Seine. Er würde sie niemals nehmen. Aber er würde sich mit ihr auseinandersetzen müssen.

Stoan hätte Nina verfluchen können, obwohl der Commander nichts von der zusätzlichen Qual wissen konnte, die sie seinem kurzen Dasein auferlegt hatte.

Es war der Fluch der Detyens, obwohl ein Dichter ihn vor langer Zeit das Denya-Geschenk genannt hatte.

Es war ein Weg des Ausgleichs, denn Detyens, die eine Gefährtin hatten, lebten lange, manche wurden über zweihundert Jahre alt. Detyens ohne Gefährtin starben mit dreißig Jahren. Ausnahmslos.

Mit sechsundzwanzig hatte Stoan noch Zeit. Er hatte noch einige Jahre Zeit, die Sterne abzusuchen, um herauszufinden, ob seine Hoffnungen, sein ganzer Glaube, den er in seiner Jugend gehabt hatte, wahr waren.

Es tut mir so leid, Inrit. Schmerz durchbohrte seine Brust, drückte sein Herz zusammen und ließ ihn nach Luft schnappen. Tränen drohten ihm in die Augen zu steigen, aber Stoan blieb stark. Die Trauer war ein bösartiges Tier, und wenn er sie mit Tränen fütterte, würde sie nur noch stärker werden und alles verschlingen.

Er versuchte, sich an ihr Gesicht zu erinnern, aber seine Freundin aus Kindertagen war schon zu lange weg, und im Tempel der Toten wurde die meiste Technologie gemieden. Er hatte nicht einmal ein Foto, um sich an sie zu erinnern.

Sie waren Freunde seit Kindertagen, die einzigen beiden Kinder, die von den Priestern und Priesterinnen im Tempel der Toten auf Beothea aufgezogen wurden. Und er war sich sicher, dass, sobald sie das Erwachsenenalter erreicht hatten, das Denya-Band aktiviert werden würde und der Einsamkeit in ihm ein Ende bereiten und den Fluch ihres Volkes aufheben würde. Mit dreizehn nahmen Kaufleute, die mit ihrer Handelsflotte in alle Ecken der Galaxis reisten, sie als Auszubildende mit und brachten sie vom Planeten weg. Und noch bevor ihr erster Brief bei ihm ankam, war er nach Tarni geschickt worden.

Aber Stoan hatte die Hoffnung nie aufgegeben. Er hatte bei jeder Detyen-Frau, die seinen Weg kreuzte, die Hoffnung, dass sie es sein könnte. Er hatte seine Kontakte zu Geheimagenten in drei Systemen genutzt, um sie zu suchen, und jedes Jahr schickte er einen Brief an die Tempelruine und hoffte, dass er sie irgendwie erreichte.

Die letzte Nachricht, die er von ihr hatte, stammte von vor sechs Jahren, als sie von dem Schiff verschwand, auf dem sie ausgebildet worden war. Seitdem hatte sie niemand mehr gesehen, und niemand wusste, warum sie gegangen war. Nach allem, was er wusste, war sie vielleicht schon lange tot und an die Sterne verloren.

Ein schwächerer Mann, oder vielleicht ein klügerer Mann, hätte Reina — Ms. Draven — als ein Zeichen verstanden. Wenn sie seine Denya war, dann gab es sicher keine Hoffnung für die Verbindung zwischen ihm und Inrit. In dem Jahrhundert seit der Zerstörung von Detya gab es keinen einzigen Fall, in dem jemand zwei kompatible Partner gefunden hätte. Und selbst in der Blütezeit ihres Volkes waren solche Fälle mehr als selten gewesen.

Aber Ms. Draven war nicht die Seine. Sie war ein Mensch. Das musste der Unterschied sein. Er war zwar vor all den Jahren noch ein Junge, aber es gab ein Band, kindlich und zerbrechlich, aber bereit zu erblühen, sobald sie bereit waren.

Er konnte sie nicht aufgeben, nur weil ein Mensch eine seltsame, unechte Verbindung auslöste.

Aber Tyral hatte wirklich seine Gefährtin gefunden, widersprachen seine Gedanken. Tyral NaRaxos war ein weiterer Detyen-Mann, mit dem Stoan vor einigen Wochen nur kurz Kontakt gehabt hatte. Als er Tyral half, den Planeten zu verlassen und sich den Mächten zu entziehen, die ihnen schaden wollten, hatte Stoan von ihrer Verbindung erfahren. Tyral und Dorsey hatten Anspruch aufeinander erhoben und waren so sehr Gefährten, wie das älteste Denyai-Paar der Galaxis.

Stoan hatte Hoffnung für sein Volk empfunden. Wenn sie sich wirklich mit Menschen verbinden konnten, waren sie gerettet und nicht mehr auf die noch lebenden Detyens angewiesen, deren Zahl jedes Jahr kleiner wurde. Es gab Dutzende Milliarden von Menschen. Selbst wenn nur ein Prozent von ihnen den Schlüssel zu einem Denya-Band im Erbgut hatte, könnte sein Volk noch einmal aufblühen.

Vor hundert Jahren hatte eine geheimnisvolle Macht den Heimatplaneten seines Volkes, Detya, zerstört. Die einzigen Überlebenden waren die wenigen, die es geschafft hatten, rechtzeitig vom Planeten zu fliehen, und diejenigen, die sich auf Urlaub oder in offizieller Mission außerhalb ihrer Welt befanden. Hundert Jahre später gab es vielleicht noch hunderttausend Detyens in der gesamten Galaxis.

Und am Morgen würde sich diese Zahl um eins verringern.

Stoan verdrängte die Gedanken an Rei — Ms. Draven — und die Verbindung aus seinem Kopf. Er konnte diese Gedanken nicht in Hyns letzte Nacht mitnehmen.

Stoan kniete am Fußende seines Bettes in seinem kleinen Schlafzimmer, wo er die zeremoniellen Utensilien in einer Kiste aufbewahrte. Aus dem Inneren holte er eine gelbe Kerze und einen kleinen silbernen Flakon. Dies waren die Ornamente der Priester der Toten, und obwohl sie die aus dem Leben Scheidenden nicht mehr trösteten, hatte sich Stoan der Fortführung ihrer Arbeit verschrieben, zumindest auf diese eine kleine Weise. Er war kein Priester, er hatte kein Gelübde abgelegt, aber die erste Lektion, an die er sich erinnern konnte, war einfach: Jeder kann denen, die in Not sind, Trost spenden.

Mit Ausnahme des Behältnisses für die zeremoniellen Utensilien, einer kleinen Kiste mit in das alte Holz geschnitzten Ornamenten, war Stoans Zimmer schmucklos. Die Wände waren in einem beruhigenden Gelb, seine Bettwäsche und seine Tagesdecke tiefblau. Auf dem kleinen Nachttisch standen eine Uhr und eine Lampe. Nichts deutete darauf hin, dass dies sein Zimmer war, obwohl er schon seit über einem Jahr hier wohnte.

Die unpersönliche Anonymität des Raumes war

nichts, was er im Tempel der Toten gelernt hatte, aber er wollte sich jetzt nicht mit seinen Gewohnheiten aufhalten. Hyn hatte keine Zeit mehr, und Stoan konnte ihn nicht warten lassen.

Das große Haus im Zentrum der Stadt beherbergte mehrere Detyens ohne Gefährten und eine vierköpfige Detyen-Familie. Das Gebäude bot Platz für fünfzig Personen, aber die meisten Räume waren unbenutzt, reserviert für Reisende und diejenigen, die für ihre letzte Nacht nach Tarni, zu Stoan, kamen.

Die Letzte Nacht war in alten Zeiten eine feierliche, aber zum Glück seltene Tradition gewesen. Jetzt begleitete Stoan mindestens zehn pro Jahr in ihrer letzten Nacht. Nicht alle Detyens praktizierten die alten Bräuche oder glaubten an die alten Götter. Zu viele von ihnen waren auf Detya im Stich gelassen worden, als dass der Glaube hätte überleben können. Aber Stoan war damit aufgewachsen und sah die Schönheit in der Tragödie ihrer Art.

Stoan verließ sein Zimmer und ging leise die Treppe hinauf in den fünften Stock, das oberste Stockwerk des Hauses. Dort angekommen, stellte er die Kerze und den Flakon auf einen kleinen Transportroboter und programmierte ihn so, dass er zum Penthouse flog. Er zog die Leiter von der Decke herunter und kletterte aufs Dach. Ein Atrium auf dem Dach mit Glaswänden nach allen Seiten, die den Blick auf die Nachtluft und die Sterne freigaben, wurde von kleinen, in den Boden eingelassenen Lampen beleuchtet. Es verlieh dem Ort einen ätherischen Glanz, halb auf Tarni und halb in der jenseitigen Welt.

Die Lichter hüllten Hyn in einen unwirklichen Schatten. Er war ein Mann in seinen besten Jahren, groß und stolz. Neunundzwanzig, mit glänzendem blondem Haar und einer Haut so blau wie das Meer von Beothea in der Morgendämmerung. Hyn nickte Stoan zu, als dieser sich näherte und die Kerze und das Fläschchen von dem summenden Bot nahm. Sie waren keine Freunde. Tatsächlich waren sie sich erst begegnet, als Hyn das Schiff im Nina City Port verließ. Aber Freundschaft hatte wenig mit diesem Ritual zu tun. Als Stoan nahe genug war, um ihn zu hören, sprach Hyn, ohne den Blick von der Aussicht auf die Stadt abzuwenden.

„Was meinst du, wie viele werden sich wohl heute Abend mit mir auf diese Reise begeben?", fragte er.

Stoan trat neben ihn. Die Lichter in Nina City glitzerten. Es war noch früh am Abend. Unten liefen die Menschen zum Central Market, dem größten Einkaufszentrum der Stadt, oder verließen ihn. Über ihnen leuchteten die Sterne. Die Lichter der Stadt verdeckten die Millionen von Lichtern, die sie in der Wüste außerhalb der Stadt sehen könnten, aber auch so war es wunderschön.

„Ich kann es nicht sagen, aber ich werde bis zum Schluss an deiner Seite sein", versprach er. Es war ein einsamer Weg, und dieser letzte Trost war das Mindeste, was Stoan geben konnte.

Hyn schluckte, seine Kehle arbeitete gegen die Angst an, die er so tapfer zu verbergen versuchte. „Wie sehr tut es weh?"

Schmerzensschreie, Zuckungen, Feuer um ihn herum. Stoan blinzelte. Das war vor langer Zeit und in keiner Weise das, was Hyn nun bevorstand. „Jeder Detyen hat ein einzigartiges Schicksal."

„Hast du noch lange Zeit?", fragte Hyn, der sich endlich zu ihm umdrehte, und seine grünen Augen funkelten. „Du kannst nicht jung sein, wenn du hier der Verantwortliche bist."

Der Verantwortliche? So funktionierte das nicht. Sie waren eine lose Gruppe von überlebenden Detyen, keine unabhängige Zivilisation oder Einheit. Obwohl, so vermutete Stoan, viele aus ihrer Gruppe zu ihm kamen, wenn es Probleme gab. Und er war der Mann, der die Letzte Nacht begleitete.

„Ich habe genug Zeit", sagte er. Er ließ nicht zu, dass er an Inrit dachte, und als Reinas Gesicht in seinem Kopf erschien, schüttelte er den Kopf, um sie zu vertreiben. Sie war hier nicht willkommen. „Bitte nimm Platz", sagte er zu Hyn.

Stoan stellte die Kerze auf einen kleinen Tisch und zündete sie an. Es würde eine lange Nacht werden.

3
KAPITEL DREI

Er hätte mehr Zeug haben sollen. Reina holte das letzte Kleidungsstück von Lex aus dem Schrank und packte es ein. Ihre Augen waren knochentrocken und ihre Hände zitterten nicht. Die Therapeutin, die sie auf Drängen ihrer Freundin Oreylia aufgesucht hatte, sagte, dass Trauer Zeit braucht und sich auf seltsame Weise manifestieren kann.

Aber es war zwei Wochen her, dass sie die Nachricht erhalten hatte. Das war keine Verleugnung. Reina wusste, dass Lex nicht mehr zurückkommen würde, dass er tot war. Sie wusste, dass sein Ehrgeiz und seine Dummheit ihn an diesen Ort gebracht hatten, wo er tot in der kalten Schwärze des Weltraums trieb, zufällig entdeckt, weil ein anderer Pilot einen Kurs durch einen wenig befahrenen Korridor eingeschlagen hatte.

Drei Jahre ihres Lebens waren verloren gegangen.

Drei Jahre voller Freude, Kummer, Lachen und Tränen. Und Schmerz. Am Ende in erster Linie Schmerz. Und dann Gleichgültigkeit. Lex war ein gutmütiger Kerl, oder er war es gewesen. Er arbeitete immer an seinem nächsten Plan, sprach immer von einem großen Durchbruch.

Aber in den letzten zwei Jahren ihrer Ehe waren sie öfter getrennt als zusammen. Sein Job als Langstrecken-Frachtpilot führte ihn durch das gesamte System und in andere Systeme. Reina hingegen hatte den Planeten noch nie verlassen. Das Schlimmste daran war, dass ihre Beziehung nur aufblühte, wenn er weg war.

Wenn er nach Hause kam dauerte es zwei Tage, und dann schrien und stritten sie sich und zogen eine Show für ihre Freunde ab, um die Risse in der zerrütteten Beziehung zu verbergen. Und Reina hatte die Nase voll gehabt. Der Scheidungsantrag war ausgefüllt und auf ihrem Computer gespeichert. Sie hatte nur darauf gewartet, dass Lex nach Hause kam, um es ihm persönlich zu sagen.

Aber etwas in ihr war zerbrochen. Sie wusste, dass sie weinen sollte, auch wenn die Beziehung vorbei gewesen war. Das war es, was eine Witwe *tat*.

Sie hatte geweint, als Haylio verletzt und entführt worden war. Sie hatte geweint, als sie ihr wehtun wollten. Sie hatte sogar im Krankenhaus am Bett von Haylio geweint und für seine Genesung gebetet. Jetzt, da Haylio auf dem Weg der Besserung war, hatte Reina keine Tränen mehr übrig.

Die Wahrheit war, dass sie seit mehr als zehn Jahren nicht mehr wegen eines Verstorbenen geweint hatte. Nicht mehr, seit ihre Eltern vor der Zitadelle in Droscus' Hauptstadt niedergeschossen wurden. Aber sie dachte nicht darüber nach — es gibt einen Unterschied zwischen Trauer und Masochismus.

Reina verschloss den Karton und trug ihn ins Wohnzimmer, wobei sie fast über ihre Katze Flig stolperte. Sie fauchte sie an und rannte davon, um sich in einem der Schlafzimmer zu verstecken. Sie hörte, wie Haylio in seinem Zimmer ein Video anschaute, und lächelte, als er anfing, die Katze mit Kussgeräuschen zu locken.

Sie stellte den Karton zu den beiden anderen. Alle drei waren etwas mehr als zur Hälfte mit dem gefüllt, was Lex in der Wohnung zurückgelassen hatte. Seine Kleidung nahm den größten Teil des Platzes ein, aber bei den anderen persönlichen Gegenständen waren die Kisten bezeichnenderweise leer.

Sein Schiff war sein wahres Zuhause gewesen, diese Wohnung nur eine Zwischenstation.

„Ist das wirklich alles?", fragte Haylio, der fast lautlos hinter ihr auftauchte und sie zusammenzucken ließ.

„Wie kannst du dich so bewegen?", knurrte sie. Er war fünf Jahre älter als sie und gebaut wie ein Ochse. Sie hatten das gleiche blonde Haar und die gleiche blasse Haut, aber sein Gesicht war wie geschaffen für Lachen, und die Lachfalten hatten sich in seiner Haut eingeprägt.

Er hatte nicht immer so bereitwillig gelächelt. Als sie vor dreizehn Jahren nach Nina City gezogen war, das damals noch nicht so hieß, war er unfreundlich gewesen, hatte Angst gehabt, zu vertrauen oder zu lächeln. Sie waren beide Kreaturen der Zitadelle.

„Ich werde nie meine Geheimnisse verraten, Schwesterchen", sagte er in leichtem Tonfall, aber nicht so, wie ihre Freunde scherzten. Außerhalb der Wohnung behandelten alle sie, als ob sie jeden Moment zusammenbrechen könnte. Abgesehen von Haylio waren Nina und Stoan die Einzigen, die sie wie eine Erwachsene behandelten.

Und sie weigerte sich, an Stoan zu denken, wenn sie es kontrollieren konnte. Ihre beunruhigend lebhaften Träume zählten nicht.

„Meinst du, wir sollten das an seine Familie schicken?", fragte sie und winkte in Richtung einer der Kisten. „Sie haben Anspruch auf die meisten seiner persönlichen Gegenstände vom Schiff erhoben." Und obwohl es ihr gesetzliches Recht war, dies zu tun, hatte sie keinen Einspruch erhoben. Sie brauchte die Sachen von Lex nicht.

„Dir geht es gut, nicht wahr?", fragte er mit einem kleinen Zögern.

Reina stöhnte und warf sich auf die Couch. „Wenn du mich das weiter fragst, werde ich den Arzt anrufen und ihm sagen, dass du etwas blass bist und dir der Schweiß auf der Stirn steht."

Haylios Augen wurden groß, er trat einen Schritt zurück und fasste sich an die Brust. Er war blass, aber nicht viel blasser als sonst, und obwohl er Prellungen hatte und sich nur langsam bewegte, fand Reina, dass er sich schnell erholte. Auch wenn er ihr verschwiegen hatte, was genau mit ihm geschehen war.

Doch Haylio ließ sich nicht entmutigen. „Er war dein Mann."

Reina seufzte. „Ich will nicht darüber reden."

„Du gehst aber wenigstens wieder zur Therapie, oder?" Sie öffnete den Mund, um zu antworten, und er sprach weiter, bevor sie etwas sagen konnte. „Sag ja und ich wechsle das Thema."

„Ja." Das war nicht einmal ein Zugeständnis. Die Therapeutin war eine sanftmütige Frau, die Reina kein schlechtes Gewissen wegen dem machte, was sie fühlte oder nicht fühlte. „Jetzt leg dich hin oder ich rufe den Arzt."

Sofort nahm Haylio den Platz neben ihr ein und legte seine Füße auf den Tisch aus Kunstholz. Er hatte in den letzten Wochen, während sich sein Körper erholte, abgenommen und seine Haut hatte immer noch diese kränkliche, aschfahle Blässe. „Erzählst du mir von dem geheimnisvollen Treffen, das du hattest, bevor ich aus dem Krankenhaus entlassen wurde?"

„Es war nichts Wichtiges." Und Haylio hätte nichts davon wissen dürfen. Er war an dem Tag, als sie dort war, kaum bei Bewusstsein gewesen, und sie hatte niemandem ein Wort darüber gesagt, wohin sie ging oder mit wem sie sich treffen wollte. Vielleicht war das eine dumme Entscheidung für eine Frau, deren Eltern von Palastwachen ermordet worden waren, aber sie wusste, wann sie diskret sein musste. Außerdem wollte sie nicht, dass Haylio sein Leben in einem unangebrachten Racheakt opferte, wenn sie am Ende tot war.

„Du bist eine schlechte Lügnerin", lächelte er und neigte den Kopf zu ihr. Sie sah in seinen Augen die Andeutung von Schmerz, den er vor ihr zu verbergen suchte. Wahrscheinlich hatte er nicht alle Schmerzmittel genommen, die ihm verschrieben worden waren, entweder weil er nicht einschlafen wollte oder weil es ihm nicht gefiel, dass sie ihn ein wenig benebelten. Sie sagte nichts dazu und vertraute darauf, dass er sich nicht *zu* sehr quälen würde.

„Wenn ich eine schlechte Lügnerin bin", erwiderte sie, „dann weißt du, dass es mir gut geht und du dir keine Sorgen machen musst." *Ha*! Soll er sehen, wie er da raus kommt.

Stattdessen fiel ein Schatten auf seine Augen und er runzelte die Stirn. „Wenn du es sagst. Versprich mir einfach nur, dass du zu mir kommst, wenn es zu schlimm wird. Wenn du Hilfe brauchst."

„So ist es nicht." Sie war sich nicht ganz sicher, wie es war. Ihr Befehl lautete, einfach ein normales Leben zu führen und auf Stoans Anruf zu warten. Sie befürchtete, dass sich mit diesem Anruf dann alles ändern würde.

Aber das war ein Problem für einen anderen Tag.

4
KAPITEL VIER

Der Druck der Lippen an seinem Hals verriet Stoan, dass er träumte. Die Finger, die sich um seinen schmerzenden Schwanz legten, bestätigten dies nur. Seine Augen waren geschlossen, was das Gefühl noch verstärkte, bis er befürchtete, dass er auf der Stelle vor lauter Lust explodieren würde.

Das war neu.

Nicht der Inhalt. Er war ein Mann mit viel Verantwortung, aber er war kein Eunuch. Und obwohl körperliche Freuden in der wachen Welt keine Priorität hatten, waren ihm weiche Lippen auf seinem Schwanz nicht fremd, wenn er träumte.

Aber nicht diese Lippen.

Träume waren ferne, unbeständige Gebilde aus Rauch, Geistern und Erinnerungen. Das war *real*. Die schlanken, langen Finger, die sich um ihn legten, waren so kräftig wie seine eigenen, und die flinke Zunge, die an seinem Puls leckte, war feucht und real.

Aber Stoan wollte seine Augen nicht öffnen. Wenn er sie öffnete, musste er sich eingestehen, was da vor sich ging. Wer das mit ihm machte. Es konnte nur eine Person sein. Eine Frau.

Eine Gefährtin.

Die Grundfesten des Traums erbebten und eine heisere, allzu schnell vertraute Stimme lachte an seinem Ohr. „Bleib bei mir, Geliebter", lockte sie und biss mit ihren stumpfen menschlichen Zähnen sanft in sein Ohrläppchen.

Stoan unterdrückte ein Stöhnen. Etwas Schmerzhaftes sollte sich nicht gut anfühlen. Aber sie war die personifizierte Lust.

„Du gehörst nicht hierher", sagte er zwischen zwei Atemzügen. Es war schwer, deutlich zu sprechen, klar zu denken, wenn sie ihn so gekonnt streichelte.

Es war eine Ablehnung, eine Zurückweisung. Aber ihre Lippen öffneten sich und sie biss noch ein wenig fester zu, gerade so fest, dass er zusammenzuckte und nach Luft schnappte, bevor sie sein Ohr losließ.

Sein Schwanz war eisenhart.

„Natürlich bist du auch in meinen Träumen ein kalter Bastard", sagte sie. „Ich weiß, wie man sich die falschen Kerle aussucht."

In ihrem Tonfall lag etwas, das Stoan dazu brachte, sie an sich ziehen zu wollen, um sie zu umarmen und zu trösten und ihr zu sagen, dass alles gut werden würde. Aber er war kein Lügner, nicht auf diese Weise. Und wenn sie aufwachten, hatte er keine Möglichkeit, ihr den Schmerz zu nehmen.

Verdammt seien die Sterne, dachte er. Einem Mann wurde seine Schwäche in einem Traum erlaubt.

Stoan griff nach oben und strich ihr durch das weiche Haar. Er hielt die Augen noch immer geschlossen, um den Bann der Dunkelheit nicht zu brechen. Er fürchtete sich vor dem, was er sehen würde, wenn er seine Augen öffnete und die Realität sah.

Er führte sie zu sich heran, wobei er ihren Kopf sanft in seiner großen Hand hielt. Wusste sie, dass er mit einem Gedanken den Tod bringen konnte? Dass seine Krallen nur Zentimeter entfernt waren, in seiner Haut vergraben und auf den Moment wartend? Die Detyen waren eine zivilisierte Spezies, aber alle Zivilisationen entstanden aus Chaos und Blutvergießen.

Doch als ihre Lippen seine bedeckten, dachte Stoan nicht mehr an Gewalt. Es gab nur noch sie. Nur Reina.

Nur seine Denya.

Sie war wie nichts, was er je zuvor gekostet hatte, beerenartige Süße und ein Mensch und eine *Frau*. Gefährtin. Er stieß gegen ihre Hand, seine Hüften bewegten sich hin und her, ohne dass er darüber nachdachte, während sie ihn umschloss, ihre Hand war bereits glitschig.

Er konnte die Hitze ihres Verlangens riechen und

seine Zunge drängte ihn, tiefer zu gehen, die Hitze ihres Geschlechts zu schmecken und sie über den Rand zu bringen, zu dem sie ihn führte. Aber er blieb, wo er war, und genoss den Geschmack ihrer Lippen.

Sie war keine zivilisierte Dame. Es war ein Krieg zwischen ihnen, jeder entschlossen zu erobern und zu besitzen. Wo Reina angriff, gab es keine Gnade, ihre Hand eine Waffe der Lust, ihre Zunge entschlossen, ihn abzulenken.

Stoan war ebenso Soldat, er parierte ihre Stöße, wich aus und rückte gleichermaßen vor. Als sie sich seufzend an ihn schmiegte und ihr Körper nachgab, wurde ihm klar, dass es hier nicht ums Gewinnen ging. Solange sie sich gegenseitig Freude bereiteten, waren sie beide Gewinner auf diesem Schlachtfeld.

Aber er war diese Art der Kriegsführung nicht gewohnt.

Alle seine Sinne waren geschärft. Er spürte ein Bett unter sich, die Laken kratzten an seiner Haut, als er in die weiche Matratze sank. War es das von Reina? Sein eigenes Bett war kaum mehr als eine Pritsche, hart und nicht gerade bequem. Es erfüllte seine Zweck, verleitete ihn aber nie zum Verweilen.

Wäre sein Bett so weich wie diese Matratze oder die Gesellschaft so einladend, bezweifelte er, dass er jemals gehen würde.

Reinas freie Hand strich über seine Seite, ihre Finger glitten über die Erhebungen seiner Clanzeichen, die sich an der Seite seiner Brust hinabzogen und an seinen Beinen ausliefen. Er fauchte, als die empfindliche Haut unter ihren Fingern kribbelte.

„Gefällt dir das?", flüsterte sie an seinen Lippen.

„Ja", hauchte er. War das der Himmel? War er bereits von seinem jetzigen Leben in das nächste übergegangen? Er hatte bisher nicht gewusst, dass der Wahnsinn der Lust so verzehrend sein konnte.

„So etwas wie deinen Schwanz habe ich noch nie gefühlt", flüsterte sie, jedes Wort ein Kuss. „Ich stelle mir immer wieder vor, wie sich die Erhebungen in mir anfühlen werden."

Was war so seltsam daran? Die menschliche Anatomie war ihm im Moment völlig egal, nicht wenn es nicht ihre war. Und so wie sie sich an ihm anfühlte, die Wärme ihres Körpers, wusste er, dass sie passen würden.

Er öffnete seinen Mund unter ihr und ließ seine Zunge in sie eindringen, bis sie entdeckte, dass nicht nur sein Schwanz geriffelt war. Sie stöhnte, ihre Zunge saugte an ihm, und ihre Zuckungen wurden schneller, bis Stoans Ohren klingelten und das Blut aus seinem Kopf und durch ihn hindurch schoss, so dass ihm schwindelig wurde.

Er wollte in diesem Kuss, in diesem Bett, für immer leben. Reina war sein ganzes Wesen, und er würde jede einzelne Sekunde der wachen Welt eintauschen, wenn es nur bedeutete, dass sie ihm in diesem Moment das

Vergnügen bereitete, nach dem er sich sehnte, das Vergnügen, das ihm keine andere Frau je bereitet hatte. Er konnte sich kaum auf seine Lippen konzentrieren, da ihre Finger so teuflisch göttlich waren, einen Zauber über seinen Schwanz webten und ihn als ihren Besitz beanspruchten, jetzt und für immer.

„Ja", flüsterte er, drückte sich fest an sie, bewegte sich mit ihr. „Fester", bettelte er praktisch.

Seine Denya wusste, was er wollte, was er brauchte. Sie schob ihre Hand auf und ab und mit jeder Bewegung wuchs die Lust, bis Stoan mit einem lauten Knurren kam und ihren Namen stöhnte, während sein Verstand alle anderen Gedanken ausblendete.

Stoans Augen flogen beim letzten Funken des Traums auf, und er blickte nach unten, und sah seine eigenen Finger um seinen weicher werdenden Schwanz. Er holte tief Luft und versuchte, sich in der Realität zurechtzufinden, aber sein Verstand raste mit tausend Stundenkilometern und versuchte, sich neu zu verkabeln, bis Reina und ihre Lust seine oberste und einzige Priorität waren.

Das war nicht richtig. Er wusste, dass es einen Grund gab, warum das nicht sein durfte. Aber er warf sich wieder auf sein Bett, zu müde, um sich zu erinnern.

Er würde es sich für den Morgen aufheben. Bis dahin konnte alles warten.

5

KAPITEL FÜNF

Sie hatte immer noch nicht geweint. Zwei Monate und keine Tränen. Wenigstens schaute Haylio sie nicht mehr so seltsam an. Die Dinge hatten sich wieder normalisiert. So normal wie es mit dem großen Loch in ihrem Leben möglich war.

Und die Träume.

Die hatte sie weder ihrer Therapeutin noch ihrem Bruder gegenüber erwähnt. Es war zu privat, zu intim, um es mit einem fast Fremden zu teilen. Nach vier Terminen hatte Reina sich selbst als ausreichend therapiert befunden, um die Sitzungen abzubrechen, und die Therapeutin hatte nicht widersprochen. Haylio würde es wahrscheinlich nicht gefallen, aber was er nicht wusste, konnte ihn nicht enttäuschen.

Alles war normal. Sie ging jeden Morgen zu ihrer Arbeit und aß jeden Nachmittag in dem kleinen Park am

Ende der Straße zu Mittag. An manchen Tagen begleitete Haylio sie, wenn es seine Pflichten an der Schule, an der er unterrichtete, ermöglichten. Und manchmal begleitete ihre Freundin und Mitarbeiterin Oreylia sie.

Niemand erwähnte Lex. Es war, als ob sie dachten, sie könne es nicht ertragen, seinen Namen zu hören oder an ihn zu denken, als ob das die Wunde wieder aufreißen könnte. Reina hatte nicht die richtigen Worte gefunden, um Oreylia oder den anderen zu sagen, dass sie gerne über ihren verstorbenen Mann sprechen durften.

Reina dachte, wenn sie an die guten Zeiten erinnert wurde, könnte sie vielleicht endlich trauern, endlich die Gefühle herauslassen, von denen alle dachten, dass sie in ihr brodelten.

„Du brütest wieder", sagte Haylio.

Sie saß auf der Couch und spielte mit einem Stück Schleife, das von ihrem Shirt abgefallen war. Es war Ruhetag, der letzte Tag der Woche, an dem die meisten Geschäfte geschlossen waren und nur wenige Leute arbeiteten. Der morgige Tag, der Vorbereitungstag, war ein weiterer Ruhetag, obwohl er ursprünglich dafür gedacht war, dass die Menschen ihre Woche mit einem Tag der Konzentration und Planung beginnen sollten.

Haylio trug eine dunkelgraue Tunika, rote Hosen und einen kleinen Hut ohne Krempe. Sein Haar wogte in Locken und Wellen darunter hervor. Er hätte wie ein

Engel aussehen können, aber in seinem Gesicht lag zu viel Schalk und keine Gelassenheit.

„Ich brüte nicht." Sie brütete schon, aber nur ein bisschen. Das Gespenst der Trauer mag über dem Haus gehangen haben wie ein lästiges Gespenst, das nur darauf wartet, anzugreifen, und deshalb waren die Dinge wirklich nicht normal, nicht außerhalb der Arbeit.

„Wenn ich dir also eine Eintrittskarte für die Bisnanian Dancers anbiete, würdest du zu Hause bleiben?", fragte Haylio und holte die beiden Eintrittskarten hervor, die er hinter seinem Rücken versteckt hatte.

„Lass uns gehen." Sie musste nicht darüber nachdenken. In diesem Moment würde sie alles tun, um aus der Wohnung zu kommen.

Haylio wich einen halben Schritt zurück, als sie von der Couch aufsprang und beobachtete, wie Flig vorbeihuschte, weil Reinas plötzliche Bewegung sie erschreckt hatte. „Ich hätte nicht gedacht, dass du so unbedingt dahin willst."

„Warum nicht?" Reina war bei der Aussicht, auszugehen, voller Energie. Sie hatte seit Monaten keinen Spaß mehr gehabt.

Haylio hatte keine Antwort parat. Als sie die Wohnung verließen, waren sie beide gut gelaunt und gingen Arm in Arm die Straße hinunter, wie sie es schon hundert Mal zuvor getan hatten. Die Sonne war gerade untergegangen, und da ihre Wohnung in der Nähe des

Stadtzentrums lag, war es nicht weit bis zur Freilichtbühne hinter dem Central Market.

Reina warf den Kopf zurück und atmete tief ein, um
die süße Abendluft zu genießen. Obwohl es erst Frühling war, war es so warm, dass sie nur einen leichten
Schal brauchte. Es war perfekt. Goldenes Licht funkelte
von den Straßenlaternen und Paare und Freunde gingen
lachend und sich unterhaltend über die Wege.

Die Freude sprudelte in ihren Adern, und Reina
wollte am liebsten tanzen. Sie schwebte praktisch in der
Luft. Wäre sie nicht bei Haylio einhakt gewesen, wäre sie
vorausgelaufen und hätte am Eingang des Theaters auf
ihn gewartet.

Stattdessen gingen sie in einem normalen Tempo,
wie Erwachsene. Seine Verletzungen waren inzwischen
vollständig verheilt, aber er sprach immer noch nicht
über die Zeit bei seinen Entführern. Reina hoffte, dass er
jemanden finden würde, mit dem er darüber reden
konnte. Sie hatte gesehen, wie die Schatten wieder in
seinen Augen erschienen waren.

Dieser Ausflug war für ihn genauso gut wie für sie.

Sie erreichten das Theater. Es wurde einfach Amphitheater genannt, das Design wie die Aufführungsstätten
ihrer Heimatwelt, der Erde. Reina hatte Fotos und
Videos von der heutigen Erde gesehen, und sie sah ganz
anders aus als die Schriftrollen und Gemälde, die sie von
der Zeit hatten, als ihr Volk entführt worden war.

Die Entführungen von der Erde hatten das Konsor

tium entstehen lassen — eine Ansammlung von Planeten, zu denen auch Tarni gehörte. Vor Tausenden von Jahren und im Laufe der Jahrhunderte wurden Menschen von fortgeschritteneren außerirdischen Spezies von der Erde gepflückt. Einige hatten die Menschen in die Sklaverei verkauft, andere hatten sie als Geliebte und Gefährten genommen, und wieder andere hatten keine Verwendung für die schlaue und allzu kluge Rasse gefunden.

Die Menschen hatten damals vielleicht noch keine Technologie, aber sie waren mehr als lernfähig. Und so wurde das Konsortium geboren. Vier Planeten — Tarni, Beothea, Thanatos und Vuutera —, die alle für menschliches Leben geeignet sind und sich in einem einzigen Sternensystem befinden, bildeten das Herz des Konsortiums. Die Planeten verbündeten sich zu Handels- und Verteidigungszwecken, aber es gab keinen gemeinsamen Herrscher.

Tarni wurde von Nina auf der einen und Droscus auf der anderen Seite beherrscht. Ein paar unbedeutende Lehen kontrollierten ein oder zwei Städte, aber sie waren nicht bedrohlich genug, um platt gemacht zu werden. Die anderen drei Planeten waren ähnlich organisiert, und alle Anführer, ungeachtet ihrer kleinen Streitigkeiten, gehörten dem Planetarischen Verteidigungsrat an, der sie alle vor äußeren Bedrohungen schützte.

Das Konsortium bestand nicht nur aus Menschen,

auch wenn sie auf Tarni eindeutig in der Mehrheit waren.

Reina erinnerte sich an ihren ersten Blick auf Stoan. *Er war ein Prachtexemplar eines Außerirdischen.* Er hatte genau die richtige Form und war so gut gebaut, dass sie ihn besteigen und ihn ...

Nein. Diesen Weg wollte sie nicht einschlagen, wenn sie wach war.

Reina sah sich um. Das Freilichttheater war zum Bersten voll.

Sie betraten das Theater in der Mitte zwischen der ersten und der letzten Reihe. Reina wollte die Treppe hinaufgehen, aber Haylio zog an ihrem Arm. „Ich habe nicht geknausert", sagte er lachend.

Reina folgte ihm nach unten in die siebte Reihe. Ihre Plätze befanden sich ganz am Ende und ermöglichten ihnen einen perfekten Blick auf die spärlich dekorierte Bühne. Das Beste an diesen Sitzen waren die gepolsterten Rücken- und Armlehnen. Weiter hinten mussten sich die Zuschauer mit Bänken begnügen, und dann gab es einige Reihen mit Stehplätzen.

Die Bisnanian Dancers waren im gesamten Konsortium berühmt. Mit Schmerz erinnerte sich Reina daran, dass Lex sie ein paar Mal erwähnt hatte. Seine Reisen nach Tarni fielen nie mit ihrer Tournee zusammen, und sie hatte ihm das Versprechen abgenommen, nicht ohne sie zu einer Show zu gehen.

Ihr Magen krampfte sich zusammen. Jetzt war er nicht mehr da und würde die Aufführung nie erleben.

Am liebsten wäre sie aufgestanden und gegangen, hätte sich zu Hause versteckt und die Show nicht angesehen. Lex hatte so viele Dinge erlebt, die sie nicht erlebt hatte. Er hatte den Planeten verlassen, war über das System hinausgeflogen und hatte tarnianische Amethyste in der Hand gehalten. Aber er hatte nie die Bisnanian Dancers gesehen. Dies war der erste Weg, den sie einschlug, den er nie gehen würde.

Reina stand auf und murmelte, dass sie auf die Toilette gehen würde. Sie brauchte eine Minute für sich. Die Tränen drohten zu fließen, und das konnte sie Haylio nicht sehen lassen, nicht nachdem sie so viel Zeit damit verbracht hatte, ihn davon zu überzeugen, dass es ihr gut ging.

Sie atmete tief ein und ging die Treppe wieder hinauf, wobei sie sich leise entschuldigte, als sie in dem überfüllten Theater mit anderen Besuchern zusammenstieß. Die Schlange zur Toilette ging um das halbe Gebäude herum, also wandte sich Reina ab. Sie ging hinaus auf die Straße und verbarg sich in der kleinen Gasse neben dem Theater.

Wenn jemand hinsah, konnte er sie sehen, aber es gab hier mehr Privatsphäre, als sie im Theater haben konnte.

Sie ging so tief in die Gasse hinein, wie es die Beleuchtung zuließ. Noch tiefer und sie würde in die

Dunkelheit gesaugt werden. Dieser Teil der Stadt war mehr oder weniger sicher. Aber die Raubtiere waren immer dann unterwegs, wenn die Massen zum Spielen herauskamen.

Ihre Eltern waren in einem ähnlichen Bezirk wie diesem getötet worden.

Der Schmerz stach ihr tief in den Magen, und die Messerklinge der Wut drehte sich in ihren Eingeweiden, bis alles in ihr nur noch eine einzige Masse aus Leid und Übelkeit war. Reina beugte sich nach vorne und stützte sich mit den Händen auf den Knien ab, während sie versuchte, tief einzuatmen, um die Qualen zu mildern.

Beim nächsten Atemzug verschluckte sie sich fast an dem Rotz, der sich in ihrer Nase sammelte, und sie stieß einen erstickten Schrei aus. Sie bemerkte erst, dass sie weinte, als ein Tropfen von ihrem Auge über ihre Nase glitt und sich für eine Sekunde auf der Nasenspitze sammelte, bevor er auf das schmutzige Pflaster unter ihren Füßen fiel.

Dieser Bastard! Sie wollte schreien, aber ihr Schluchzen zu unterdrücken war schon zu anstrengend. *Du hast mich hier alleingelassen!* Sie wollte es schreien, aber alles, was herauskam, war ein Keuchen. *Ich war fertig mit dir! Es war vorbei! Aber du warst so dumm, dich umbringen zu lassen, bevor ich es dir sagen konnte!*

Sie schloss ihre tränennassen Augen und spürte einen Moment später, wie sich starke, männliche Arme um sie legten. Es war nicht Haylio.

Sie öffnete die Augen und sah die blaugrüne Haut von Stoan, dem Außerirdischen aus ihren Träumen.

———

„Ich konnte mich nie von ihm verabschieden", flüsterte Reina an seinem Hals. Sie blickte kurz zu Stoan auf, bevor sie ihre Arme um ihn schlang und sich an ihn klammerte, als wäre er die Quelle ihrer Anti-Schwerkraft.

Stoan legte eine Hand auf ihr seidiges blondes Haar und streichelte sie sanft. Ihr Schmerz strahlte in Wellen von ihr ab, und wenn das Band zwischen ihnen vollständig wäre, hätte er ihr etwas von diesem Schmerz nehmen können, um ihr Leid zu lindern.

Er hatte nicht die Kraft, die Verbindung zwischen ihnen zu leugnen, während sie in seinen Armen weinte.

Er wusste, dass sie ihren Mann verloren hatte. Bei der Vorbereitung auf die bevorstehende Mission war Stoan so etwas wie ein Experte für alles, was Reina Draven betraf, geworden. Oder zumindest von Reina Draven im Alter von fünfzehn bis achtundzwanzig Jahren. Weder in den Aufzeichnungen von Nina City noch in irgendeiner Datenbank des Konsortiums, auf die er Zugriff hatte, war etwas über ihre Kindheit zu finden.

Dieser Ehemann, Lex Omacnaron, war der Grund dafür, dass sich ihre Wege gekreuzt hatten. Ohne seinen Tod und die Videobotschaft, die er seiner Witwe geschickt hatte, hätte Commander Nina nichts von Droscus' Plänen erfahren. Irgendwann hätte sie es herausgefunden, aber der Pilot hatte ihnen allen etwas Zeit erspart.

Aber selbst wenn dies bedeutet hätte, dass der Verrat unentdeckt geblieben wäre, hätte Stoan den Mann sofort wieder zum Leben erweckt. Diese Frau, seine unpassende Denya, hatte es nicht verdient, allein in einer Gasse zu weinen, nur ein paar Schritte entfernt von Hunderten von Menschen, die sich an den magischen Tänzen einer talentierten Truppe erfreuten.

„Ich bedaure deinen Verlust", sagte er. Das war die Redewendung, die die Menschen benutzten, wenn einer von ihnen starb. Es war ungewöhnlich, dass Detyens sich für den Tod entschuldigten; er war zu häufig, um auf diese Weise kommentiert zu werden.

Reina holte tief Luft und zog sich zurück. Stoan ließ sie nicht merken, wie sehr er darum ringen musste, sie gehen zu lassen. *Es war nichts*, sagte er sich, *nur ein vorübergehender Trost.*

Er wusste, dass es sich um eine Lüge handelte, als sein Blick direkt zu ihren Lippen wanderte. Diese Lippen, die sich, seit sie sich begegnet waren, in der Hälfte seiner Träume um seinen Schwanz gelegt hatten. Er zwang sich, aufzusehen und ihr in die Augen zu sehen.

Sie ist nicht die Deine.

Aber sie könnte es sein.

Oh, nein. In dieser Richtung war die Gefahr. Er hatte seine Wahl getroffen, und kein wahnhafter Traum würde daran etwas ändern, nur weil sie ihn in Höhen einer Lust führten, die er nie erlebt hatte, nie in diesem Leben erleben durfte.

Reina war eine Gefahr.

Aber im Moment litt sie, und er konnte ihr diesen kleinen Trost bieten. Einer leidenden Frau zu helfen, war kein Verrat.

Ihre Augen glänzten noch, aber sie weinte nicht mehr. Sie wischte sich mit dem Ärmel über das Gesicht, um die Spuren ihrer Gefühle zu beseitigen. Das würde niemanden täuschen, aber Stoan sah keine Schwäche in ihr. Trauer und Wut waren nichts, wofür man sich schämen musste.

„Was machst du hier?" Sie sprach deutlich und klar, und Stoan merkte sich dieses Detail. Sie wusste, wie sie ihre Gefühle unterdrücken konnte, und irgendwann in der Zukunft würde er das vielleicht brauchen. Aber nicht jetzt. Nicht heute Abend.

„Ich bin gekommen, um die Tänzer zu sehen." In der Ferne war die Musik zu hören. Die Aufführung musste begonnen haben. Und obwohl er hervorragende Kritiken gehört hatte, waren die Frauen auf der Bühne nicht der Grund, warum es ihn hierher gezogen hatte. Stoan hatte ihr Leiden tief in seinen Knochen gespürt, auch wenn er nicht wusste, was es war. Das unmögliche, ungewollte Band zwischen ihnen hatte ihn hierher gezogen.

„Geh einfach weg, ich will allein sein", sagte sie. Reina hielt sich gerade und aufrecht, und es sah so aus, als könne von einem starken Windstoß umgeweht werden.

Stoan hätte sich beinahe abgewandt. Er hätte ihre Zurückweisung fast als Ablehnung seiner Person und allem anderen verstanden. Aber er spürte ihren Kummer, ihre Frustration. Und sein Herz wollte es besser machen, es richtig machen. Trauer, das wusste er aus eigener Erfahrung, braucht Zeit, um verarbeitet zu werden. Aber diejenigen, die litten, so zu behandeln, als wären sie aus Glas, half ihnen gewöhnlich nicht.

Und so beschloss er, trotz des ungeeigneten Orts und des falschen Zeitpunkts, etwas zu tun.

„Ich mache Fortschritte bei dem Projekt", sagte er ganz sachlich. Er tat so, als ob sie nicht gerade noch geschluchzt hätte, als ob ihre Augen nicht noch rot und geschwollen wären. Er tat so, als könnten neugierige Ohren am Eingang der Gasse sie nicht hören. „Der Papierkram nimmt einige Zeit in Anspruch."

„Das erzählst du mir jetzt?", fragte sie mit offenem Mund. Sie blickte an ihm vorbei in Richtung Straße, aber er konnte hören, dass sich dort kaum noch jemand aufhielt. Alle Geräusche kamen jetzt aus dem Inneren des Amphitheaters. „Wir haben seit *zwei Monaten* nicht miteinander gesprochen, und du verfolgst mich an meinem ersten Abend, an dem ich ausgehe, seit ... um über die dämliche Sache zu reden, bei die ich keine Wahl hatte …"

„Das Timing ist selten perfekt", unterbrach er sie. Sie bewegte ihren Kopf nur ein oder zwei Zentimeter und ihre Blicke trafen sich. Stoan spürte wieder diesen allzu vertrauten Schlag, und er musste seine Hände zu Fäusten ballen, um nicht vorzutreten und ihr alles zu zeigen, was er wollte. *Nein*, alles, was er *nicht* wollte.

Er musste die Kontrolle über sich behalten.

Aber er hatte diesen Weg eingeschlagen und würde ihn nicht aufgeben, also sprach er weiter. „Ich sammle weitere Informationen. Ich denke, es wird noch einige Zeit dauern, aber ich möchte sicher sein, dass du körperlich vorbereitet bist, wenn es soweit ist.

„*Was*?", stieß sie hervor.

Wut war gut, sie war ein Gegenmittel bei Traurigkeit. „Sprich mit Sanna im Sunrise-Tempel. Sie wird wissen, was du brauchst."

Reina trat einen Schritt näher. „Was brauche ich?", fragte sie, Herausforderung in jedem Wort.

Stoan konnte dem Schritt nicht widerstehen, mit dem er auf Armeslänge an sie herantrat. „Kampf, Tarnung, Ausdauer. Du musst mit mir Schritt halten können." Sie trug ein Parfüm, etwas, das gerade blumig genug war, um seine Sinne zu kitzeln, ohne sie zu überwältigen. Wie würde sie wohl schmecken?

Stoan griff nach einer verirrten Haarsträhne und strich sie hinter ihr Ohr zurück. Sie erschauderte, als seine Finger über die empfindliche Haut glitten. Sein Blick senkte sich wieder auf ihre köstlichen Lippen, und ihre Zunge fuhr heraus und befeuchtete sie mit einem verführerischen Lecken.

Er wollte zubeißen und sie markieren, sie mit dem Rücken gegen die Wand drücken und sie nehmen. In einem Augenblick änderte sich der gesamte Tenor ihrer Interaktion, und Stoans Schwanz übernahm die Kontrolle und befahl ihm, seine Denya in Besitz zu nehmen und den Bund zu schließen.

„Wer bist du?", flüsterte sie, und verwirrte Ehrfurcht durchzog ihre Worte. Ihre Augenbrauen zogen sich zusammen, als würde sie sich konzentrieren, und Stoan wollte mit seinem Daumen über die Falten über ihrer Nase fahren.

„Ich ..." Er beugte sich vor, bis er die Wärme ihrer Haut auf seinen Lippen schmecken konnte, bis nur noch ein Hauch sie trennte.

Aber etwas hinter ihm machte Lärm, und das unharmonische Geräusch brachte die Vernunft in seinen Wahnsinn zurück.

„Ich muss gehen. Sprich mit Sanna. Ich werde es erfahren, wenn du es nicht tust."

Er ließ sie dort stehen, den Mund gerade so weit geöffnet, dass er sie küssen könnte, die Haut heiß, die Augen rot. Das war nicht der richtige Zeitpunkt, nicht der richtige Ort und sie war nicht seine Frau.

Ganz gleich, was sein Körper dachte.

6

KAPITEL SECHS

Nachdem sie in dieser Nacht viel geweint hatte, fühlte sich Reina so gut, wie sie sich seit der Nachricht von Lex' Tod nicht mehr gefühlt hatte. Sie hatte nicht vor, Stoan die Offenbarung oder Heilung oder was auch immer anzurechnen. Er war nur ein Zuschauer gewesen. Wenn jemand anderes als sie dafür Anerkennung verdiente, dann war es Haylio.

Gegen Ende des zweiten Aktes der Tanzshow hätte sie fast wieder angefangen zu weinen. Ihr Bruder war in Aktion getreten, hatte so getan, als würden ihn seine alten Wunden plagen, und sie gefragt, ob es ihr wirklich nichts ausmachen würde, wenn sie früher nach Hause gingen. Natürlich hatte es ihr nichts ausgemacht. Und natürlich hatte sie gewusst, dass er es tat, um es ihr leichter zu machen.

Das war es, was große Brüder taten.

Und zum ersten Mal erzählte sie ihm von Lex, während sie Flig eng an ihre Brust kuschelte und ihre Tränen diskret mit einem sauberen Taschentuch abwischte. Haylio verriet ihr, dass er gewusst hatte, dass zwischen ihnen etwas nicht stimmte, er aber nicht aufdringlich sein wollte und deshalb nichts gesagt hatte. Und als Reina endlich darüber sprach und zugab, dass sie nur noch wenige Tage von einer Trennung entfernt gewesen waren, erlaubte sie sich zu erkennen, dass dieser Schmerz nicht davon kam, dass sie Lex vermisste. Jedenfalls nicht der ganze Schmerz.

Ein großer Teil davon war dem Wissen geschuldet, dass sie nie einen sauberen Abschluss bekommen würde. Dass er niemals die Chance bekommen würde, sein Glück mit jemandem zu finden, der wirklich zu ihm passte. Mit jemandem, der seine Ecken und Kanten ein bisschen weniger scharf machen und seine Mätzchen schätzen konnte.

Sie war nicht diese Frau. Sie war zu jung und zu verliebt gewesen, um das zu erkennen, als sie drei Jahre zuvor auf die Ehe zusteuerten. Und Haylio verstand. Vielleicht nicht voll und ganz, aber gut genug. Und er ließ sie wissen, dass es in Ordnung sei, Lex zu vermissen, auch wenn nicht alles perfekt gewesen war. Das war das Leben. Alles endete im Chaos, auch wenn alle überlebten.

Und nach dieser Aussprache und mehr Tränen, als sie je geweint hatte, schlief Reina gut. Am Morgen war sie bereit, sich dem Tag und dem Weg zu stellen, den sie unfreiwillig eingeschlagen hatte. Es gefiel ihr immer noch nicht, aber so war das Leben im Konsortium. Eine Frau tat, was sie tun musste.

Sie dachte zurück an ihr Treffen mit Nina und Stoan. Diesmal ignorierte sie die seltsame Verbindung, die sie zu dem blauhäutigen Außerirdischen gespürt hatte. Dies war ein professioneller Auftrag, und sie hatte nicht vor, sich wegen der Gefühle in ihrer Hose in eine chaotische Beziehung verwickeln zu lassen. Sie war schließlich kein triebgesteuerter Teenager mehr.

Und im Moment war der einzige Grund, warum sie ihn sehen wollte, zu erfahren, um was genau es bei ihrer Aufgabe ging. Und wann es losging.

Zwei Monate waren vergangen und die einzige Kommunikation zwischen ihnen war die zufällige Begegnung in der Gasse gewesen. Er hatte ihre Kontaktdaten; sie war sicher, dass er wusste, wo sie wohnte. Und doch hatte er nichts von sich hören lassen.

Während sie ihrer morgendlichen Routine nachging, badete und frühstückte und sich auf den Tag vorbereitete, ging Reina durch, was sie über die Mission wusste. Das Erste, woran sie sich erinnerte, war, dass Nina ihr gesagt hatte, dass es gefährlich werden würde. Zu diesem Zeitpunkt hätte eine freundliche Person Reina vielleicht die Chance gegeben, auszusteigen; sie hatte sich ja nicht freiwillig gemeldet. Aber Nina war der Meinung, dass die Höflichkeit, sie zu warnen, ausreichte, um die unfreiwillige Verpflichtung von Reina auszugleichen.

Schlimmer noch, es würde Reina zum direkten Gegner von General Droscus machen. Allein der Gedanke an den Namen dieses Mannes jagte ihr einen Schauer über den Rücken und erinnerte sie an das Blut, das rot auf den Straßen geflossen war.

Das Blut ihrer Eltern, um genau zu sein. Und in ihrer Erinnerung standen zwei Wächter der Zitadelle über ihnen, jeder mit einem rot gefärbten Messer in der Hand.

Das ist schon lange her, versuchte sie sich zu beruhigen und atmete gleichmäßig durch die Nase. *Es war nicht deine Schuld.* Wie immer klang diese Beteuerung falsch.

Droscus zum Feind zu haben, machte ihr Angst. Er war gerade an die Macht gekommen, als sie als Teenager aus der Zitadelle geflohen war, aber sein Aufstieg war schnell und absolut gewesen. Ihre Eltern waren nicht von Bedeutung gewesen, aber sie waren den harten Strafen seines Regimes im ersten Jahr zum Opfer gefallen.

Und das alles wegen eines dummen Apfels.

Nein, das war nicht wichtig. Das ist das Problem mit brutalen Diktatoren: Sie nutzen jeden Vorwand, um Macht zu demonstrieren, und es spielt keine Rolle, ob ein Kind einen Apfel stiehlt oder eine alte Frau in der Gegenwart einer Wache der Zitadelle stolpert. Jeder Vorwand war ausreichend.

Ninas Mission, ihre Mission, würde sie an diesen Ort zurückbringen. Aber es würde ihr auch die Möglichkeit eröffnen, den Tod ihres Mannes zu rächen und sich in gewisser Weise für den Tod ihrer Eltern zu revanchieren. Weder Nina noch Stoan hatten Einzelheiten erwähnt, aber beide hatten über Fähigkeiten gesprochen, die sie in der Zeit zwischen ihrem Treffen und der Ausführung erwerben musste.

Sie rekrutierten sie nicht wegen ihrer Fähigkeiten im Umgang mit Zahlen und Salden. Sie wollten sie, weil Droscus Gefallen an ihr gefunden hatte. Er hatte nicht gewollt, dass seine Männer Haylio ergreifen, sie wollten sie. Sie war nur entkommen, weil Haylio sie lange genug abgelenkt hatte, dass sie fliehen konnte.

Sie wusste nicht, ob er sie wegen Lex oder wegen ihrer Eltern wollte. Das Einzige, dessen sie sich sicher war, war, dass Droscus sie nicht wegen ihrer selbst wollte. Aber Nina schien der Meinung zu sein, dass sie eine ausreichende Ablenkung von dem darstellte, was Stoan tun sollte.

Es hatte etwas mit einem Schlüssel zu tun.

Das hatten sie ihr nicht gesagt. Ein Köder musste keine wichtigen Informationen haben. Aber Nina hatte sich nicht die Mühe gemacht, den kleinen Metall-schlüssel zu verstecken, der zwischen ihr und Stoan auf dem Tisch gelegen hatte, als Reina hereinkam. Es musste wichtig sein. Niemand trug Metallschlüssel mit sich herum, wozu auch?

Das war also ihre Aufgabe. Sie sollte der Köder sein, während Stoan das in der Zitadelle fand, das man mit diesem Schlüssel aufschließen konnte. Und sie musste einfach herausfinden, wie sie überleben konnte.

Das brachte sie zu Sanna und dem Sunrise-Tempel. Der Tempelbezirk lag am nördlichsten Rand der Stadt, und die Gebäude, die zur Verehrung von Göttern und Ahnen errichtet worden waren, erstreckten sich über mehrere Kilometer. In diesem Teil der Stadt wimmelte es von Kindern, die hin und her liefen, einige wurden in den Tempelschulen unterrichtet, andere lebten hier und wurden von den Priestern und Priesterinnen aufgezogen.

Reina kam selten hierher. Damals in der Zitadelle waren weder ihre Eltern noch ihr Bruder religiös gewesen. Sie hatte nie gelernt, zu beten oder zu opfern. Nun, zumindest kein religiöses Opfer.

Aber der Sunrise-Tempel war nicht schwer zu finden, selbst für eine Anfängerin wie sie. Die riesige goldene Scheibe, die im Torbogen des Eingangspfades hing, war ein eindeutiger Hinweis. Die Tempeldiener trugen Togas im Stil ihrer ältesten Vorfahren, aber wenn Reina sich richtig an die Geschichte erinnerte, war der Sunrise-Tempel keine alte Sekte. Sie war vielleicht zweihundert Jahre alt.

Ein Bittsteller würde das nicht erkennen, so wie der Ort aussieht. Das steinerne Gebäude war vom Alter schwer gezeichnet. Die Fenster waren getönt und brachen die Sonne, so dass jeder Zentimeter im Inneren in warmes, goldenes Licht getaucht wurde. Aber es war dunkler, als Reina erwartet hatte. Die obere Hälfte der hohen Wände war in dunklen Blau- und Violett-Tönen gestrichen, die einzigen hellen Farben waren die etwa einen Meter breiten, gelben und hellblauen Bänder, die kreisförmig auf den Boden gemalt worden waren.

Was könnte sie an diesem Ort lernen, was sie nicht schon wusste? Es gab hier keine Schule, an der sie theoretisch *etwas* lernen konnte. Der gesamte Tempel war seinen Priestern und Priesterinnen gewidmet, und den Bittstellern, die Alltagskleidung trugen und Opfer an den Altären darbrachten, die gleichmäßig im Raum verteilt waren.

Stoan erlaubte sich einen Scherz mit ihr. Eindeutig. Morgen würde sie mit schmerzenden Knien und heiser von zu vielen Gebeten aufwachen, ohne neue Fähigkeiten vorweisen zu können. Und es wäre alles seine Schuld.

Sie hatte ihn nicht für den Typ gehalten, der Streiche spielt.

Eine junge menschliche Frau mit einem seltsamen Gesichtsausdruck, wahrscheinlich noch keine zwanzig, näherte sich Reina. „Willkommen im Tempel. Kann ich dir auf irgendeine Weise weiterhelfen?"

„Ich suche Sanna", sagte Reina. „Sie erwartet mich."

Das Mädchen war wie ausgewechselt. Sie nahm Haltung an und nickte kurz. „Natürlich, bitte folge mir."

Reina kniff die Augen zusammen und folgte ihr. Als die junge Priesterin eine Tür öffnete, die hinter einem Vorhang verborgen war, überdachte Reina ihre Meinung. Stoan hatte also doch nicht gescherzt.

———

Die kluge Entscheidung war, auf dem Planeten zu bleiben. Stoan trug Verantwortung, und zwar nicht nur gegenüber Commander Nina. Aber in den letzten zwei Monaten gab es keinen Moment, in dem er nicht schwer aus dem Gleichgewicht geraten war, und das hatte alles mit Reina Draven angefangen.

Die Denya.

Seiner Denya.

Wie konnte er das noch länger ignorieren? Etwas tief in seinem Inneren, etwas Ursprüngliches, der *Kern seiner Seele*, wurde von ihr angezogen. Die Momente, in denen er sie getröstet hatte, waren die einzigen friedvollen, seit sie sich kennengelernt hatten.

Sein Körper sehnte sich nach ihr, und sein Geist sehnte sich danach, ihre Geheimnisse zu kennen, ihre Vorlieben und Abneigungen herauszufinden und etwas aufzubauen, was eigentlich unmöglich sein sollte.

Ein Leben.

Aber Stoan hatte einen anderen Weg gewählt und würde ihr nie geben können, was sie verdiente. Ein Mann wie er könnte ihr niemals Sicherheit bieten. Er konnte sie natürlich beschützen, aber seine Arbeit war zu gefährlich, um eine Familie zu gründen. Und wenn er mit Reina die Verbindung einginge, würde sie sich zweifellos eine Familie wünschen.

Und nach dieser Mission würde er seine Arbeit wieder vor ihr geheim halten müssen. In der Dunkelheit kann ein Denya-Band nicht gedeihen.

Inrits Geist verfolgte ihn immer noch, oder wenn nicht ihr Geist, dann die Erinnerung an sie. Er erinnerte sich an jedes Versprechen, das er ihr als Junge gegeben hatte, an jeden Traum, den sie zusammen geträumt hatten. Der Mann wusste, dass er den Jungen nicht an sein Wort binden konnte. Aber er wusste nicht, was er tun würde, wenn Inrit plötzlich vor ihm stünde und das Band zwischen ihnen zum Leben erwachen würde.

Vor zwei Monaten war das noch keine Frage. Sein Leben auf Tarni könnte er im Handumdrehen hinter sich lassen, wenn es um die Frau ginge, die er zu seiner gemacht hatte, bevor er überhaupt wusste, was das bedeutete. Aber in den letzten Monaten musste er sich mit der Frage auseinandersetzen, was Loyalität und Pflicht bedeuten, wenn sie einen Konflikt verursachten.

Und leider musste er feststellen, dass eine geflüsterte Erinnerung nicht mit dem Fleisch und Blut seines Volkes oder den Versprechen, die er seinem Anführer gegeben hatte, konkurrieren konnte. Was das in Bezug auf Reina bedeutete, konnte er nicht sagen.

Das war es, was ihn zum Tempel der Toten auf

Beothea führte. Mit einem Kurzstreckenkreuzer dauerte der Flug von Tarni drei Stunden. Stoan würde weniger als einen Tag weg sein, und er hatte sein Bestes getan, um seine Reise geheim zu halten. Doch als er die Hauptstraße der Tempelstadt entlangging, zog er sich die Kapuze weiter ins Gesicht und achtete darauf, dass seine Gesichtszüge im Schatten lagen.

Die Detyens waren hier seit vielen Jahren nicht mehr willkommen.

Aber Reisen an Orte, die ihn nicht willkommen hießen, war in den letzten Jahren zu Stoans Spezialität geworden. Außerdem führten die Launen der Genetik dazu, dass seine blaue Haut bei einem halben Dutzend Spezies mit ähnlichem Körperbau üblich war. Er hätte genauso gut ein Juntarianer wie ein Detyen sein können, solange niemand seine Clanzeichen oder seine roten Augen bemerkte.

Er schaffte es ohne Zwischenfälle zum Tempel der Toten, oder zu dem, was davon übrig war. Es handelte sich um ein gedrungenes Gebäude, das in einer Seitenstraße lag. Hier war nie ein Totengott verehrt worden, und deshalb hatte der Tempel auch nie den Respekt anderer Tempel genossen. Während Stoan aufwuchs, waren Priester und Betende ein- und ausgegangen, und nie lebten mehr als ein Dutzend dauerhaft innerhalb der Mauern.

Als er ging, waren sie nur noch zu viert.

Er wusste nicht, wie es dazu gekommen war, aber

eines Abends erhielt er eine Videobotschaft von Pynt, dem Priester, der so etwas wie ein Vater für ihn gewesen war. Im Hintergrund war der brennende Tempel zu sehen. Pynt hatte ihn gewarnt, er solle sich fernzuhalten und das Gemetzel nicht untersuchen.

Anstatt zu fliehen, hatte Stoan das nächste Shuttle nach Beothea genommen. Doch als er die Tempelstadt erreichte, waren alle Detyens bereits verschwunden. Er wusste nicht, ob Pynt lebte oder tot war, trotzdem sprach er jede Nacht Gebete, um Pynt durch die Pfade des Jenseits zu geleiten.

Das Gebäude war aus robustem Stein gebaut, so dass das Feuer zwar Schaden anrichten, aber das Gebäude nicht völlig zerstören konnte. Stoan benutzte ein unauffälliges Lasermesser, um die Bretter, mit denen der Eingang vernagelt war, zu durchschneiden und war in Sekundenschnelle drinnen.

Erinnerungen suchten die düsteren Räume heim. Es sah eher aus wie ein großes Haus als wie ein Tempel und war jahrelang sein und Inrits Spielzimmer gewesen.

Die Geister seiner Vergangenheit regten sich in ihm, aufgerüttelt von diesem Ort. Die mit Brettern vernagelten Türen und Fenster machten es düster, und es gab keinen Strom, um das Licht einzuschalten. Innen war alles, was nicht niet- und nagelfest war, entfernt worden. Keine Möbel, keine Altäre, nichts deutete darauf hin, dass dies einmal ein aktiver Tempel eines vergessenen Volkes war.

Er hätte nicht herkommen sollen.

Stoan setzte sich auf die harte, in die Wand gehauene Bank. Die Trauer drückte ihn zu sehr nieder, um aufrecht zu stehen. Dieser Ort war ein Friedhof, kein feierliches Gebäude mehr, das gebaut wurde, um ihren Männern und Frauen auf die Letzte Reise zu helfen. Es gab keine Antworten, nichts, was ihn beruhigte.

Er schaute auf seine Uhr und sah, dass es noch sechs Stunden waren bis zu seinem Rückflug. Angesichts der Haltung gegenüber seinem Volk war es am sichersten, hier zu warten. Stoan ging umher und räumte Trümmerteile weg, die im Laufe der Jahre heruntergefallen waren.

Er kam nach kurzer Zeit ins Schwitzen, und als er beim Altar angelangt war, sah der Ort schon fast bewohnbar aus.

Aber es gab nichts, was er wegen des Altar machen konnte. Alles, was übrig war, war eine Steinplatte auf dem Boden; sogar die Holzbeine waren gestohlen worden. Wenn er eine Kerze dabei gehabt hätte, hätte Stoan sie angezündet und für die Gefallenen gebetet.

Stattdessen zeichnete er sorgfältig ein Muster in den Staub, die Worte in einem alten Detyen-Dialekt, an den sich nur wenige erinnern konnten. Er griff in seine Tasche und holte einen leuchtend blauen Stein heraus, den er schon seit Jahren bei sich trug. Es war das Einzige, was er aus dem Tempel mitgenommen hatte, das er noch immer aufbewahrte.

Inrit hatte ihn ihm gegeben.

Der Stein selbst war nicht wertvoll, sie hatte ihn auf der Straße gefunden. Aber es war jahrelang Stoans wertvollster Besitz gewesen.

Ein würdiges Opfer.

Er legte sie in die Mitte des Musters und trat mit gesenktem Kopf zurück. Er sprach ein letztes Gebet und ließ den Tempel und die Erinnerungen an Inrit zurück.

Hier gab es nur Vergangenheit. Es war an der Zeit, seine Zukunft zu finden.

———

Stoan schaffte es ungesehen zurück in sein Quartier. Die Reise nach Beothea hatte ihn erschöpft, und er fiel in einen tiefen Schlummer, sobald er die Tür verriegelt und die nächtlichen Sicherheitseinstellungen aktiviert hatte. Früher hatte er in den meisten Nächten nicht schlafen können, aber in den letzten Monaten war er leichter eingeschlafen.

Es war einfacher zu schlafen, wenn die Träume süß waren.

Er wachte nicht in der Traumwelt auf, sondern wurde sich ihr um ihn herum bewusst. Er war bei einem Hause, das groß genug für eine Familie war, aber so ruhig, dass er wusste, dass es leer war. Hinter dem eingezäunten Garten wuchsen Bäume mit violetten und grünen Blättern, und an dem Baum, der dem Haus am nächsten war, war eine Seilschaukel befestigt. Eine einsame Gestalt in einem zarten blauen Kleid drehte sich auf der Schaukel hin und her.

Stoan lächelte als der die Person erkannte. In den letzten zwei Monaten waren sie sich oft im Schlaf begegnet, obwohl er ihr im Wachzustand aus dem Weg ging. Nach der Reise, die er unternommen hatte, um mit seiner Vergangenheit abzuschließen, war er freier als je zuvor. Vor dieser Nacht waren die Träume ein verbotenes Vergnügen, egal was sie taten. Am Morgen spürte er immer den scharfen Schmerz des Verrats.

Aber jetzt nicht mehr. Heute Abend gehörte er einfach zu Reina. Seiner Denya.

Seine Füße sanken in das weiche Gras, als er den Garten durchquerte, um zu ihr zu gehen. Er schaute an sich hinunter und sah, dass er eine locker sitzende dunkle Hose und ein einfaches weißes Hemd trug. Sie trugen beide bequeme Kleidung, und er spürte tief in seinem Herzen, dass Reina heute Gefühle brauchte, keinen Sex.

Als er sich ihr näherte, sprang sie von der Schaukel und rannte zu ihm. Sie umarmte ihn so fest, dass es fast real war und fast wehtat. Er umarmte sie ebenfalls und sog ihren köstlichen Duft ein. Vielleicht war es nur ein Traum, aber in seinen Armen fühlte sie sich so real an wie Fleisch und Knochen und so weich, wie eine Frau sein sollte.

„Irgendetwas ist anders“, sagte sie und lehnte ihren Kopf an seine Brust. „Du hast gute Laune.“

Er wusste, dass sie ihn für eine Illusion ihres eigenen Geistes hielt, aber sie hatte sich so sehr an seine Anwesenheit gewöhnt, dass sie zu akzeptieren begann, dass er nicht nur eine Erfindung war. Er küsste sie auf die Stirn und grinste. „Ich bin froh, dich zu sehen.“

„Bei den Göttern, ich habe es schlimm erwischt“, murmelte sie, aber sie ließ ihn nicht los.

Er liebte es, wenn es so war, emotional ungehemmt. Weil sie nicht wusste, dass er real war, machte sie sich nicht die Mühe, ihre Gefühle vor ihm zu verbergen. Stoan hatte fast ein schlechtes Gewissen, aber er wusste nicht, wie er ihr die Wahrheit glaubhaft machen konnte. Also war er ihr gegenüber ebenfalls ehrlich. Das war alles, was er hatte.

Sie gingen Hand in Hand zurück zum Haus und setzten sich auf ein Sofa auf der Veranda. Reina schmiegte sich zwischen seine Beine und lehnte sich an seine Brust, während Stoan seine Arme um sie schlang und seine Finger mit ihrem weichen, seidigen Haar spielten. Die Farbe war golden im weichen Sonnenlicht. Reina schmiegte sich noch fester an ihn und gab einen Laut der tiefen Zufriedenheit von sich.

„Das ist so schön“, sagte sie und spielte mit seiner freien Hand. „In der Traumwelt tut nichts weh. Morgen früh werde ich blaue Flecken haben.“

Und das war zum Teil seine Schuld. In ihren

Sitzungen mit Sanna machte sie gute Fortschritte, aber sie brauchte noch Zeit, um zu wachsen. „Was ist diesmal passiert?", fragte er. Er erhielt wöchentlich Berichte über ihre Fortschritte, aber das war nichts im Vergleich dazu, mit ihr zusammenzusitzen und zu reden. Er brauchte nicht zu lesen, dass sie sich um dreißig Prozent verbessert hatte oder eine Strecke vier Sekunden schneller laufen konnte als bei ihrem letzten Versuch.

„Ich bin auf den Arsch gefallen, als ich versucht habe, eine Wand hochzuklettern. Tat ziemlich weh", brummte sie. Ihre Finger fuhren über das große Clanzeichen, das seine linke Hand bedeckte, und strichen lässig über die Haut, als wäre es ihre eigene. „Wie bist du in all das verwickelt worden?"

„Ich habe keine Familie", sagte er. In gewisser Weise stimmte das auch; er hatte keine Blutsverwandten, obwohl die Leute im Tempel der Toten ihm so nahe standen, wie es nur möglich war. „Aber mir wurde die Möglichkeit gegeben, etwas für mein Territorium zu tun. Ich sah keinen Grund, nein zu sagen."

Sie drehte sich um und schaute ihn an. „Und das soll ich glauben?"

Er küsste sie und genoss den Geschmack, als sie den Kuss erwiderte. Aber sie kannten sich inzwischen gut genug, und als Reina sich zurückzog, hob sie eine Augenbraue, und wartete auf eine Antwort. „Damals war ich verloren", sagt Stoan und dachte an Tage, an die er sich lieber nicht erinnern wollte. Die Vergangenheit tat weh.

„Und Nina hatte eine Verwendung für mich, gab mir eine Richtung vor. Sie wusste, dass es mir egal war, ob ich lebe oder sterbe, und fand Wege für mich, das zu verarbeiten."

Reina stieß ein hohles Lachen aus. „Bei dir klingt es, als sei sie nett."

„Nein, das nicht", antwortete er. „Sie hat mich benutzt. Ich brauchte Anleitung, Hilfe, Heilung. Stattdessen ließ sie mir die Kunst des Tötens und der Infiltration beibringen. Sie hat etwas Dunkles in mir geweckt."

„Das ist nicht alles, was du bist", betonte Reina. „Ich sehe dich."

„Ich bin nicht mehr dieser Junge", stimmte Stoan zu.

„Gut." Sie zog seine Hand hoch und küsste sie, bevor sie sie wieder hinlegte. „Bist du echt?", fragte sie beiläufig, eine Frage, die sie ihm fast jeden Abend stellte.

„Willst du, dass ich es bin?" Er hatte mehr als einmal versucht, „Ja" zu sagen, aber sie hatte es nie geglaubt.

Reina reagierte nicht, und langsam beruhigte sich ihr Atem, als sie in ihrem Traum einschlief, in seinen Armen liegend, während die Sonne hinter den Bäumen unterging. Stoan fielen die Augen ebenfalls zu, aber er hielt sie weiter fest. Wenn dies das einzige Mal wäre, dass er sie berühren konnte, wollte er sie nie mehr loslassen.

7
KAPITEL SIEBEN

Reina landete unglücklich auf ihrer Schulter, ihr Handgelenk zwischen ihrem Körper und dem Boden eingeklemmt. Sie trat mit den Füßen aus, rollte sich nach hinten und sprang wieder in Kampfposition, bevor Sanna auch nur die Hälfte der Distanz zwischen ihnen überwinden konnte. Das brachte die große, kräftige Frau nicht von ihrem Kurs ab.

In vier Monaten hatte sie Reina kein Pardon gegeben und ihr beigebracht, zu rennen, zu kämpfen, zu täuschen und hatte sie ohne Ende gedrillt. Dieses Training war zu Reinas Lebensinhalt geworden, seit sie sich dem Tempel genähert hatte, und es war ihr verboten, mit jemandem darüber zu sprechen. Nicht einmal Haylio durfte es wissen.

Jeden Tag ging sie zur Arbeit auf dem Markt, aber die Abende verbrachte sie hier. Und sie begann gerade erst zu verstehen, wie viel sie noch zu lernen hatte. Wie viel sie nie lernen würde, weil die Zeit dafür fehlte.

Es stellte sich heraus, dass der Sunrise-Tempel als Ausbildungsstätte für Spione diente, die im Dienste von Commander Nina standen. Natürlich hatte niemand Reina ein Wort davon gesagt, aber die Hinweise waren alle da, und sie lernte, solche Hinweise zu erkennen. In ein oder zwei Jahren könnte sie die nötigen Fähigkeiten erwerben, um in den Einsatz zu gehen und das Gelernte anzuwenden. Aber sie befürchtete, dass sie nicht so viel Zeit hatte.

Dann ging Sanna auf sie los, schwarze Haarsträhnen flogen ihr bei jedem Schlag entgegen. In einem Straßen-kampf wären die langen Haare eine Belastung, aber Sanna hatte ihr beigebracht, dass sie nicht den Eindruck erwecken sollte, als sei sie jederzeit kampfbereit, man konnte nicht immer auf alles vorbereitet sein. Also trai-nierten sie in unpraktischen Kleidern und unbequemen Schuhen, mit gefesselten Händen oder beim Balancieren auf Vorsprüngen, die einen Meter über dem Boden waren. Es gab keinen perfekten Moment.

Das hielt Reina nicht davon ab, Sanna an den Haaren zu packen und sie nach vorne zu ziehen, ihr in den Bauch zu boxen und sich aus ihrer Reichweite zu drehen, als Sanna scharf ausatmete.

Ein Gong ertönte hinter ihnen und Reina hielt inne. Sanna hob eine Hand und zeigte damit an, dass ihr Kampf beendet war.

Sie schaute zur Tür hinüber. Sie waren allein im Schulungsraum. Ein paar ausgewählte Priesterinnen durften nach Belieben eintreten, aber an den meisten Tagen waren nur Reina und Sanna dort. Und in vier Monaten hatte Reina nichts über die Kriegerpriesterin erfahren. Tatsächlich war sie sich nicht einmal sicher, ob Sanna eine Priesterin war.

Die Tür öffnete sich und eine junge Priesterin, nicht älter als vierzehn, kam mit einem kleinen Stück Papier herein. Sanna nahm es mit einem Nicken entgegen, las den Inhalt und hielt dann das Papier über eine der Kerzen, die auf einem Tisch standen, und ließ das Papier dann in einer zeremoniellen Bronzeschale verbrennen.

„Unsere Zeit ist zu Ende", sagte sie sachlich. „Sei bereit, morgen früh abzureisen. Du wirst vor Sonnenaufgang bei dir zu Hause abgeholt."

So bald? „Ich habe einen Job", protestierte Reina. „Und Haylio wird sich fragen, wo ich ..."

Sanna unterbrach sie. „Dein Training ist abgeschlossen. Bitte verlass den Tempel." Sie ging und ließ Reina völlig ratlos im Schulungsraum stehen. Vier Monate ihres Lebens und nicht einmal ein paar Abschiedsworte?

Da sie nur eine Nacht Zeit hatte, um die Arbeit einer ganzen Woche zu erledigen, hatte Reina nach dem Verlassen des Tempels keine Zeit zum Nachdenken mehr. Sie rief Oreylia an und sagte ihr, dass sie sich eine Auszeit nehmen müsse. Ein paar Schlüsselwörter, und schon hatte sie ihre Freundin und Kollegin davon überzeugt, dass die Trauer über Lex' Tod sie plötzlich übermannt hatte und sie etwas Zeit brauchte, um sich wieder zu fassen.

Haylio war zum Glück nicht zu Hause. Sie schrieb eine Notiz und teilte ihm mit, dass sie beauftragt worden sei, die Bücher einer Forschungsstation in einer abgelegenen Region von Ninas Gebiet zu prüfen. Die Kommunikationssignale wären aufgrund von Sicherheitsprotokollen blockiert, also würde sie ihn kontaktieren, wann immer es ihr möglich war. Sie wusste, dass er sich um Flig kümmern würde, aber sie streichelte die Katze trotzdem, bevor sie ihre Sachen packte.

Vor Sanna wäre sie nie in der Lage gewesen, sich diese Szenarien spontan auszudenken. Vor Stoan.

Während Reina ihre Tasche packte, versuchte sie, nicht an ihn zu denken. Vier Monate waren vergangen, seit sie sich in jener Nacht in der Gasse das letzte Mal gesehen hatten. Und doch hatte Reina ihn nicht aus ihren Gedanken ... oder ihren Träumen ... vertreiben können. Was nach ihrer ersten Begegnung nur sporadisch geschah, hatte sich einige Tage nach ihrem Zusammenbruch beim Amphitheater zu fast nächtlichen Ausflügen entwickelt.

Und es waren nicht nur Sex-Träume, obwohl das ein wesentlicher Aspekt war. Nein, jetzt hatten sich die Träume verändert. Nachts teilte sie ihre Hoffnungen und Ängste mit Stoan, und im Gegenzug zeigte er ihr

Geheimnisse und Welten, die sie sich nicht hatte vorstellen können.

Sie war mehr als nur ein bisschen vernarrt in ihn. Nun ja, jedenfalls in ihr Idealbild von ihm. Reina versuchte, vernünftig damit umzugehen. Er war der erste Mann, den sie seit Jahren ansah, der nicht ihr Ehemann war. Er war *gleich* nach dem tragischen Tod ihres Mannes aufgetaucht. Sie hatte sich auf ihn geprägt wie ein Entenbaby auf seine Mutter, oder so ähnlich.

Es war nicht real.

Egal, wie gut es sich anfühlte.

Aber beim Gedanken an ein Wiedersehen mit ihm war sie trotzdem aufgeregt. Das war Wahnsinn. Sie war im Begriff, sich in die gefährlichste Erfahrung ihres Lebens zu stürzen, kaum vorbereitet, ohne zu wissen, was sie eigentlich zu tun hatte. Und alles, woran sie denken konnte, war, dass der Mann, mit dem sie arbeiten sollte, verdammt sexy war.

Reina packte leicht. Das war Sannas erste Regel gewesen. Wenn du nicht weißt, wohin du gehst, solltest du dich nicht belasten. Vorräte kann man in der Regel während der Mission besorgen.

Der Schlaf kam nicht leicht. Sie stellte ihren Wecker auf kurz nach Sonnenaufgang, obwohl sie keine Ahnung hatte, wann sie abgeholt werden würde oder von wem.

Sie verbrachte die Nacht damit, sich hin und her zu wälzen, der Schlaf kam stückchenweise, aber zum Glück ohne Träume. Sie hätte es nicht verkraftet, in der Nacht, bevor sie den echten Stoan wiedersehen würde, dem Traum-Stoan gegenüberzustehen. Als der Wecker ertönte, war Reina unausgeschlafen, aber trotzdem bereit.

Es war gut, dass Reina früh wach war. Keine fünfzehn Minuten nach Sonnenaufgang klopfte jemand an die Tür. Sie schaute schnell den Flur hinunter zu Haylios Zimmer, aber seine Tür stand offen und das Zimmer war leer. Sie war allein zu Hause.

Sie hörte wieder das Klopfen und korrigierte ihre Gedanken. Sie war allein *gewesen*. Jetzt hatte sie Gesellschaft.

Reina nahm ihre Tasche und schaltete das Licht hinter sich aus. Haylio würde ihren Zettel finden. Sie kraulte Flig ein letztes Mal hinter den Ohren und küsste sie auf den Kopf. Das weiche Fell fühlte sich so vertraut an, und Reina stiegen Tränen in die Augen.

Ich hoffe, ich komme wieder. Der Gedanke hüpfte in ihrem Hinterkopf herum, machte sich breit und rüttelte sie auf. Seit Beginn ihrer Ausbildung hatte sie nicht mehr darüber nachgedacht — sie hatte es sich nicht erlaubt, darüber nachzudenken. Aber jede Lektion, die sie im Tempel erhielt, war ein Schritt weg von ihrem normalen Leben und ein Schritt hin zu etwas Neuem, Aufregendem und so gefährlich, wie sie es sich nur vorstellen konnte.

Ihr Mann hatte diese Welt kaum betreten, da war er schon tot.

Aber er hatte kein Training, flüsterte ihr ein streitbarer Teil ihrer selbst zu. *Er war eingebildet.*

Und solche Gedanken würden dafür sorgen, dass sie getötet würde. Sie war für diese Aufgabe nicht besser gerüstet als Lex, nicht wirklich. Sie hatte gerade genug Training, um genau zu wissen, wie gefährlich eine Situation werden konnte, und nicht genug, um die Kontrolle übernehmen zu können. Sie wusste gerade genug, um zu wissen, wann es Zeit war, in Panik zu geraten.

Reina riss die Tür auf und erschrak fast, weil da nicht Stoan stand, sondern ein fremder Oscavianer. Seine tiefviolette Haut glühte schwach in der aufgehenden Sonne.

„Ich bin Ihr Taxifahrer, Ma'am", sagte er mit einer kurzen Verbeugung. Er sprach mit einem Nina-City-Akzent. Er war auf Tarni aufgewachsen, nicht im fernen Oscavianischen Reich. Er reichte ihr einen kleinen Holzchip, in den ein kunstvolles Muster eingebrannt war. Nina gab sie ihren zuverlässigen Agenten, damit sie sich untereinander ausweisen konnten. Es war sicher, mit ihm zu gehen.

Als sie die Treppe zur Straße hinunterging, wurde ihr klar, dass ein Taxi absolut sinnvoll war. Sie und Stoan durften vor diesem Einsatz nicht zusammen gesehen werden. Droscus hatte überall in der Stadt Spione.

Sie behielt ihre Tasche bei sich, als sie auf den Beifahrersitz des Hover-Taxis kletterte. „Wohin fahren wir?", fragte sie, als der Oscavianer auf den Fahrersitz rutschte und den Motor anließ.

„Port Kully. In zwei Stunden werden Sie dort auf ein Schiff gehen“, sagte er.

„Schiff? Also, ein Boot?“ Der Hafen diente als Anlegestelle vor allem für Vergnügungsboote, abgesehen von gelegentlichen Lieferungen von Luxusgütern, da der Hafen in der Nähe der industriellen Lagerhallen lag. Als Kind in der Zitadelle war Reina im Sommer mit ihren Eltern und Haylio zum Rafting gefahren. Aber sie war seit mehr als einem Jahrzehnt nicht mehr auf dem Wasser gewesen. Welchen Sinn hatte es, wenn ein Shuttle eine Person schneller und billiger von einem Ort zum anderen bringen konnte als ein Schiff?

„Scheint so“, sagte der Oscavianer. Der Hafen war fast eine Stunde entfernt, aber so früh am Morgen war der Verkehr gering und sie schafften es in fünfundvierzig Minuten. Als er sie absetzte, wollte Reina ihn aus Gewohnheit mit Credits bezahlen, aber er lehnte mit einem Kopfschütteln und einem Lächeln ab. Er ließ sie auf dem Rollfeld zurück, der Geruch von Salz lag in der Luft.

Niemand war hier, keine Fahrzeuge auf dem Parkplatz, keine Segler, die ihre Boote inspizierten. Es gab nur sie und das Krächzen der Vögel.

Reina fröstelte. Stoan wartete auf sie, und es war an der Zeit, ihm zu zeigen, woraus sie gemacht war.

———

Die Operation hätte schon vor einem Monat beginnen können, wenn Stoan Reinas Überleben nicht als entscheidend für die Mission angesehen hätte. In der Zitadelle war alles vorbereitet, aber die wöchentlichen Berichte, die er von Sannas Agenten erhielt, besagten, dass Reina noch nicht bereit war. Und wenn Sanna diese Einschätzung vornahm, konnte er ihr vertrauen. Sie war jahrelang Ninas Chefspionin gewesen, lange bevor Nina zur Herrscherin eines halben Planeten aufgestiegen war.

Aber Sannas Identität war aufgedeckt worden, ihr Gesicht war ihren Feinden bekannt. Deshalb hatte sie eine Rolle im Hintergrund übernommen, lebte zurück-gezogen im Tempelbezirk und bildete neue Agenten für bestimmte Missionen aus. Es gab niemanden, dem Nina mehr vertraute, und bei dieser Mission vertraute Stoan ihr ebenso sehr.

Seit der Rückkehr von seinem kurzen Abstecher nach Beothea hatte sich etwas in ihm verändert. Ein Teil der Last war von seinen Schultern genommen worden. Nicht die gesamte Last. Er hatte zu viel Ehre, zu viel Verantwortung in sich, um jemals wirklich frei davon zu sein. Aber jetzt sah er Hoffnung, wo er zuvor nur Verzweiflung gesehen hatte. In Wahrheit hatte alles vor sechs Monaten mit dem Erscheinen von Dorsey Kwan begonnen.

Dank Frauen wie ihr war sein Volk vielleicht nicht zu einem langsamen, unausweichlichen Tod verdammt. Und wegen Frauen wie Reina Draven. Seiner Denya.

Er hatte nicht die Entscheidung getroffen, sie in Besitz zu nehmen. Inrit hatte immer noch das erste Anrecht auf sein Herz, und er wusste nicht, wie er sie loslassen sollte, selbst wenn er es gewollt hätte. Aber das Band, das er am ersten Tag gespürt hatte, war echt. Das Band war in einer anderen Form wieder aufgeflammt, als sie in der Gasse weinte.

Und obwohl er bezweifelte, dass sie sich dessen bewusst war, war die Verbindung in ihren Träumen von Augenblick zu Augenblick stärker geworden. Es handelte sich schließlich um eine psychische Verbindung, die genährt werden wollte, auch wenn diejenigen, die durch sie verbunden waren, körperlich getrennt waren.

Stoan schaute auf die Uhr, als seine Krallen zuckten und sich sein Sichtfeld für einen Moment verengte.

Sie war hier, ganz in der Nähe.

Er atmete durch den Mund ein, stand völlig still und blickte aus dem kleinen Fenster auf den Yachthafen hinter dem gedrungenen Verwaltungsgebäude. Die Arbeiter würden erst in einigen Stunden eintreffen, und bis dahin würden er und Reina auf der Jacht sein, die zur Zitadelle fuhr, ohne dass jemand etwas davon mitbekam.

Niemand wusste, welchen Weg sie in die Stadt oder in das Gebiet von Droscus nehmen würden. Er würde sich mit einem seiner Agenten vor Ort in Verbindung setzen, wenn das Schiff nahe genug war, dass sie eine Ablenkung brauchten, um unbemerkt an Land zu gehen.

Die Tür öffnete sich und Stoan zwang sich, an Ort und Stelle zu bleiben. Reina bewegte sich mit wacher Entschlossenheit, ihre Schritte waren leise, fast lautlos. Noch vor ein paar Monaten war sie ein trampeliger *Lyrax* gewesen, der auf schweren Füßen in Ninas Büro stapfte. Jetzt bewegte sie sich wie eine Tänzerin.

Stoan drehte sich um, als sie nur noch eine Armlänge entfernt war.

Wenn er geglaubt hatte, die Verbindung zwischen ihnen sei in Ninas Büro heiß aufgeflammt, war er ein Narr gewesen. Seine ganze Aufmerksamkeit war auf sie gerichtet, der Rest des Raumes löste sich in Nichts auf. Ohne nachzudenken, ging er auf sie zu, und seine Brust hob sich, als er ihren himmlischen Duft einatmete.

Er hatte etwas herrlich Weibliches, gemischt mit einer waldigen Note, die an eine antike Jägerin erinnerte, die mit Pfeil und Bogen in der Hand auf einem prächtigen irdischen Pferd saß. Eine menschliche Göttin.

Und dann war seine Hand oben, nur Zentimeter von ihrer Wange entfernt, die Wärme ihrer Haut vermischte sich mit der Luft zwischen ihnen.

Reinas blaue Augen blitzten auf und wurden dunkel mit etwas Fleischlichem, etwas, das genau hier zwischen sie gehörte. Sein Schwanz erwachte zum Leben, drückte gegen den Stoff seiner Hose und verlangte genauso nach ihr wie seine Hand.

Ihr Mund öffnete sich einen Spalt, und ihre Zunge

schob sich heraus und leckte in einer sinnlichen, nervösen Geste über ihre Oberlippe.

Stoan stöhnte und verringerte den Abstand, indem er ihr Gesicht in beide Hände nahm.

Ja!, wollte er schreien. Das war das, worauf er gewartet hatte: Haut auf Haut.

„Was machst du ...", Reina schluckte schwer, „was machen *wir* da? Was ist hier los?"

Nur ein Kuss; der Geschmack ihrer Lippen könnte seinen hungrigen Körper ein Jahrhundert lang nähren. Aber Stoan riss seine Hand zurück und zwang sich, einen Schritt zurückzutreten, um etwas Abstand zwischen sie zu bringen. Ein Mann nahm nicht, was nicht freiwillig gegeben wurde.

Und sie trauerte immer noch um ihren Mann. Das durfte er nicht vergessen.

„Es tut mir leid", sagte er. „Das war ..."

„Ich habe dich nicht gebeten, dich zu entschuldigen", unterbrach sie ihn. Sie richtete sich auf und war plötzlich fast genau so groß wie er. Er war immer noch einen halben Kopf größer als sie, aber sie war keine kleine Frau. Ihr blondes Haar wurde mit einem dünnen Lederstreifen zurückgehalten, und sie trug kein Make-up wie die Männer und Frauen von Tarni. Sie hatte ein frisches Gesicht und war atemberaubend schön. Wie hatte er das bisher nicht sehen können?

Er hatte natürlich gewusst, dass sie attraktiv war. Er hatte schließlich Augen. Aber wenn er sie jetzt ansah, war er sich nicht sicher, ob es auf Tarni eine Frau gab, die lieblicher war.

„Warum nicht?", fragte er. Er war zu weit gegangen. Er kannte die Regeln im Umgang mit Menschen. Sie waren nicht übermäßig körperlich orientiert, und sie würden nie die überstürzten Paarungen verstehen, die diejenigen in der ersten Phase einer Denya-Verbindung vollzogen. Was war schon ein bisschen Sex zwischen Fremden, wenn der Tod nahe war?

Reina öffnete den Mund, um etwas zu sagen, und schloss ihn dann wieder, ohne zu sprechen. Ihre Augenbrauen zogen sich zusammen, während sie nachdachte. „Ich ... ich bin mir nicht sicher. Aber ich will nicht, dass du dich entschuldigst. Ich will ...", Sie brach ab und ließ eine verlockende Andeutung in der Luft liegen.

Wenn er weiter in ihrer Nähe bliebe, würde er sie küssen. Und wenn er sie küsste, glaubte er nicht, dass er aufhören könnte, bevor sich die Dinge zwischen ihnen grundlegend geändert hätten. Er sehnte sich danach, sie zu berühren, sie zu halten, sie zu nehmen und zu beenden, was das Schicksal vor sechs Monaten begonnen hatte.

Stoan war ein Narr gewesen, als er dachte, er könne sich fernhalten.

Aber der eine Moment der Vernunft genügte ihm, um die Kontrolle über seine Hormone zurückzuerlangen. *Der Auftrag*, erinnerte er sich, *muss erledigt werden.*

„Folge mir", sagte er, „wir müssen los." Er führte sie

den Flur entlang, durch die Hintertür und hinaus zum Yachthafen. Sie gingen einen Steg in der Mitte des Schwimmdocks entlang, bis sie ein mittelgroßes Boot mit einem Rumpf aus feinem dunklem Holz erreichten, das für Touristen gebaut worden war, die lange Fahrten auf dem Meer von Tarni unternahmen. Obwohl das Schiff sehr modern und sogar mit Hover-Funktion ausgestattet war, enthielt es zahlreiche Anspielungen auf die Vergangenheit.

Ein großer Bug ragte mehrere Meter aus dem Wasser, und die dekorativen Fenster entlang der Wasserlinie sahen so aus, als könnten dort altertümliche Ruderer sitzen, wie auf den Schiffen der alten Erde.

„Wo ist die Mannschaft?", fragte Reina und folgte ihm über die Planke, um an Bord zu gehen.

Er gestikulierte zwischen den beiden. „Sie steht vor dir."

Sie lachte laut, und es war, als würde die Sonne explodieren. Stoan griff nach dem Geländer und hielt es fest umklammert. „Es hat Autonavigation." Die Worte klangen abweisender als beabsichtigt und Stoan fühlte sich wie ein Arschloch, als das Lächeln von ihrem Gesicht verschwand. Aber er entschuldigte sich nicht.

„Auf dem Wasserweg ist es eine dreitägige Reise", sagte er. „Wir treffen uns im Kontrollraum, sobald du dich eingerichtet hast."

Sie hatten eine Menge zu planen.

8

KAPITEL ACHT

Drei Tage auf einem Schiff mit Stoan. Klar, kein Problem. Reina stieß einen Atemzug aus. Selbst in ihrem Kopf klang das wie eine Lüge. Das war nicht gut.

Sobald sie ihn gesehen hatte, wusste Reina, dass sie verloren war. Sie würde den verrückten Gefühlen in ihr nachgeben und mit ihm schlafen. Es wäre ein Wunder, wenn sie sich am Ende nicht verlieben würde. Und dann würde er ihr das Herz brechen. Das war es, was Männer ihr antaten. Selbst der, den sie geheiratet hatte, war eine Enttäuschung gewesen.

Sie war nie genug. Lex hatte sich immer nach Freiraum gesehnt. Ihr erster Freund hatte ihr blondes Haar nicht gemocht. Ein anderer sagte, sie sei zu fett. Und der Mann, mit dem sie kurz vor ihrer ersten Begegnung mit

Lex ausgegangen war, hatte ein Zölibatsgelübde abgelegt und sich einem asketischen Orden angeschlossen.

Es war schwer, es nicht persönlich zu nehmen, wenn ein Mann eine Woche nach dem dritten Date für alle Zeit auf Sex und die Annehmlichkeiten der Welt verzichten wollte.

Reina fand einen Raum auf dem Schiff und stellte ihre Tasche an das Fußende des Bettes. Sie war nicht überrascht, in der kleinen Truhe zwei Garnituren Kleidung zum Wechseln und im Badezimmer einen Behälter mit Toilettenartikeln zu finden. Als sie die falsche Tür öffnete und eintrat, stellte sie fest, dass sie sich in dem Raum direkt neben dem Quartier für den Kapitän befand. Dieses Zimmer war nicht riesig, aber wesentlich größer als das, das sie gewählt hatte.

Das Bett war doppelt so groß wie ihres, und trotzdem wirkte das Zimmer noch riesig.

Und Stoans Tasche lag auf der Bettdecke.

Sie schloss die Tür hinter sich und verriegelte sie. Auf der anderen Seite des Flurs befand sich ein weiteres Zimmer, das sie nehmen könnte, und er würde nie erfahren, dass sie fast nur durch eine Tür getrennt gewesen wären, die so dünn war, dass ein Kind sie durchschlagen konnte. Aber Reina ließ ihre Sachen dort, wo sie waren. Es kam ihr feige vor, ihre Meinung zu ändern, nur weil er im Zimmer neben ihr schlief.

Sie waren erwachsen.

Außerdem wusste sie, dass ein schmaler Flur kein Hindernis für unanständige Vorhaben darstellen würde.

Sie glättete ihre Kleidung und richtete ihr Haar, bevor sie wieder nach oben in den Kontrollraum zu Stoan ging. Sie stieg im Inneren des Schiffes eine Treppe hinauf, die so schmal war, dass sie fast mit beiden Schultern gegen die Wände stieß. Der Geruch des Meeres war überall auf dem Schiff, pochte in ihrer Brust und erinnerte sie an glücklichere Zeiten.

Die Treppe führte direkt in den Kontrollraum.

Von dort aus hatte man eine tolle Aussicht. Die Wände bestanden fast rundum aus Glas, so dass sie in alle Richtungen bis zum Horizont schauen konnten. Eine hellviolette Halbwand aus Kunststoff zog sich unten am Glas entlang und verschmolz mit dem Wasser um sie herum.

Der Kontrollraum war nicht das, was sie erwartet hatte. Die Schiffe, die ihre Familie vor langer Zeit benutzt hatte, waren einfache Schiffe mit manueller Steuerung gewesen. Stoan saß vor etwas, das eher aussah wie die Konsole auf Lex' Frachter. Es gab Lichter und Scanner, verschiedene Bildschirme und mehrere Hebel.

Die Hebel bewegten sich auf und ab, ohne dass Stoan sie berührte. Die automatische Steuerung. Reina schaute aus dem Fenster und sah den Hafen in der Ferne hinter ihnen. Das Boot bewegte sich so geschmeidig, dass sie gar nicht bemerkt hatte, dass sie bereits unterwegs waren.

Stoan sah zu ihr hinüber, stand auf und drückte auf einen Knopf über den Bedienelementen. Er deutete auf einen kleinen Tisch, der ein paar Schritte von der Konsole entfernt stand. Anstelle von Stühlen gab es eine Bank an der kurzen Wand entlang. „Bitte, nimm Platz“, sagte er.

Reina setzte sich so hin, dass sie einen möglichst weiten Ausblick hatte. Dadurch befand sie sich direkt neben der kleinen Treppe, die hinunterführte, und Stoan stieß zufällig mit ihr zusammen, als er vorbeiging. Er setzte sich neben sie. Die Bank war gar nicht so groß und der Raum fühlte sich auf einmal viel kleiner an.

Stoan legte ein kleines Gerät, etwa so groß wie seine Handfläche, auf den Tisch. Drei Beine kamen darunter hervor und ein Licht blitzte auf. Es war ein tragbarer Hologrammprojektor. Selbst im hellen Licht des Raumes war das Bild klar.

Über dem Projektor schwebte ein dekorativer Schlüssel, derjenige, den sie vor sechs Monaten in Ninas Büro gesehen hatte.

Wenn es nicht derselbe war, dann war es sein eineiiger Zwilling.

Stoan zerrte an dem Kragen seines Hemdes, bis er eine goldene Kette in der Hand hatte. Er zog daran und derselbe Schlüssel wie in der Projektion kam zum

Vorschein. Er hob die Kette über seinen Kopf und ließ sie von in seiner Hand baumeln, auf der der Schlüssel lag.

„Dieser Gegenstand wurde einem der Wächter von General Droscus während seines Angriffs auf die Station Nina vor sechs Monaten abgenommen", sagte er ganz geschäftsmäßig und ernst.

„Die Nina-Station wurde vor sechs Monaten angegriffen?" Auf keinem der Mediensender oder in den Nachrichtenblättern war von einem Angriff berichtet worden. Die Nina-Station war wichtig für den interplanetaren Transport. Sie war eine der vier ständigen Raumstationen um Tarni und war Ausgangspunkt für Reisen und Handel. Offiziell war jede dieser Stationen neutrales Gebiet, aber in der Praxis wurden sie von dem Warlord kontrolliert, der das darunter liegende Gebiet beherrschte.

Plötzlich sah Stoan ... schuldbewusst aus. Seine roten Augen wurden größer, die Rubine leuchteten einen Augenblick lang hell auf, bevor sie wieder dunkler wurden, und seine Lippen sich zu einem schmalen Strich zusammenzogen. „Ich fürchte, ich muss mich entschuldigen."

„Was? Warum?" Das war eine plötzliche Wendung. Und obwohl ihr Leben aus den Fugen geraten war, glaubte Reina nicht, dass Stoan irgendetwas getan hatte. Er hatte das nicht zu verantworten.

Er sah ihr in die Augen, und sie verkniff sich ein

Keuchen. Seine Augen waren ihr vertraut, und ihre karminrote Farbe hatte nichts Seltsames an sich. Viele Außerirdische hatten andersfarbige Augen als Menschen. Aber als sie ihn jetzt ansah, verstand sie, warum ihre Vorfahren geglaubt hatten, Dämonen hätten rote Augen. Sie hatten etwas so unbeschreiblich Verlockendes an sich, dass sie ihre Finger krümmen und ihre Nägel in das Fleisch ihrer Handfläche treiben musste, um nicht die Hand auszustrecken und ihn zu berühren.

Das war nicht normal. Reina war schon in Beziehungen gewesen. Sie war schon verliebt gewesen. Sie war in Männer vernarrt gewesen, die nicht die Richtigen für sie waren. Aber es war noch nie so plötzlich, so treibend gewesen. Dieses Bedürfnis war wie ein lebendiges Wesen. Und sie konnte versuchen, es zu rationalisieren, sich einzureden, dass es normal sei, weil sie sich nun schon seit Monaten kannten.

Aber es war nicht normal, und die Zeit hatte nichts damit zu tun. Reina wollte Stoan, und zwar vom ersten Moment an, als sie sich kennengelernt hatten.

Was sollte sie also tun? Sie war alleinstehend, frei von Verpflichtungen und Versprechen. Und wenn sie diese Mission überlebten, wenn sie nicht schief ging, dann hielt sie nichts mehr davon ab, sich mit dem heißesten blauen Außerirdischen einzulassen, den sie je getroffen hatte. Und es gab viele heiße blaue Außerirdische auf Tarni.

Konzentrier dich auf die Arbeit, ermahnte sie sich selbst.

Stoan schien von ihren quälenden Gedanken nichts mitzubekommen. „Deine Freundin Dorsey Kwan bat mich, dir eine Nachricht zu übermitteln. Es geht ihr gut und sie ist glücklich. Sie und ihr ...", er hielt kurz inne, als sei er über das Wort gestolpert, dann fuhr er fort. „Ihr Gefährte Tyral haben Tarni schnell verlassen müssen. Aber sie wollte, dass ich dir sage, dass sie in Sicherheit ist. Ich entschuldige mich, dass ich es dir nicht früher gesagt habe."

Etwas Leichtes blubberte in Reinas Brust und brach aus in einem Lachanfall, in einem Kichern. Stoan sah so ernst aus, die Augenbrauen nach unten gezogen, die Augen zusammengekniffen, ohne auch nur den Hauch eines Lächelns. Und während sie weiter lachte, sah er nur noch verwirrter aus.

„Was ist so lustig?", fragte er schließlich, als sie sich beruhigt hatte und wieder zu Atem gekommen war.

Das brachte Reina wieder zum Lachen. Sie klammerte sich an den Tisch und sackte nach vorne, stützte ihren Kopf auf eine Hand und bekam einen Schluckauf. Sie wusste, dass dies keine angemessene Antwort auf seine Frage war. Sie wusste, dass sie ernst sein sollte, aber sein Gesichtsausdruck und seine Botschaft erinnerten sie daran, dass es Dinge außerhalb dieser Welt gab, in die sie eintrat. Gute Dinge.

Reina setzte sich wieder auf und kontrollierte ihre

Atmung. Sie spürte die rote Hitze auf ihren Wangen und wusste, dass ihr Gesicht so leuchten musste wie die *Ruberry*-Kuchen, die ihre Mutter zu backen pflegte. Sie holte ein letztes Mal tief Luft, bevor sie sprach. „Ich weiß, dass es ihr gut geht."

Das hatte er nicht erwartet. „Woher?", fragte er.

Diese Frage hatte etwas Scharfes an sich, das sich tief in ihr festsetzte und ihre Begierde weiter anheizte. Sie hatte keinen Zweifel daran, dass er im Bett dominant sein würde. Und sie würde es verdammt noch mal lieben. Aber sie sprachen im Moment nicht über Sex. Sie musste einen klaren Kopf bekommen.

„Sie hat mir vor drei Monaten eine Nachricht geschickt", sagte Reina lächelnd. Dorsey war so fröhlich gewesen, so voller Leben und Lachen, dass es Reina angesteckt hatte und sie nach dem Anruf den ganzen Tag wie auf Wolken geschwebt hatte. Es war von Anfang an klar gewesen, dass zwischen Dorsey und ihrem Detyen etwas lief, aber Reina war zu sehr mit Überleben und Trauer beschäftigt gewesen, um es zu bemerken.

Natürlich hatte Dorsey ihr das nicht übel genommen. Eine echte Freundin würde das nie tun.

„Es geht ihr gut?", fragte er nach einem Moment, immer noch so verwirrt, dass eine Welle der Zuneigung über sie hinwegrollte. Reina wollte ihn einfach nur umarmen und trösten. „Und ihr Denya?"

„Was ist ein Denya?" Dorsey und Ty waren Hunderte von Lichtjahren entfernt. Die Kommunikationsverbindungen über eine solche Distanz waren oft instabil und das Gespräch manchmal abgehackt. Aber sie erkannte das Wort nicht. Und obwohl Reina kein gutes Ohr für Sprachen hatte, wusste sie, dass sie sich daran erinnern würde, wenn sie es gehört hätte. Es setzte sich irgendwo in ihrer Brust fest und grub sich ein, bis es ein Teil von ihr wurde. Sie besaß das Wort, oder vielleicht besaß das Wort sie. Egal was, es gehörte ihr. Auch wenn sie nicht wusste, was *es* war.

Stoan wurde vorsichtig. Sie konnte sehen, wie sein Gesichtsausdruck verschlossen wurde, was irgendwie erstaunlich war, da er etwa so ausdrucksstark wie ein Stein war. Er stand auf, und sie dachte, das Gespräch sei beendet, obwohl sie nicht darüber gesprochen hatten, was er wollte. Doch Stoan trat nur an eines der Fenster und blickte auf das Meer, das sie umgab. Nach einem Moment sah er sie wieder an, die Augen wie Flammen.

„Denya ist das Detyen-Wort für Gefährten", erklärte er mit einer Stimme voller Emotionen. „Denya ist alles. Erlösung. Das Leben selbst."

„Kinder?", fragte sie. Was sonst könnte er mit Leben meinen?

Aber Stoan schüttelte den Kopf. „Wir sind verflucht. Eine Denya ist ein Segen."

„Ich verstehe immer noch nicht." Flüche waren nicht real, nicht so wie die in alten Legenden. Die Götter konnten weder den Himmel auf die Ungläubigen herabfallen lassen noch unschuldige Frauen in Spinnen verwandeln.

Stoan streckte seine Hand aus und legte sie auf die ihre. Sie schaute an sich herunter und sah, dass die blaugrüne Haut ihr langweiliges Beige bedeckte. Er strich mit dem Daumen über ihre Haut, und sie erschauerte, eine Gänsehaut kroch ihren Arm hinauf. An seinen Fingerknöcheln waren seltsame Einkerbungen, fast wie bei der Pfote einer Katze. Sie wollte die Hand ausstrecken und ihn berühren, aber sie hielt sich zurück.

„Es ist wohl eher eine evolutionäre Eigenart", sagte er, ein Versuch, die Sache mit dem Fluch zu relativieren. „Hast du von Detya gehört?"

In ihrem Gedächtnis tauchte etwas auf, etwas Tragisches. Sie wusste nicht, warum oder woher sie es wusste, aber das Wissen war da. Irgendwie. „Es wurde zerstört, nicht wahr?" Vielleicht hatte sie etwas darüber in der Schule gelernt oder vielleicht hatte sie es von einem ihrer Kunden gehört.

Aber Stoan nickte nur. „Vor hundert Jahren gab es Milliarden von uns. Jetzt sind es nur noch Tausende. Und diese Zahl wird jedes Jahr kleiner.

„Warum?" Was war der Fluch, die Eigenart, von der er gesprochen hatte?

„Wenn wir unseren oder unsere Denya nicht finden, wenn wir nicht bis zum Alter von dreißig Jahren die Verbindung eingegangen sind, sterben wir."

Der Detyen-Fluch war kein Geheimnis. In jeder Enzyklopädie der Arten würde man diese Information finden, sachlich formuliert, neben der Durchschnittsgröße, den üblichen Hautfarben und der Beschreibung der Clanzeichen. Dennoch hatte Stoan das Gefühl, dass er Reina etwas Schändliches verriet, und ein großer Teil von ihm wollte nicht, dass sie es erfuhr.

Er befürchtete, dass es ein Fehler war, ihr jetzt von der Denya-Verbindung zu erzählen, aber er würde sie nicht anlügen, es sei denn, um ihr Leben zu retten. Außerdem war ihre gute Freundin die Gefährtin eines Detyen-Mannes. Sie hatte andere Möglichkeiten, Informationen zu erhalten, oder würde sie haben, sobald sie nach Nina City zurückgekehrt waren. Das Zurückhalten von Informationen ergab jetzt kaum noch einen Sinn. Als Spion wusste er im Grunde seines Herzens, dass, wenn er ihr diese Wahrheiten erzählte, sie ihm mehr vertrauen würde.

Wenn Stoan sich selbst belügen würde, würde er sagen, dass er es nur deshalb tat. In Wahrheit wollte er einfach, dass sie es wusste. Auch wenn er nie mit ihr schlafen, nie das Band besiegeln sollte, sollte sie seine Wahrheit kennen.

Ihr Gesicht wurde blass, aber sie korrigierte ihren Gesichtsausdruck schnell, denn die Lektionen mit Sanna hatten die gewünschte Wirkung. Stoan schaute finster drein und beugte sich ohne nachzudenken vor, umfasste ihre Wange und hielt sein Gesicht dicht an ihres, kaum einen Atemzug entfernt. „Wende diese Tricks nicht bei mir an", knurrte er, eine Bestie in ihm tobte, obwohl er von der Logik her wusste, warum sie es tat. Zum Teufel mit der Logik. „Wenn wir allein sind, gibt es nur dich und mich." Keine Geheimnisse, keine Ausflüchte, keine Geister.

Für einen kurzen Moment sah er ihre Angst, ihre Augen wurden größer, ihr Atem stockte. Aber dann war da dieses menschliche Feuer, das aus ihrem Inneren aufflammte. „Gibt es wirklich nur uns?", fragte sie herausfordernd. „Von Anfang an war da eine andere Frau zwischen uns."

Inrit. Woher wusste sie das? Wie *konnte* sie das wissen? Er hatte den Namen auf Tarni nie ausgesprochen, nie ihre Geheimnisse ausgeplaudert. Noch während seine Gedanken ratterten, wurde ihm klar, dass Inrit nicht die Frau war, von der Reina gesprochen hatte.

Nina.

Natürlich.

„Sie ist nicht hier", sagte er und hob seine andere Hand, um ihren Kopf in beide Hände zu nehmen. Die Welt bewegte sich unter ihm, und das hatte nichts mit den Wellen zu tun. „Wenn wir allein sind, gibt es nur dich und mich. Immer nur dich und mich", schwor er und meinte es auch so.

Und gleichzeitig entschied er sich. Die Vergangenheit würde immer ihren Platz haben, und einige dieser Erinnerungen würde er bis zu dem Tag, an dem er sterben würde, in Ehren halten. Aber das Universum hatte ihm ein Geschenk gemacht. Es hatte ihm eine außergewöhnliche, intelligente, scharfsinnige, schöne Frau geschickt und ihm die Rettung aus einem kurzen, brutalen Leben angeboten.

Stoan war kein Narr. Und er war kein Feigling. Er verringerte den Abstand zwischen ihnen und umschloss Reinas Lippen mit seinen.

Ja, es war richtig, perfekt. Genau das, was er sich am meisten auf der Welt wünschte. Alles in seinem Inneren fügte sich zusammen und richtete sich an einer Achse aus, von deren Existenz er nichts gewusst hatte. *Reinas Lippen waren die einzigen Lippen, die er jemals schmecken würde.* Ihr Körper war das, was er anbeten, ihr Geist das, was er wertschätzen würde.

Sie stöhnte und bewegte sich, stemmte sich gegen die Bank und drückte ihn gegen den Tisch. Papiere flatterten umher, und es war ihm egal, denn ihre Hände lagen auf ihm, hielten ihn und strichen über seine Kleidung und prägten ihre Berührung ein.

Er war schon nach dem einfachen Kuss hart.

Das war nicht dasselbe wie in ihren Träumen. Während er schlief, hatte er geglaubt, die Träume würden sich real anfühlen. Aber jetzt, mit Reina in seinen Armen, ihrem Duft, der ihn umhüllte, und ihrem

Geschmack, der seine Zunge überwältigte, wusste er, dass er sich mehr als geirrt hatte.

Ihr Haar war weich zwischen seinen Fingern, als er eine Hand darüber gleiten ließ, um sie zu streicheln, zu beruhigen. Sein Herz schlug zu schnell und sein Kopf drehte sich im Delirium der Möglichkeiten. Es war fast zu real zwischen ihnen, eine Art von Realität, die die Wirklichkeit zerstörte. Aber mit Reina war er bereit, sich dieser neuen Welt zu stellen.

Sie war nicht mehr nur eine Auflistung von Fähigkeiten und Schwächen in einer Personalakte, sie war nie nur das gewesen. Sie war seine Denya, und er wollte sie behalten, sie haben und an ihr festhalten, bis sie beide ihren letzten Atemzug getan hatten.

Aber die Vernunft griff ein. Reinas Vernunft, denn Stoan war zu weit weg, um sich um Konsequenzen, Planung oder die Mission zu scheren. Solange sie die Seine war, würde er nur ihr gehören.

Langsam ließ sie ihre Arme auf seine Brust gleiten, und ihre Finger krümmten sich, als ob sie sich nicht ganz losreißen könnte. Doch dann spürte er den Druck, den sie ausübte, ihre Hände, die ihn wegdrückten. Und einen Moment lang dachte Stoan daran, sie umzustimmen, sie zu küssen, bis sie die Welt um sie herum genauso vergessen hatte wie er.

Aber er war ein ehrenwerter Mann, und das würde er nicht tun. Niemandem sollte die Wahl genommen werden.

Er lehnte sich zurück. Reina stand halb, halb kniete sie auf dem Tisch. Ihre Brust hob und senkte sich unter ihrem dunkelvioletten Top, und ihr blondes Haar war durch seinen Griff unordentlich und zerzaust. Ihre Lippen waren rot und geschwollen, und er wollte sich sofort wieder auf sie stürzen.

Er zwang sich, den Blick abzuwenden. Vor ein paar Augenblicken war es noch nicht so hart gewesen.

In mehr als einer Hinsicht.

Sie hob eine Hand und deutete mit dem Finger auf ihn, nicht vorwurfsvoll, sondern um ihren Worten Nachdruck zu verleihen. „Ich gebe dir Punkte für deine Technik, aber ich habe noch Fragen." Ihre Augen waren blauer und tiefer als der Ozean.

Stoan musste seine Gedanken in den Griff bekommen. So konnte man nicht vorgehen. „Technik?", fragte er, um Zeit zu gewinnen, während er sich unter Kontrolle brachte.

Ihr Mund ging auf, und sie wackelte mit dem Finger zwischen ihnen beiden hin und her. Als er nichts sagte, wedelte sie mit der Hand vor ihrem Mund. „Mich abzulenken. Ich bin nicht irgendeine Frau, die sich verbeugt, nur weil ein Mann weiß, wie man küsst. Das hat vielleicht bei den anderen Frauen funktioniert, die du verführt hast."

„Ich bin kein Verführer", antwortete er. „Ich sagte, nur du. Ich *meine*, nur du."

Ihre Augen wurden schmal, als ob das, was er sagte, eine Lüge sein müsste. „Warum?", fragte sie anklagend.

„Ist es so schwer zu glauben, dass ich mich zu dir hingezogen fühle?" Sie saß vor ihm wie eine Göttin der Anklage, göttlich und gleichgültig, obwohl ihr zerzaustes Haar verriet, dass sie noch vor einem Moment in seinen Armen gelegen hatte.

Reina rutschte von ihrem Platz und stand auf der einen Seite des Tisches, Stoan auf der anderen, so dass ein Meter Abstand als Puffer zwischen ihnen war. Sie richtete sich zu ihrer vollen Größe auf, die Schultern gerade, mit grimmigem Blick. „Ich will nicht, dass du mich benutzt, als wäre ich ein Spielzeug. Ich weiß, dass du mich nicht für diese Mission ausgewählt hättest, aber mich mit Sex zu manipulieren, wird nicht funktionieren." Sie schluckte schwer und ließ ihren Blick für eine halbe Sekunde nach unten schweifen, als könnte sie sich an das Gefühl seines an sie gedrückten Schwanzes erinnern.

Aber das war nur in ihren Träumen passiert, erinnerte sich Stoan.

„Ich manipuliere nicht ...", versuchte er zu sagen, bevor sie ihn unterbrach.

„Wir müssen uns benehmen wie Erwachsene. Und wir müssen den Job erledigen. Und es tut mir leid, dass du eine kurze Lebenserwartung hast und deshalb wahrscheinlich ... viele Frauen magst, um die verlorene Zeit auszugleichen, aber ich bin nicht hier, um irgendeine zufällige Nummer zu sein, nur weil ich gerade hier bin." Sie redete sich in Rage, ihre Worte kamen schneller, purzelten heraus. „Ich habe es satt, immer nur dann interessant zu sein, wenn es gerade passt. Ich verdiene mehr als das und ..."

„Du bist meine Denya." Er war nicht bereit, es ihr zu sagen, aber er wusste nicht, was er sonst noch sagen sollte, um sie zu unterbrechen.

Sie zuckte zurück, als hätte sie einen Schlag bekommen. „Was?" Er versuchte, ihren Tonfall als Überraschung und nicht als Ablehnung zu deuten.

Stoan machte einen halben Schritt auf sie zu, blieb aber stehen, als sie zurückwich. Er hatte nicht vor, wie ein Warlord in ihren Raum einzudringen. „Du hast die Verbindung zwischen uns am ersten Tag gespürt. Sie ist nicht verschwunden." Er wollte sie berühren, um die Verbindung physisch zu machen. Aber Reina sah aus, als wäre sie kurz vor einem Zusammenbruch. „Du hattest Träume."

Sie schluckte. „Träume?" Es war kaum ein Flüstern.

„Die Art, über die man nicht spricht." Diesmal, bewegte sie sich nicht, als er näher kam. Stoan hielt die Hände unten, die Fäuste an der Seite geballt. Er würde sie *erst* wieder anfassen, wenn sie ihn dazu einlud. „Die Art, die dich keuchend und zitternd wach werden lässt."

Sie holte tief Luft und schaute zu ihm hoch. Er sah in ihrem Blick den Himmel und das Meer, die miteinander kämpften, einen gewaltigen Sturm, der bereit war, entfesselt zu werden. „Was …“ Sie blinzelte und leckte sich über die Lippen, wobei ihre Zunge kurz herausschnellte und ebenso schnell wieder verschwand. „Was bedeutet das? Ich … ich kann nicht … ich …“

Er ersparte ihr weiteres Gestammel. „Es bedeutet, dass die Dinge kompliziert sind. Aber wir haben Zeit. Ich verspreche es.“

9

KAPITEL NEUN

Es war noch nicht Mittag und Reina war kurz davor, in Ohnmacht zu fallen. Sie war gegangen und hatte sich in ihr Quartier zurückgezogen, kurz nachdem Stoan sein Geständnis abgelegt hatte. Seine Erklärung. Was auch immer. Da er ihren Schmerz spürte, übergab er ihr ein Tablet mit allen Informationen, die sie brauchte, und ließ sie ohne ein Wort des Protests gehen.

Im Moment lag das Tablet neben ihr auf ihrem kleinen Bett. Sie hatte die Informationen noch nicht angeschaut. Sie lag in der Ecke zwischen zwei Wänden, zusammengerollt und zugedeckt mit der weichen roten Decke, die auf dem Bett lag, als sie das Zimmer betrat. Nur ein möglicherweise unangebrachter Stolz hielt sie davon ab, die Decke über den Kopf zu ziehen und sich ganz in einer dunklen Höhle zu verstecken.

Gefährtin.

Denya.

Gefährtin?

Reina rieb sich die Hände an ihrem Gesicht, um zu kontrollieren, ob sie irgendwie träumte. Oder einen Albtraum hatte. Ein sechsmonatiger Albtraum, der mit Lex' Tod begann und *hier* endete. Mit einem großen blauen Außerirdischen, der sagte, sie sei seine Gefährtin, und wenn sie sich nicht verbinden würden — und *das* konnte nur eines bedeuten —, dann würde er an seinem dreißigsten Geburtstag sterben.

Wie alt war er eigentlich? Es war klar, dass er nicht mitten in der Mission tot umfallen würde, also hatte er noch etwas Zeit. War er jünger als sie? Bei anderen Spezies war es schwer, das Alter richtig zu schätzen. Nicht alle lebten auf der gleichen Zeitskala und nicht alle alterten auf die gleiche Weise. Soweit sie wusste, war sein Volk mit zehn Jahren erwachsen.

Sie konnte die Anziehungskraft nicht leugnen. Diesen Teil gestand sie sich ein. Aber Gefährtin ging über die Anziehung hinaus. Es war mehr als ein einfacher Fick. Sicher, sie hatte gesagt, dass sie keine Nummer sein wollte, aber das bedeutet nicht, dass sie ein verdammtes Ehegelübde wollte.

Schon erlebt, brauchte sie nicht mehr. Der Kummer und die Trauer waren immer noch da.

Sie konnte sich nicht damit befassen, nicht jetzt. Sie segelten in Richtung feindliches Gebiet und würden in drei Tagen an Land gehen. Und Sanna hatte sie gut gelehrt: Der schnellste Weg zum Tod ist Ablenkung. Romantik, Schicksal, was auch immer, *das* war eine Ablenkung von galaktischem Ausmaß.

Die einzig gute Nachricht war, dass sie ja vielleicht auch getötet oder gefangen genommen werden könnte oder so etwas, und nie eine Entscheidung würde treffen müssen.

Nein, solche Witze waren Meilensteine auf dem Weg, aufzugeben. Und Reina würde es schaffen.

Sie schob die Decke nach unten, griff nach dem Tablet, gab den Sicherheitscode ein und scannte dann ihren Handabdruck, bevor der Bildschirm entsperrt wurde. Im Gegensatz zu einem gewöhnlichen Unterhaltungstablett mit Spielen und Holovideos enthielt dieses Gerät nur verschlüsselte Dateien, die für die Mission relevant waren.

Stoan hatte viel gearbeitet.

In den vergangenen sechs Monaten hatte er eine plausible Identität für sie erschaffen, ein Netz von Informanten und Spionen aufgebaut, ein halbes Dutzend sichere Verstecke errichtet und sich eine Einladung in die Zitadelle selbst verschafft. Um die Sache noch verwirrender zu machen, wurden sowohl die Stadt als auch das Hauptquartier von Droscus als Zitadelle bezeichnet. Der einzige Unterschied war die Betonung des Wortes *die*. Aus Gründen der Klarheit sprachen viele einfach von der Stadt und der Zitadelle.

Ziel ihrer Mission war es, das Schloss zu finden, zu dem der Schlüssel passt, der sechs Monate zuvor auf der Nina-Station geborgen worden war. Tyral, Dorseys Gefährte, hatte ihn einer Wache entrissen, die ihn während ihrer Flucht festgehalten hatte. Es gab eine Menge Informationen über den Angriff. Und jedes Wort, das sie las, erinnerte sie daran, dass Lex in etwas verwickelt worden war, das so viel größer war als er.

Ihre Freundin Dorsey war fast ein Opfer von Droscus' Machenschaften geworden. Er hatte ihre Ermordung veranlasst, und nur weil er dafür Piraten angeheuert hatte, war sie noch am Leben. Die Piraten hatten versucht, ihr Geld zu verdoppeln, indem sie das Honorar für die Ermordung von Droscus kassierten und Dorsey am Leben ließen, um sie auf den Sklavenmärkten in einem weit entfernten System zu verkaufen. Sie hatten auch Tyral NaRaxos gefangen genommen, der das Pech hatte, durch einen gefährlichen Sektor des Weltraums zu fliegen.

Dorsey und Ty hatten sich selbst gerettet und genug Teile von Droscus' Geschäften aufgedeckt, damit Nina und ihre Berater den Rest zusammenfügen konnten. Und dann waren Dorsey und Ty geflohen. Es gab keinen Vermerk in der Akte, der den Grund dafür erklärt hätte. Aber Reina hatte ein paar Ideen. Wäre Dorsey geblieben, hätte sie genauso gut mit Stoan auf diesem Schiff mitten auf dem Ozean sitzen und zur Zitadelle reisen können.

Reina und Stoan hätten sich vielleicht nie getroffen.

Bei dem Gedanken kribbelte es in ihrem Magen, und Reina zog ihre Beine enger an sich und formte sich zu einem kleinen Ball. Nein, dieser Gedanke gefiel ihr ganz und gar nicht. Sie wollte nicht, dass ihre Freundin sich in Gefahr begab. Und sie konnte sich Stoan nicht als Fremden vorstellen, nicht mehr.

Es war seltsam. Sie kannte ihn nicht wirklich. In sechs Monaten hatten sie vielleicht eine halbe Stunde allein miteinander verbracht. Obwohl das offenbar mehr als genug Zeit war, um festzustellen, dass sie seine Gefährtin war, wusste Reina nicht viel über ihn.

Er war ein Spion. Er war jünger als dreißig. Er hatte eine erschreckend zielstrebige Intensität, wenn es darum ging, sie zu verführen.

Ich bin kein Verführer. Ja, alles klar. Das mag er gesagt haben, aber sie war keine naive Jungfrau. Jeder Mann, der nach so einem intensiven Kuss behauptete, er sei nicht darauf aus, jemanden zu verführen, wusste genau, wie er sie in kürzester Zeit, vornübergebeugt mit seinem Schwanz tief in sich, bekommen würde. Reina biss sich auf die Lippe, als sich eine Hitze in ihr ausbreitete und sie sich seine Berührung vorstellte. Sie hatte ihn in ihren Träumen gespürt, und im Moment war es ihr egal, ob das an dem blöden Denya-Band lag oder an was auch immer. Sie wollte es wieder tun.

Wäre es sanft? Oder würden sie grob sein, sich gegenseitig die Kleider vom Leib reißen, bis sie ineinander fielen, hart und schnell und explosiv?

Nein. Das wollte sie jetzt nicht tun. Sie hatte nicht vor, zu fantasieren und romantische Gedanken in ihrem Kopf zu spinnen. Soweit sie wusste, verbanden sich Detyens nur einmal, ein kurzes Ficken würde sie beide unbefriedigt zurücklassen. Vielleicht hatten sie Dutzende von Gefährten und nur der erste war wichtig, wegen dieser Sache mit der verkürzten Lebensdauer. Es gab zu viele Variablen, und Reina war kurz davor, sich selbst in den Wahnsinn zu treiben. Sie legte das Tablet beiseite und schwang die Beine aus dem Bett. Sie brauchte Antworten, und es war nur eine weitere Person auf dem Schiff. Er sollte diese Scheiße erklären. Es gab kein 'oder'. Er würde es einfach tun müssen.

Sie war nicht überrascht, Stoan im Kontrollraum anzutreffen. Aber sie war schockiert, als sie ihn leise vor sich hin singen hörte. Sie verstand die Sprache nicht, und ihr Übersetzer war ihr keine Hilfe, aber es war kein trauriges Lied. Wenn sie ein Lied von ihm erwartet hätte, wäre es eher ein Klagelied gewesen. Nein, das war ein fröhliches kleines Liedchen, und als er am Ende einer Strophe ankam, brauchte sie keine Übersetzung, um zu wissen, dass es sich um ein unanständiges Lied handelte.

Reinas Wangen wurden heiß, als sie sich vorstellte, was er über sie singen würde.

Zu viel davon und sie würde verrückt werden. Reina stapfte die Treppe hinauf, stürmte hinein und unterbrach Stoan mitten in seinem Lied. Es war ihm nicht peinlich. Der verdammte Mann hatte die Ruhe weg.

„Brauchst du etwas?", fragte er gleichmütig. Vor ihm lag ein kleiner Stapel an Ausweisen. Die Dokumente waren mit Hologrammen und biologischen Daten versehen und konnten von jedem Wachmann, der ihren Weg kreuzte, abgefragt werden. Jeder Warlord verlangte einen anderen Ausweis, und wenn man ohne Visum im falschen Gebiet erwischt wurde, konnte man ins Gefängnis kommen oder schnell getötet werden.

Die IDs von Droscus hatten den Ruf, dass man sie nicht hacken konnte. Doch als Reina den Schatz vor Stoan betrachtete, sah sie, dass das nicht stimmte.

„Warum ich?", fragte sie. Sie konnte die Hitze auf ihren Wangen spüren, und der Klang seines Gesangs hallte praktisch noch immer durch den Raum.

Stoans Blick schnellte zu ihr, seine roten Augen leuchteten. Das hätte beängstigend sein sollen. Dämonen hatten rote Augen. Dämonen sahen aus, als könnten sie eine Frau mit einem einzigen Blick versengen. Aber Reina hatte keine Angst vor ihm. Angst hatte noch nie so ... geprickelt.

„Warum du was?", fragte er, wobei er überdeutlich sprach, als müsse er die Worte mit Gewalt herausbringen. Ihre Blicke waren durch ein eisernes Band verbunden, das sie nicht zerreißen konnte. Selbst wenn sie es gewollt hätte, hätte sie den Blick nicht von ihm abwenden können.

„Warum hast du mich gewählt?“ Warum war sie, ein kürzlich verwitweter Mensch ohne Beziehungen zu seinem Volk, seine Gefährtin, und nicht jemand, der besser zu ihm passte? Warum wollte er eine langweilige Buchhalterin? War sie etwas Besonderes? Wieso? Aber sie behielt diesen Teil für sich. Den verzweifelten Teil von sich, der sich nach Anerkennung sehnte, schrie und sich in ihr wand, aber sie konnte ihn das nicht sehen lassen. Nicht, wenn sie wollte, dass er blieb.

Stoan legte den Ausweis in seinen Händen weg und stand auf, ohne den Blick von ihr zu nehmen. Er durchquerte den Raum zwischen ihnen in drei Schritten, seine Schritte waren lang und selbstbewusst. Seine Finger strichen leicht über ihre Wange. Reina spürte sie so stark wie einen Schlag, aber statt Schmerz fühlte sie nur Hoffnung.

Er war größer als sie, groß genug, dass sie sich beschützt fühlte, aber nicht so groß, dass sie sich schwach fühlte. „Das habe ich nicht“, sagte er leise.

Ihr Magen rebellierte, und das Einzige, was sie an Ort und Stelle hielt, waren Stoans Finger. Sie könnte vielleicht ein „Oh“ von sich gegeben haben, aber wenn, dann war es kaum zu hören.

„Ich kann dir keine romantische Beziehung anbieten“, sagte er und zerstörte ihre aufkeimenden Träume weiter. „Und mein Leben ist mehr als gefährlich.“ Sie versuchte, sich zurückzuziehen, um die Auswirkung der

Ablehnung zu mildern. Ein bisschen Abstand könnte es weniger schmerzhaft machen.

Richtig?

Stoan legte seine Hand flach an ihren Hinterkopf und fuhr mit den Fingern durch ihr Haar. Seine andere Hand legte er auf ihre Hüfte. Sie hätte sich losreißen können. Sein Griff war keine Falle. Doch Reina blieb wie angewurzelt stehen.

„Aber ich habe dich akzeptiert." Er beugte sich hinunter, sein Kopf warf einen Schatten auf ihren, bis sie nur noch ihn und die funkelnden Rubine seiner Augen sehen konnte. „Und ich gehöre dir, wenn du dich für mich entscheidest."

Er hatte vor, sie zu küssen. Und bei den Göttern, sie würde ihn gewähren lassen. Sie würde ihm viel mehr erlauben als nur einen Kuss, wenn er weiterhin solche Dinge sagte.

Er legte seine Lippen sanft auf ihre Stirn, küsste sie einmal und wich zurück. Reina stand am Rande eines unsichtbaren Abgrunds. Ein Windstoß, und sie würde umfallen und ihn mitnehmen auf eine gefährliche und mehr als aufregende Reise in etwas, das sie nicht ganz verstand.

Aber nicht heute.

Kaum mehr als ein Meter war zwischen ihnen. Dann veränderte er sich, und plötzlich war er wieder in Eis gehüllt, ganz geschäftsmäßig. Keine Romanze, wie versprochen. Ihr Partner, nicht ihr Möchtegern-Gefährte.

„Wir haben nicht viel Zeit", sagte er. „Machen wir uns an die Arbeit."

10

KAPITEL ZEHN

Die Reise war fast beendet und Stoan war … zufrieden. Glücklich vielleicht, aber er kannte das Gefühl nicht gut genug, um es zu erkennen. Wenn er Reina ansah, wollte er lächeln. Wenn sie hungrig war, gab er ihr zu essen. Als sie müde war, schickte er sie ins Bett. Auf dieser kleinen Jacht, weit weg vom Rest von Tarni, vom Rest des Konsortiums, begann die Hoffnung zu wachsen.

Sie hatte sich nicht für ihn entschieden, ihn nicht in die Arme genommen oder ihn so geküsst, wie er sich wünschte, sie zu küssen. Aber sie war ihm auch nicht aus dem Weg gegangen, wie er es nach der katastrophalen ersten Stunde auf dem Schiff befürchtet hatte. Vielleicht würde er ihr eines Tages so wichtig sein, wie sie es ihm war. Wenn sie ihn nie lieben würde … nun, es gab schlimmere Schicksale.

Vielleicht brauchten Denyai keine Liebe. Eine Verbindung durch die Hände des Schicksals war stärker als jedes Gefühl. Er blickte aus dem Fenster auf das Deck. Reina führte — um ihre Chancen bei einer Auseinandersetzung zu verbessern — komplexe Bewegungen aus, die ihre Beweglichkeit erhalten und ihre Reflexe trainieren sollten. Die Anmut einer geschmeidigen Tänzerin durchdrang jede Bewegung, die wie Wasser von einer Bewegung zur nächsten floss.

Sie verdiente mehr als ihn. Pech für sie, dass er sie nicht aufgeben würde.

Wenn Stoan ihr keine Liebe geben konnte — und er fürchtete, dass er nicht wusste, wie man eine Frau richtig liebt, nachdem er so viele Jahre lang seine Gefühle im Zaum gehalten hatte — dann konnte er ihr alles andere geben. Die Welt. Das System. Eine Galaxie, die sie ihr Eigen nennen kann.

Sogar eine Familie. Er konnte es sich vorstellen, ein kleines Mädchen mit Reinas glänzenden Locken und den stolzen Abzeichen seines Clans auf den Armen. Als halber Mensch könnte ihre imaginäre Tochter vielleicht sogar frei vom Detyen-Fluch sein. Sie könnte ohne Angst vor ihrem dreißigsten Geburtstag aufwachsen. Oh ja, jetzt, wo er es sich vorstellte, wollte Stoan es so sehr, dass er es schmecken konnte.

Und Kinder würden sie glücklich machen, wenn er beruflich unterwegs war. Stoan konnte seine Arbeit nicht aufgeben, sie war zu wichtig. Aber sobald diese

Mission vorbei war, würde er Nina klarmachen, dass Reina im Ruhestand war. Er würde sie nie wieder einer solchen Gefahr aussetzen.

Er verstand, warum Tyral geflohen war. Natürlich hatte der Mann keine Verbindung zum Konsortium, außer durch seine Denya. Und Dorsey war nicht hier geboren worden. Sie hatte die Erde aus Gründen verlassen, die in keiner Akte vermerkt waren.

Stoan schloss seine Papiere ein und verstaute sie in einem Verbrennungssafe. Wenn etwas schief ging oder er den Zugangscode nicht innerhalb eines Tages in den Scanner eingab, wurde der Inhalt des Tresors automatisch zerstört und in alle Winde verstreut. Es war nicht möglich, die Sicherheitsvorkehrungen vorher zu überwinden.

Draußen stach ihm die Seeluft mit dem Geruch von Salz und Leben in die Nase. Obwohl sie sich mit jeder Sekunde, die sie segelten, dem Land näherten, fühlte es sich hier draußen wie ihre eigene kleine Welt an, ein Königreich von Mann und Frau. Von Mann und Gefährtin.

Die Tür glitt mit einem leisen Zischen hinter ihm zu, und Stoan lehnte sich dagegen und beobachtete Reinas Bewegungen. Sie war anmutig mit Ecken und Kanten, ihre Bewegungen waren unvollkommen, aber kompetent. Sie hob ein Bein an und hielt es parallel zum Boden, bevor sie sich auf die Zehenspitzen stellte und die Arme zur Unterstützung ausbreitete. Der Versuch, die Bewegung schnell auszuführen, schien einfach, aber sie war nicht dazu gedacht, allein durch Schwung ausgeführt zu werden.

Als sie ihn sah, erschrak sie und fiel um, wobei sie ihr Bein ruckartig nach unten zog und in einer Hocke landete. „Ich habe dich nicht kommen hören“, sagte sie.

„Ich bin leise“, antwortete er.

Der Tag war lang und träge gewesen. Morgen würden sie kaum noch Zeit zum Nachdenken und Durchatmen haben, geschweige denn für eine körperliche Meditation. Er wusste, dass er jetzt die Zeit nutzen sollte, um letzte Vorbereitungen zu treffen und sicherzustellen, dass Reina alle möglichen Fluchtwege aus der Zitadelle auswendig kannte. Aber sie hatten schon einen Großteil der letzten zwei Tage damit verbracht.

Im Moment wollte er einfach nur mit ihr zusammen sein.

„Hast du *Xankar* gelernt?“, fragte er und drückte seine Schultern mit mehr Kraft als nötig von der Tür ab. Und vielleicht hat er seine Muskeln ein wenig spielen lassen. Stoan hatte bemerkt, wie Reina ihn musterte, wenn er mit den großen Wasserkanistern und den Seilen, die an der Seite des Schiffes befestigt waren, hantierte. Und obwohl es eine mechanische Hebevorrichtung gab, hatte er die Gelegenheit genutzt, um ein bisschen anzugeben.

„*Xankar*?“, wiederholte sie. „Was ist das?“

Sie hatte es also nicht gelernt. Stoan trat dicht an sie

heran, nahe genug, um die Wärme ihres Körpers zu spüren. Die Wärme der untergehenden Sonne und die Anstrengung der Übung hatten sie leicht ins Schwitzen gebracht. Im schwindenden Licht leuchtete sie förmlich.

„Das ist der vierte Pfad", erklärte er und sprach von der Reihe von Bewegungsabläufen, die sie gerade durchgeführt hatte. „Du hast eindeutig den dritten Pfad gelernt. Ich war mir nicht sicher, wie weit Sanna dich bringen konnte."

Sie atmete aus und blies einige Haare weg, die ihr über die Augen gefallen waren. „Klar", sagte sie sarkastisch, „ich bin sicher, dass du nirgendwo einen Bericht hast, in dem jede einzelne Fähigkeit aufgelistet ist, die ich trainiert habe."

Natürlich hatte er das. „Ich habe den Bericht nicht ganz auswendig gelernt", antwortete er mit einem leichten Lächeln. Zu Hause lächelte er nie. Zumindest tat er das nicht oft genug. Er mochte die Leichtigkeit in seiner Brust, wenn sich seine Lippen nach oben bewegten, er mochte das Gefühl, das Reina ihm gab.

Reina strich sich eine verirrte Haarsträhne hinters Ohr und hob die Augenbrauen. „Okay, Herr Lehrer. Nur zu, beeindrucke mich."

Die Falle ist zugeschnappt, aber es war alles ein Spiel. Er würde sie niemals täuschen oder ihr wehtun. „Dieser Pfad darf nur mit einem Partner beschritten werden", sagte er. „Mach es mir genau nach."

Sie biss sich auf die Lippe, plötzlich unsicher. Dieser

Blick durchbohrte ihn bis ins Innerste und ließ seinen Schwanz strammstehen. „Mach langsam, das ist neu für mich."

Für ihn waren andere Dinge neu, aber sein Körper drängte ihn, schneller zu werden, bis er gesättigt und erfüllt war. Aber das war etwas ganz anderes.

Stoan stand Reina gegenüber und begann sich zu bewegen. „Beweg dich, als wäre ich dein Spiegelbild", sagte er. Diese Sequenz wurde spiegelbildlich durchgeführt. Während der ersten Dutzend Schritte war Reina sein Schatten, sie hob ihre Arme mit den gleichen fließenden Bewegungen wie er und hielt ihre Posen mit einer vorsichtigen Anmut.

Aber als die erste Drehung kam, und obwohl Stoan versuchte, sie durch einen übertriebenen Hüftschwung anzukündigen, gerieten sie aus dem Takt. Reina stolperte, landete in einem weiten Stand und schwankte eine Sekunde lang.

„Verdammt", stieß sie frustriert hervor. Sie richtete sich wieder auf. „Können wir noch mal anfangen?"

Stoan verharrte in seiner Pose, ein Bein in einem ungünstigen Winkel gebeugt und die Arme ausgestreckt. „Nein", sagte er. „Hier geht es nicht um Perfektion. Mach weiter."

Reina machte es bei der nächsten Sequenz besser und folgte ihm durch eine Drehung und einen Sprung, wobei ihr Körper bei der Landung hüpfte. Jetzt war es Stoan, der abgelenkt war. Sein Blick wanderte kurz zu ihrer Brust hinunter, bevor er wieder in ihre Augen schaute.

Ihre Augenbrauen waren hochgezogen. „Sollen meine Augen ebenfalls den Deinen folgen?", neckte sie ihn.

Stoan war froh, dass Detyens nicht rot werden konnten. Wäre er ein Mensch gewesen, wären seine Wangen in Flammen aufgegangen. Er fühlte sich wie ein unerfahrener Junge, der sich das erste Mal zu einer Frau hingezogen fühlt. Obwohl, er gab zu, dass es in vielerlei Hinsicht auch so war. Die Dinge, die Reina in ihm auslöste, waren anders als alles, was er je zuvor empfunden hatte.

Er beendete die Sequenz mit einer letzten Drehung und landete in der Hocke, wobei er ein Bein abspreizte und die Arme in den Himmel streckte. Reina schwankte, aber nach einem Moment schien sie sich zu stabilisieren.

Schien.

Eine Sekunde später kippte sie nach vorne, stieß mit ihm zusammen und beide fielen um.

Der Fluch, der aus Reinas Mund kam, hätte selbst den abgebrühtesten Space-Marine erröten lassen. Stoan legte seine Hände auf ihre Arme, rollte zur Seite und drückte sie mit einer einzigen fließenden Bewegung auf das Deck des Schiffes. „Ich habe noch nie gehört, dass sich ein Buchhalter so unflätig ausdrückt. Was würde deine Mutter dazu sagen?"

Reina schaute finster und stemmte sich gegen ihn,

drückte eine Schulter gegen seine Brust, während sie ihre Hüften zurückzog und sich genug Platz verschaffte, um sich zu wehren. „Sie ist tot", sagte Reina. „Ich bezweifle, dass es sie interessiert, was ich sage."

Stoan hatte das nicht gewusst, aber er hatte es vermutet. „In deiner Akte ist keine Mutter aufgeführt", sagte er. „Auch kein Vater." Er setzte sich wieder auf seine Knie und befreite sie damit aus ihrer defensiven Position unter ihm.

Reina kämmte mit den Fingern durch ihr Haar und hielt es mit einer Hand zusammen, während sie begann, es wieder zusammenzubinden.

„Darf ich?", fragte Stoan. Er kniete sich hinter sie, bevor Reina ihm ihre Erlaubnis geben konnte.

Sie erstarrte, auf den Knien sitzend, den Nacken dem Raubtier hinter ihr ausgesetzt, ihr Atem kam in schnellen Zügen, sowohl wegen seiner Anwesenheit als auch von der Anstrengung der Übungen und ihrem kurzen Ringkampf.

Dann lockerte sie bewusst ihre Schultern, öffnete ihre Hand mit der Handfläche nach oben und bot ihm das Haarband an.

Gelegentlich brauchten die Kinder seines Volkes Hilfe, sich die Haare zusammen oder die Schuhe zu binden, aber mit Reina bekam dieser Akt eine neue Intimität. Er legte seine Hand um die dicken goldenen Locken und ließ die Strähnen durch seine Finger laufen.

„So weich“, murmelte er, kaum laut genug, dass sie ihn hören konnte.

Aber sie hörte es. Und sie schauderte.

„Was steht sonst noch in meiner Akte?“, fragte sie, während er ihr Haar teilte.

So hatte sie es bisher nicht gestylt, aber jetzt, wo er ihr nahe war, konnte Stoan sie nicht mehr loslassen. Er begann, die Strähnen zu flechten, fest genug, um zu halten, aber nicht so, dass sie an ihrer Kopfhaut zogen.

Und weil sie fragte, erinnerte er sich an die Fakten, einen nach dem anderen. „Reina Draven. Mensch, achtundzwanzig Jahre alt, Witwe von Lex Omacnaron, zwei Jahre verheiratet. Blonde Haare.“ Er ließ ein paar verirrte Strähnen über ihren Nacken fallen. „Weich, allerdings steht das nicht in der Akte“, fügte er hinzu.

Er sah, wie sich ihre Wange zu einem Lächeln verzog, beugte sich instinktiv vor und küsste das Grübchen.

„Blaue Augen. Eins siebzig groß. Beruf: Buchhalterin. Ausbildung in Nina City. Mutter nicht gelistet, Vater nicht gelistet. Soll ich weitermachen?“ Er war fertig mit dem Zopf und nutze das Ende um über ihren Nacken zu streichen, bis sie erneut erschauderte.

Obwohl er mit ihrem Haar fertig war, blieb sie vor ihm sitzen, fast übernatürlich ruhig. „Steht da noch mehr?“, fragte sie, und ihr Flüstern war wegen des Wellenschlags kaum zu hören.

„Einiges“, antwortete er und drückte ihr einen

keuschen Kuss auf den Hals. „Namen, Daten, Fakten. Nichts darüber, wie deine Augen aufleuchten, wenn du einen Gedanken aufnimmst und dich zu seinem Kern vorarbeitest. Nichts darüber, wie du im Sonnenlicht aussiehst, wenn die Sonne genau im richtigen Winkel auf dein Haar trifft. Nichts davon, dass du so gut riechst, dass mir das Wasser im Mund zusammenläuft, wenn ich in deiner Nähe bin."

Sie zuckte zusammen und Stoan hätte sich gerne selbst eine Ohrfeige verpasst. Der letzte Satz war zu weit gegangen. Reina wirbelte herum und bewies dabei ein bemerkenswertes Gleichgewicht, aber Stoan nahm es nur am Rande wahr. Sie blieb vor ihm in der Hocke sitzen und ihr Blick durchbohrte ihn. Er packte ihr Handgelenk, um sie zu stabilisieren.

„Du sagtest, du hättest mir keine romantische Beziehung anzubieten." Es war ein Vorwurf. „Also, was soll das?"

Stoan schwieg so lange, dass er befürchtete, Reina würde sich aus seinem Griff befreien und in die Kabine zurückgehen. Das wollte er nicht. Er wollte an ihrer Seite sein, nicht allein in dieser schönen Nacht. Die Sterne könnten verglühen, wenn er sie nicht hätte.

Was war das? Stoan stellte sich diese Frage. Es war Fürsorglichkeit. Kameradschaft. Es war alles, was er dieser Frau zu geben wusste.

Er fuhr mit den Fingerspitzen über ihre Wange. Reinas Blick löste sich nicht von ihm, aber ihre Augen wurden weicher, und etwas wie Verletzlichkeit schimmerte durch.

„Das bin ich", sagte Stoan. „Und du. Und die Nacht. Ganz allein und zusammen. Würdest du dir diesen Moment nehmen?"

Reina schluckte und blinzelte zweimal. „Wie lange dauert der Moment?", fragte sie.

„Bis er vorbei ist."

„Und was passiert, wenn er vorbei ist?" Ihre Wangen färbten sich so schön rosa, und in ihren Augen lag so viel Hoffnung, dass Stoan fast das Herz brach.

Er konnte ihr nicht wehtun, konnte sie nicht abweisen. Er würde ihr alles geben, was sie wollte, nur damit sie ihn für immer so ansah. „Wenn er vorbei ist, nehmen wir den nächsten Moment", sagte er und küsste sie.

Sie presste sich keuchend an ihn, seine Zunge fuhr in sie hinein, und er hielt sie fest, bis kein Luftmolekül mehr zwischen ihnen war. Eine seiner Hände fand das weiche Gewicht ihrer Brust und er strich mit dem Daumen über ihre Brustwarze, bis sie sich gegen ihn wölbte und ein klagendes Geräusch der Lust aus seiner Kehle kam.

Seine Krallen wollten ausfahren und ihr das Hemd vom Leib reißen, aber Stoan hielt diesen Impuls unter Kontrolle. Er wollte nicht riskieren, seine Denya zu verletzen, nicht, wenn sie endlich ihm gehörte, sich an ihn schmiegte und heiß vor Verlangen war.

Er zog ihr das Oberteil aus und warf es zur Seite, so

dass sie von der Taille aufwärts nackt war. Sie schimmerte im Mondlicht, und ihre Haut hatte eine gespenstische bläuliche Färbung. In der Dunkelheit sah sogar seine blaugrüne Haut fast genauso aus wie ihre.

Stoan küsste sich ihren Hals hinunter und spürte, wie seine Reißzähne um den Geschmack ihres Fleisches flehten und darum bettelten, sein Zeichen auf ihr zu hinterlassen. Aber das würden sie jetzt nicht tun. In diesem Moment ging es um Lust, nicht um Inbesitznahme. Er würde sie nie nehmen, sie nicht binden, es sei denn, sie wollte es und wusste, was es bedeutet.

Er stöhnte mit ihr, als sich sein Mund um ihre Brustwarze schloss, ihr Fleisch schmeckte und es zu seinem lustvollen Höhepunkt brachte. Ihre Hände gruben sich fest in seine Schultern und Stoan grinste, weil er ihre Reaktion genoss.

Sein Schwanz brannte darauf, befreit zu werden, aber hier ging es um sie. Er wollte wissen, wie jeder Zentimeter von ihr schmeckte, wie sie sich unter seinen Händen anfühlte. Er wollte wissen, ob sie das gleiche kleine keuchende Geräusch machte, wenn er die andere Brust küsste.

Sie tat es und stöhnte noch mehr, als er nur ein wenig mehr Druck ausübte, nur einen Hauch von etwas Wildem.

Ja, Denya, sang seine Seele. Sie war seine Gefährtin, perfekt auf ihn abgestimmt und bereit, ihm jeden Wunsch zu erfüllen.

Seine Hand tauchte hinunter zum Bund ihrer Hose, während seine Ohren in der Ferne ein schwaches, aber dennoch schrilles Piepen wahrnahmen. Stoan ignorierte es zugunsten des weichen, heißen Fleisches, das zu den flaumigen Haaren und der feuchten Hitze von Reinas Lustzentrum führte.

Aber sie versteifte sich unter ihm und er erstarrte. „Was ist?", fragte er, in Sorge, dass er etwas falsch gemacht hatte, etwas, das ihr nicht gefiel.

Reinas blaue Augen leuchteten, ihre Wangen waren rot und voll. Sie war genau hier in diesem Moment und bei ihm. Aber sie nickte in Richtung der Kabine. „Der Alarm", sagte sie, ihre Stimme fast völlig unter Kontrolle.

Der Bestie in Stoan gefiel das nicht. Sie war kaum zurückzuhalten und musste wissen, dass seine Denya ihn genauso wollte. Er eroberte ihre Lippen und drückte ihr seinen Stempel auf, bis sie sich unter ihm krümmte. Aber er hörte auf, weil er nichts anfangen wollte, was er nicht zu Ende bringen konnte.

Mit einem letzten Knurren zog sich Stoan zurück und setzte sich auf, sein Schwanz drängte ihn dazu, sie zu nehmen und die Pflicht zu ignorieren, die sie beide zu erfüllen hatten. „Scheiße", zischte er und wünschte sich einen Moment lang, er wäre ein anderer Mann mit einem anderen Job.

Reina legte ihm eine Hand auf die Schulter. „Bis zum nächsten Moment", versprach sie. Sie erhob sich anmutig und schlenderte zurück in die Kabine, wobei sie auf dem Weg ihr Shirt aufhob.

Stoan wartete noch zwei Minuten, denn er wusste, wenn sie beim Betreten der Kabine immer noch in seinem Blickfeld wäre, würde er der rasenden Bestie in seinem Inneren nachgeben. Stöhnend stand er auf, holte tief Luft und versuchte, die Kontrolle über seinen Körper zurückzugewinnen. Reinas Duft lag immer noch in der Luft, umhüllte ihn und prägte sich für immer in sein Gedächtnis ein.

Einige Minuten später schaffte er es endlich wieder hinein und brachte mit einem weiteren Fluch den verdammten Alarm zum Schweigen. Sie würden es zu Ende bringen, versprach er der Nacht. Und dann würde sie ihm gehören.

11

KAPITEL ELF

Sie legten vor Sonnenaufgang an, in den dunkelsten Stunden. Die Stadt grenzte nicht direkt an das Tarnische Meer, und selbst wenn sie es getan hätte, wäre sie zu gut bewacht gewesen, um dort anzulegen. Stattdessen steuerte Stoan sie in einen kleinen Fischerhafen einige Kilometer nördlich der Stadt. So früh am Morgen war der Ort verlassen, bis auf eine Person in dunkler Kleidung mit einem Hut, der ihr Gesicht unter dunklen Schatten verbarg. Reina konnte die Spezies nicht erkennen, geschweige denn das Geschlecht, und sie versuchte es auch gar nicht.

Du kannst keine Informationen weitergeben, die du nicht hast. Eine weitere Lektion von Sanna. Es war besser, nichts zu wissen, was man nicht wissen musste, als es zu wissen und die anderen Agenten zu gefährden.

Der Horizont hinter ihnen wurde bereits heller, und

bald würde die Sonne aufgehen. Stoan und der Agent wechselten ein paar Worte, dann gingen sie und Stoan von Bord, und der Agent kletterte auf die Jacht und segelte davon, während sie am Kai standen. Der Austausch dauerte weniger als fünf Minuten.

Sie war froh, dass es noch zu dunkel war, um viele Details erkennen zu können. Ihr Haar war zerzaust, ihre Lippen fühlten sich geschwollen an, ihre Wangen mussten gerötet sein, und sie fühlte sich ganz und gar nicht wohl in ihrer Haut. Und sie war frustriert. Aber das musste warten. Sie war schon öfter von einem Partner nicht befriedigt worden, aber Stoan hatte wenigstens eine gute Ausrede.

Und er war genauso frustriert.

Er tat so, als ginge es ihm gut, aber seit der Alarm ertönt war, hatte er eine Armlänge Abstand gehalten. Sie wusste, was sie vorfinden würde, wenn sie sich an ihn lehnen würde.

Er reichte ihr eine kleine schwarze Tasche. Die blaugrüne Farbe seiner Haut verschmolz mit der Nacht, so dass er nur schwer zu erkennen war. Und obwohl seine Augen bei starken Emotionen neonfarben zu leuchten schienen, konnte sie die Farbe kaum erkennen. Das Glühen war eine optische Täuschung.

„Das Navigationssystem in diesem Fahrzeug wird dich direkt zu deiner Unterkunft bringen. Das Zimmer ist auf deinen Namen reserviert und es wird mit Sicherheit überwacht", warnte er sie.

Das hatte sie erwartet. Im Gegensatz zu Stoan konnte Droscus sie erkennen. Nun, erkennen, wer sie jetzt war. Sie benutzte nicht denselben Namen wie damals, als sie hier aufgewachsen war. Es gab keine Aufzeichnungen mehr über dieses Mädchen. Aber es war nicht ihre Aufgabe, sich vor ihm zu verstecken. Sie sollte ihn ablenken.

„Ende der Woche findet in der Zitadelle eine öffentliche Versammlung statt. Du musst dir eine Einladung besorgen und vor neun Uhr dort eintreffen", sagte er mit distanziertem, fast roboterhaftem Ton. Reina hatte gar nicht bemerkt, wie viel er in den letzten Tagen ausgedrückt hatte. Ihr war so kalt, als wäre sie gerade ins Wasser gesprungen.

„Wirst du da sein?", fragte sie.

„Ja." Immer noch eiskalt.

„Ich ...", mehr hatte sie nicht zu sagen. Sie waren alles durchgegangen, und sie wusste, was sie zu tun hatte. Und wenn sie sich zu lange an diesem Dock aufhielten, stieg die Wahrscheinlichkeit, entdeckt zu werden. „Viel Glück."

Sie trat zurück und wollte sich gerade umdrehen, als Stoan sie am Handgelenk packte, fest, aber nicht so, dass es wehtat.

Reina schaute hinunter, dahin, wo seine blauen Finger sie festhielten. Ein Teil der dunklen Markierungen lugte aus seinem Ärmel hervor, und wieder bemerkte sie die seltsamen Schlitze über seinen Fingerknöcheln. „Was ist?", fragte sie. Er war so stark. Wenn sie ihm nicht bereits vertraut hätte, wäre sie besorgt darüber, wie leicht er sie festhalten konnte.

Stoan drückte fester zu, nur für eine Sekunde, mehr um ihr seinen Griff bewusst zu machen, als ob sie nicht schon jede Empfindung speicherte, um sie wieder abzuspielen, wenn niemand in der Nähe war, der sie hören konnte. „Da ist noch etwas", sagte er schließlich. „Darf ich die Tasche sehen?"

Sie hielt ihm die kleine schwarze Tasche hin, die er ihr gerade gegeben hatte. Er nahm sie nicht an sich. Stattdessen öffnete er sie, griff hinein und wühlte mit zwei Fingern darin herum. Sie spürte den Druck auf ihrer Handfläche, als er zwischen den Papieren und anderen Gegenständen nach etwas suchte. Schließlich fanden seine Finger das, was er suchte, und er fischte es heraus. Als sie sah, was er hatte, blieb Reina der Atem weg.

Es handelte sich um einen goldenen Ring mit einem eingefassten tarnischen Amethysten. Das Violett des Edelsteins schimmerte im Licht nahe der Anlegestelle. Tarnianische Amethyste waren unglaublich selten und wurden auf dem Gebiet einer einzigen Familie auf Tarni abgebaut. Ninas Familie.

Für einen Stein, der nur ein Viertel so groß war wie der, den Stoan ihr gab, musste man einen Jahreslohn ausgeben. Dann wurde ihr klar, dass Nina ihm den Stein gegeben haben musste. Aber das spielte keine Rolle.

„Streck deine Hand aus", bat er sie. Trotz des Wertes dessen, was er in seiner Hand hielt, hatte er nur Augen für sie.

Reina öffnete ihre Hand und hielt ihm ihre Handfläche hin. Doch anstatt ihr den Ring auf die Hand zu legen, griff er nach ihrem dritten Finger und schob den Ring darüber.

Eine Sekunde lang sträubte er sich, über ihren Knöchel zu gleiten, aber das Metall erhitzte sich auf ihrer Haut und dehnte sich — was auch immer für eine Technologie in dem Ring steckte, er passte auf jeden Finger.

Droscus' Plan gegen Nina bestand darin, irgendwie tarnische Amethyste zu stehlen. Lex war gestorben, weil er sie geschmuggelt hatte. Und in seinem letzten Video an sie hatte er versprochen, ihr einen mitzubringen.

Aber es war Stoan, der ihr den Ring an den Finger steckte.

Aus der Ferne erinnerte sich Reina daran, dass die Menschen auf der Erde sich gegenseitig Ringe an den dritten Finger der linken Hand steckten, um ihre Ehe zu besiegeln. Wusste Stoan das? Hatte er den Ring dort hingesteckt, weil sie seine Denya war? Oder hat er es nur getan, weil es praktisch war?

„In den Ring ist ein Notsignal eingebaut", sagte er mit intensivem Blick und zusammengezogenen Brauen. Früher wäre Reina vielleicht der Meinung gewesen, dass der praktische Nutzen eines Geschenks seine

Bedeutung zunichte macht. Aber sie war kein Kind mehr. Wenn ein Mann einer Frau ein teures Schmuckstück schenkte, bedeutete das etwas. Besonders bei einem so ernsthaften Mann wie Stoan. „Drücke dreimal auf den Edelstein, bevor du den Ring abnimmst", sagte er. „Wenn er ohne diesen Code entfernt wird, wird das Notsignal gesendet. Wenn du ihn versehentlich abnimmst, stecke ihn wieder auf deinen Finger und drehe ihn einmal um." Reina nickte und speicherte die Information in ihrem Gedächtnis. Aber Stoan war noch nicht fertig. „Wenn das Signal ausgelöst wird, werde ich alles stehen und liegen lassen und dich holen", versprach er. „Du kannst das Signal auch auslösen, indem du den Ring zweimal um deinen Finger drehst.

„Ich verstehe", sagte sie. Und das tat sie. Einem seiner normalen Agenten würde er ein solches Werkzeug nicht geben. Er würde es nur jemandem geben, den er nicht zu opfern bereit ist. Jemandem, der ihm etwas bedeutet. „Noch etwas?", fragte sie.

Stoan nickte. „Nur noch eine Sache."

Sie wurde an ihn gedrückt, bevor sie merkte, dass er sie an sich gezogen hatte. Dann waren seine Lippen auf den ihren, er verschlang sie, als wäre sie seine letzte Mahlzeit vor einem langen Fasten. Reina warf ihre Arme um seinen Hals und versuchte, jeden Zentimeter zwischen ihnen zu erobern. Ihn zu küssen war wie Atmen. Überlebenswichtig. Sie wusste nicht, wann es passiert war, aber sie fing an zu glauben, dass das Leben ohne ihn zu schwer zu ertragen wäre.

———

So gern Stoan den Tag damit verbracht hätte, Reinas Fähigkeiten mit den Herausforderungen in der Zitadelle abzugleichen, so sehr hatte er doch wichtigere Arbeit zu erledigen. In ihrer Gegenwart hatte er sich bereits zum Narren gemacht.

Er hatte sie im Feindesland unter freiem Himmel geküsst. Ja, er hatte gewusst, dass der Hafen verlassen war, und ja, es war noch eine Stunde bis zum Sonnen-aufgang. Aber Schwäche zu zeigen, konnte einen Mann töten.

Reina war keine Schwäche.

Das kam aus der tiefsten Tiefe seiner Seele mit unnachgiebiger Gewissheit. Diese Gefühle waren neu. Seine Entschlossenheit, sie zu haben, verfolgte und verzehrte ihn. Aber sie war nicht seine Schwäche.

Wenn überhaupt, dann war sie seine Stärke.

Vor ihr hatte er gewusst, dass er einen kurzen und einsamen Weg in den Tod haben würde. Ja, er hatte die leise Hoffnung gehabt, Inrit zu finden und sie beide zu retten. Aber jetzt erkannte er, dass dieser Wunsch kaum mehr als eine kindliche Fantasie war.

Falls Reina ein Hirngespinst war, lebte sie nur in der Phantasiewelt des Mannes.

Aber sie hatte ihm wieder Lust aufs Leben gemacht. Sie ließ ihn glauben, dass das Leben mehr sei als ein Haufen zu gefährlicher Missionen, die ihn schneller umbringen würden als der Denya-Fluch. Er hatte nicht die Absicht, seine Karriere aufzugeben, aber er würde auch nicht mehr in selbstmörderische Missionen einwilligen, nur weil sein Leben sowieso kürzer war als das der anderen Agenten von Nina.

Er wollte kein Märtyrer sein. Jetzt nicht mehr.

Aber er würde genauso tot sein wie Märtyrer, wenn er nicht schnell einen klaren Kopf bekäme. Die Sonne war längst aufgegangen, und Stoan fuhr mit einem gestohlenen Fahrzeug eine stark überwachte Strecke entlang. Er wusste, wie er den Wachen aus dem Weg gehen konnte, aber das hieß nicht, dass er von seiner schönen Denya träumen konnte. Er hatte eine Aufgabe zu erfüllen.

Spionage war sowohl Vorbereitung als auch Ausführung. Nach einer Stunde Fahrt ließ er sein Fahrzeug in einer heruntergekommenen Gasse in einem gefährlichen Teil der Stadt stehen. Er stellte sicher, alle Spuren des Diebstahls zu beseitigen, schloss aber nicht ab. Das Fahrzeug würde eher gestohlen als von der Wache gefunden, wenn die Gestalten , die in den Schatten um ihn herum lauerten, ein Hinweis waren.

Die Stadt war nicht so groß, und mit seiner über den Kopf gezogenen Kapuze fiel er nicht auf. Stoan machte sich zu Fuß auf den Weg zu einem hübschen Haus im

Handelsviertel der Stadt. Eine kleine Frau aus Zodhea öffnete die Tür. Ihr grüner Kopf war völlig kahl und ihre schwarzen Augen traten aus ihrem Gesicht hervor. Ihre unheimlich langen Finger ergriffen die seinen zu einem professionellen Händedruck, aber sie ging gebückt vor ihm her, als ob das Gehen auf zwei Beinen mühsam wäre.

Stoan sagte ihr nicht, dass es ihn nicht stören würde, wenn sie auf vier Beinen ginge. Die Eigenheiten einer anderen Art zu kommentieren, war der Gipfel der Beleidigung. Wenn sie auf zwei Beinen gehen wollte, war das ihre Entscheidung.

Sie führte ihn zu einer kleinen Suite im ersten Obergeschoss des Gebäudes. Dort gab es ein Badezimmer und eine kleine Pantry-Küche. Das Wichtigste war, dass das Fenster groß genug war, um mit seinem großen Körper hindurchzuspringen, falls er fliehen musste, und dass der Sturz ihn nicht töten würde.

Er öffnete die kleine Truhe am Fußende des Einzelbetts und fand ein Kommunikationsset und mehrere Kleidungsstücke zum Wechseln. Unter der Kleidung befanden sich zwei Messer und zwei Blaster.

Trotz seiner Krallen wollte er die Messer haben. Mehr Waffen waren besser, und seine Krallen waren eine Geheimwaffe, die man nicht leichtfertig einsetzen sollte. Stoan bewaffnete sich und zog sich etwas an, das eher dem Stil der Zitadelle als dem von Nina City entsprach. Die Farben waren hier nicht so leuchtend, und man bevorzugte eher maßgeschneiderte und eng anliegende Kleidung als die fließenden Kleider und Tuniken in der Heimat.

Als Detyen, und noch dazu mit seiner Hautfarbe, fiel er überall auf. Die Bewohner der Stadt waren zu etwa fünfzig Prozent menschlich, die andere Hälfte bestand aus etwa einem Dutzend außerirdischer Spezies. Er konnte zwar einen oskavischen Akzent vortäuschen, aber jeder, der seine Clanzeichen sah, wusste, dass er kein Bürger des Reiches war. Außerdem hatte er noch nie einen blauen Oscavianer gesehen. Sie tendierten eher zu Violett- und Rosatönen.

Aber das Schöne daran, so viele fühlende, ziemlich ähnliche Spezies an einem Ort zu haben, war, dass niemand die Unterschiede in Frage stellte. Manche könnten ihn für einen Oscavianer halten, andere für einen Juntarier, eine wirklich verwirrte oder betrunkene Person könnte ihn vielleicht sogar für einen Menschen halten.

Auf Diskretion bedacht, zog er sich die Kapuze über den Kopf und verließ das Haus, wobei er die Tür zu seinem Zimmer hinter sich abschloss. Sein erstes Treffen an diesem Tag fand mit einem langjährigen Informanten statt, der ihm Informationen über die aktuelle Sicherheitslage in der Zitadelle geben sollte. Solche Treffen mussten persönlich abgehalten werden. Sie konnten sich nicht darauf verlassen, dass die Übertragungen nicht abgefangen würden, und jede physische Nachricht, selbst wenn sie verschlüsselt war, konnte in die falschen Hände geraten.

Vor Ort war Spionage immer eine Arbeit von Angesicht zu Angesicht.

Ohrmand wohnte in einem Hochhaus, das zwanzig Minuten Fußweg von Stoans Unterkunft entfernt war. Der Mensch näherte sich seinem siebzigsten Lebensjahr und hatte in seiner Heimatstadt schon ein Dutzend Warlords aufsteigen und fallen sehen.

Die Zitadelle und ihre Umgebung waren ein raues Pflaster und schwer zu halten. Droscus war seit einem Dutzend Jahren an der Macht, und zeitweise war sein Machterhalt mehr als in Gefahr gewesen. Nur wenige wussten, wie zerbrechlich sein Aufstieg gewesen war und welche Macht einige wenige Aufständische hatten. Aber im Moment war er unglaublich stabil und hatte die Zitadelle länger gehalten als jeder andere Warlord seit Menschengedenken.

Und diese Mission würde nicht die sein, die ihn zu Fall bringen würde. Gegenwärtig war Nina damit zufrieden, ihm sein Einflussgebiet zu lassen. Sie hatte im Moment die Oberhand: mehr Soldaten, mehr Geld und eine Bevölkerung, die mehr oder weniger mit ihrer Herrschaft zufrieden war. Sie würden sie nicht wählen, aber niemand hatte es eilig, ihre Festung zu stürmen oder sich aufzulehnen. Aber die direkte Herausforderung einer mächtigen Kraft würde den Rückhalt im eigenen Territorium schwächen.

Ohrmand warf einen misstrauischen Blick in den Flur seines Gebäudes, bevor er die Tür hinter Stoan schloss und verriegelte. „Was führt dich an unsere schöne Küste, mein Junge?", sagte der Mann in dem keuchenden Ton, den nur ein alter Mensch vornehm klingen lassen konnte.

Stoan zog den Schlüssel aus der versteckten Tasche seiner Hose. Er war zu wichtig, um ihn in einer verschlossenen Kiste in seiner Unterkunft zu lassen. Und er vertraute Ohrmand bedingungslos. Er hielt dem Menschen die Kette hin. „Ein gemeinsamer Freund sagte, du könntest einige Informationen haben."

Ohrmand nahm den Schlüssel und hielt ihn dicht vor sein Gesicht, wobei er die Augen zusammenkniff, um die Details zu erkennen. „Dieser Junge ist noch nicht reif für den Außendienst", sagte er und meinte damit einen von Stoans jüngeren Agenten.

„Er wird es lernen", antwortete Stoan. Oder er würde sterben. Es war eine gefährliche Angelegenheit, in feindlichem Gebiet zu arbeiten. Stoan hatte nicht viele Auswahlmöglichkeiten, wen er schicken wollte.

Ohrmand brummte etwas Unverbindliches.

Stoan wartete und setzte sich in einen stark gepolsterten Sessel, der nicht für einen Zweibeiner gemacht zu sein schien. Der Sitz war zu groß, groß genug, um mindestens zwei im Schneidersitz sitzende Personen zu beherbergen, und die Rückenlehne war kürzer als sein Unterarm und ging in unbequeme Armlehnen über.

Nach einigen Augenblicken ließ Ohrmand die Hand mit dem Schlüssel wieder sinken. „Du bist ein Glückspilz", sagte er mit einem halben Lächeln und einem Hauch von Unglauben.

Glückspilz war kein Wort, mit dem die meisten Detyens sich selbst beschreiben würden, also schwieg Stoan. Er wartete. Als Ohrmand merkte, dass keine Antwort zu erwarten war, sprach er weiter.

„So etwas wird hier nicht mehr hergestellt. Schon lange nicht mehr." Er gab den Schlüssel an Stoan zurück.

Stoan verstand nicht, warum ihn das zu einem Glückspilz machen sollte, aber Ohrmand hatte noch mehr zu sagen.

„Vor etwa zwanzig Jahren gab es einen Laden auf dem Hauptplatz. Die Besitzerin, Kahga Kimay, fertigte kleine dekorative Gegenstände an. Alles war handgefertigt und zu teuer für die Einwohner einer Stadt wie dieser."

„Wo ist sie jetzt?", fragte er. Wenn diese Frau die einzige Person war, die die Box hergestellt haben könnte, könnte sie mehr Informationen für ihn haben.

Ohrmand zuckte mit den Schultern. „Sie hat den Aufstieg des Warlords nicht überlebt."

Eine Sackgasse. Im wahrsten Sinne des Wortes. Stoan knurrte nicht, aber nur wegen seiner Disziplin, einem Resultat seiner jahrelangen Ausbildung und Erfahrung. „Wie kann eine tote Herstellerin helfen?", fragte er. „Und wie kannst du sicher sein, dass dieser Schlüssel zu einem dieser Schlösser passt?"

„Kahga Kimay war die Halbschwester des Generals", verriet Ohrmand. „Und ihr gesamter Besitz wurden von seinen Leuten beschlagnahmt, als sie hingerichtet wurde."

Das war interessant, aber wahrscheinlich nicht relevant. Trotzdem war das kein Grund, das Wissen ungenutzt zu lassen. „Warum wurde sie getötet?"

„Die Rebellen benutzten die Boxen, um sensible Informationen zu transportieren. Sie sahen nicht nur hübsch aus. Kein Scanner konnte den Inhalt genau auslesen, kein Bioschloss oder Code konnte sie entsperren. Wenn sie aufgebrochen wurden, explodierten sie und vernichteten alle Beweise." Ohrmand lächelte liebevoll. „Sie war kein Fan der Herrschaft ihres Bruders. Aber sobald der General die Boxen hatte, konnten seine Ingenieure sie untersuchen. Sie kamen hinter die Geheimnisse und die Rebellen benutzten sie daraufhin nicht mehr. Diese Geheimnisse sind nie durchgesickert. Ich würde Kahgas Boxen nicht als einzige Sicherheitsmaßnahme verwenden, aber als zusätzliche Sicherheitsmaßnahme würde ich sie sofort nehmen."

Stoans Gedanken analysierten bereits die Informationen und fügten sie mit den Teilen zusammen, die er bereits kannte. Er wusste noch nicht, was nützlich war, aber er würde es bald wissen. „Hast du ein Bild von einer der Boxen?", fragte er. Sie hatten nie darüber gesprochen, aber Ohrmand war damals ein Rebell gewesen. Und wie alle klugen Revolutionäre hatte er seine Waffen an den Nagel gehängt und seine Prinzipien weggepackt, als der Kampf eindeutig verloren war.

Es gab mehr als eine Möglichkeit zu kämpfen.

Ohrmand grinste. „Nein, ich habe kein Bild. Ich habe eine der Boxen.“

———

Kurz nach dem Mittagessen saß Reina an einem unaufgeräumten Schreibtisch in einem großen Geschäft an der Hauptstraße der Stadt. Sie war als Reina Draven unterwegs und musste in der Stadt Dinge tun, die Reina Draven tun würde. Und die beste Ausrede, die sie hatte, um sich außerhalb von Ninas Gebiet aufzuhalten, waren Aufgaben beruflicher Natur. Sie hatte dem Besitzer des Ladens, Commus, erklärt, dass sie sich dafür interessiere, wie andere Geschäftsleute auf Tarni ihre Buchhaltung führten, und dass sie eine Sondergenehmigung hatte, eine Woche lang zu recherchieren und sich mit Fachleuten zu unterhalten.

Das war sogar wahr. Außer, dass sie nicht diejenige war, die das geplant hatte. Dieser Geistesblitz war allein Stoan oder einem seiner Mitarbeiter zu verdanken.

Da sie geschäftlich unterwegs war, war es einfacher, eine Einladung zur Gala zu erschleichen. Zumindest in der Theorie. Commus hatte sie vor seine Bücher gesetzt und war gegangen, anscheinend in dem Glauben, sie sei da, um die Arbeit zu erledigen und nicht, um sie mit ihm zu besprechen.

Ein kurzer Blick zeigte ihr das, was sie erwartet hatte. Buchhaltung war im Grunde genommen überall gleich, egal wo man hinging. Geld rein, Geld raus. Es gab nur eine begrenzte Anzahl von Möglichkeiten, das zu dokumentieren.

Reina sah von ihrem Platz auf und massierte ihren Nacken, um die Verspannungen zu lösen. Sie war nicht mal in einem Büro. Es handelte sich um einen Schreibtisch, der in der Ecke des Raumes hinter dem Verkaufstresen stand. Jeder Kunde würde annehmen, sie gehöre zum Personal.

Personal war unsichtbar, was für sie von Vorteil war.

Sie schaute zur Tür, als der Eingangsgong ertönte. Eine mechanische Stimme sagte eine Begrüßung und lud den Kunden zum Stöbern ein. *Das war anders als zu Hause.* In Nina City setzte niemand Roboter ein, um seine Kunden zu begrüßen. Es war zu unpersönlich.

Aber der Laden von Commus war riesig und er hatte nicht genug Personal, um jemanden abzustellen, der an der Tür stand und auf die Leute wartete. Er verkaufte ein bisschen von allem, von Nippes über Kleidung bis hin zu einer kleinen Auswahl an Lebensmitteln und Elektronikartikeln. Seit sie sich vor einer halben Stunde hingesetzt hatte, waren ein Dutzend Kunden hereingekommen, die meisten von ihnen Menschen.

Aber die Frau, die hereinkam, war kein Mensch.

Sie war eine Detyen.

Es gab mehr als eine Rasse von blauhäutigen Außerirdischen, und Stoan hatte erwähnt, dass nicht alle Detyens blau waren. Diese Frau war rot, aber was sie verriet, waren die dunklen Flecken, die ihren entblößten Hals und den oberen Teil ihrer Brust bedeckten. Sie waren nicht identisch mit denen von Stoan, aber sie waren ähnlich.

Er nannte sie Clan-Zeichen.

Allen Informationen zufolge, die sie über die Zitadelle gelesen hatte, gab es keine Detyens dort. Die meisten Detyens im Konsortium lebten in Nina City, einige kleinere Gemeinschaften gab es auf Thanatos und Beothea. Was machte diese Frau also in der Stadt?

Sie lächelte, als sie bemerkte, dass Reina sie ansah, und Reina lächelte zurück und setzte ihr höflichstes Grinsen auf. Im Stillen schimpfte sie mit sich selbst und versuchte, sich nicht auszumalen, wie Sanna sie zurechtweisen würde, weil sie so leicht zu überführen war.

Sie hatte einen Job zu erledigen, und der bestand nicht darin, das unbedeutende Geheimnis einer Frau zu lösen.

Die Detyen kam näher, also stand Reina auf und richtete das eng anliegende Oberteil, das sie trug. Jedes Mal, wenn sie sich auf ihrem Stuhl bewegte, rutschte es hoch, und es fühlte sich an, als ob ihre Brüste für alle sichtbar wären.

Sie konnte es kaum erwarten, wieder nach Hause zu kommen und wieder die viel bequemere Kleidung von Nina City zu tragen. Aber wenn sie ganz ehrlich wäre, würde sie zugeben, dass sie wirklich wollte, dass Stoan sie in diesem Top sah. Er würde nicht mehr den zurückhaltenden Gentleman spielen, wenn er sie so sähe.

Denk jetzt nicht an ihn, befahl sie sich selbst. Und bevor sie etwas anderes denken konnte, stand die Detyen-Frau direkt vor ihr. Ihre Augen waren genauso rot wie die von Stoan, aber sie waren etwas größer und ihre Wimpern länger.

Die Detyen-Frau nickte zur Begrüßung. „Haben Sie Bolquoi-Schals?", fragte sie.

Bolquoi waren Tiere mit dichtem Fell, die in den Wäldern nördlich der Stadt lebten und auch auf Farmen wegen ihres Fells und ihres Fleisches gezüchtet wurden. Ihr Fell gehörte zu den wärmsten Naturfasern auf dem Planten und konnte außerordentlich teuer sein.

Reina zeigte auf eine Auslage mit Kleidung. „Sie könnten dort sein?" Es war mehr eine Frage als eine Aussage. Sie blickte in Richtung der Tür zum Hinterzimmer, durch die Commus vor einigen Minuten verschwunden war. Er kam ihr nicht zu Hilfe, und es waren keine anderen Mitarbeiter in Sicht.

Die Detyen schaute zwischen Reina, der Tür und

dem Kleiderständer hin und her. „Ich nehme an, Sie arbeiten nicht hier?", fragte sie.

Reina grinste. „Sie haben mich durchschaut. Der Manager ist hinten … glaube ich. Ich kann versuchen, ihn für Sie zu finden."

Die Detyen seufzte. Sie sah müde und mehr als nur ein wenig erschöpft aus. Sie beugte sich über den Tresen und fragte in einem verschwörerischen Ton: „Haben Sie schon einmal sehr unheimliche Männer um Geld gebeten?"

„Ein oder zwei Mal", sagte Reina. „Aber nicht für mich selbst."

„Was?" Die Detyen grinste verwirrt.

„Ich bin Buchhalterin. Manche Männer wollen ihre Rechnungen nicht bezahlen."

Die Verwirrung löste sich auf und die Detyen lachte. Ihre Stimme war wie klares Wasser, erfrischend und ein wenig kalt, das Lachen fast unsicher. „Wie kann es sein, dass ich Sie noch nie gesehen habe? Ich laufe seit einer Woche durch diese Straße, um von einem Meeting zum nächsten zu kommen, und ich schwöre, dass ich jeden getroffen habe, der in dieser Gegend verkehrt."

„Ich arbeite nicht hier", erinnerte Reina sie. „Und ich bin nur zu Besuch", fügte sie hinzu.

Das Gesicht der Detyen hellte sich auf, ihre Augen leuchteten rot. „Oh, ich auch! Oder ich hoffe, dass ich nur zu Besuch bin. Wenn meine Expedition nicht finanziert wird, muss ich vielleicht eine Kolonie gründen."

„Expedition?", fragte Reina. Mit dieser Frau zu sprechen war interessanter als die letzten Stunden mit den Zahlen, was sich wie eine Beleidigung für ihre Geschäftsbücher anfühlte. Aber ein wenig menschliche — nun ja, persönliche — Interaktion war immer gut.

„Ich muss mir die Schals ansehen; Männer mit Geld geben es nicht an Frauen, die nicht teuer aussehen." Sie ging zu den Kleidern hinüber, sprach aber weiter und erwartete einfach, dass Reina ihr folgte.

Erst als sie hinter ihr her ging, bemerkte Reina, dass die Frau zehn oder mehr Zentimeter größer war als sie selbst.

In der Tat war die Frau nicht viel kleiner als Stoan. Wenn er mit ihnen im Laden gestanden hätte, hätten sie sich problemlos nach Größe in einer Reihe aufstellen können, mit dieser Frau in der Mitte.

Das war ein unerwartet bitterer Gedanke. Erst als sie spürte, wie sich ihre Haut zusammenzog, bemerkte Reina, dass sie die Detyen mit Augen zusammengekniffenen Augen ansah. Seltsam. Reina war noch nie der eifersüchtige Typ gewesen. Trotz all seiner Schwächen hatte sie nie befürchtet, dass Lex auf Abwege geraten würde. Nicht, dass sie das bei Stoan befürchtet hätte.

Wenn sie in einer Beziehung wären. Ein paar Küsse bedeuten schließlich noch keine Beziehung aus.

Aber wenn sie wirklich zusammen wären, wusste sie, dass er voll dabei sein würde. Er war der hingebungsvolle Mann, der die Welt aus den Angeln heben würde, um bei seiner Frau zu sein. Die Art von Mann, wo ihr innerlich warm und kribbelig wurde, wenn sie nur an ihn dachte.

„Alles in Ordnung?", fragte die Detyen.

Reina stand schon seit einigen Sekunden direkt vor dem Tresen. Sie schüttelte den Kopf, aber nichts konnte Stoan aus ihren Gedanken vertreiben. „Es tut mir leid. Ich habe vor mich hingeträumt."

„Ist er süß?", fragte sie.

Reina wurde rot. Sie war so leicht zu durchschauen. „Sehr gutaussehend", sagte sie.

„Einen Mann, der einer Frau ein solches Lächeln ins Gesicht zaubern kann, möchte ich gerne kennenlernen", sagte sie verschwörerisch und beugte sich vor. „Hat er einen Bruder?"

Reina hätte fast gefragt, woher die Frau wusste, dass Stoan ein Detyen war, bevor ihr klar wurde, dass sie das weder gesagt noch angedeutet hatte. War es ihr nicht wichtig, ihren Denya zu treffen? Das war viel zu persönlich, um danach zu fragen.

Sie stand bei den Tüchern und Schals, und Reina gesellte sich zu ihr. „Was führt Sie in die Stadt?", fragte sie. „Sie sagten etwas über unheimliche Männer mit Geld?"

Sie nickte. „Ich versuche, eine Weltraumexpedition zu finanzieren. Das Schiff und die Besatzung sind bereit. Aber wir brauchen einen Unterstützer. Der General findet gelegentlich Gefallen an solchen Missionen, und ich hatte gehofft ...", sie brach ab.

„Ich wünsche Ihnen Glück", sagte Reina und meinte es auch so. Sie griff nach einem Schal aus einem üppigen roten Stoff, der mit Gold verziert war. „Sieht das teuer genug aus für Sie?"

Das Gesicht der Frau hellte sich auf. „Ja! Das ist perfekt. Und es wird perfekt zu meinem Gewand für die Gala passen. Sie werden dort sein, oder? Ich weiß, wir haben uns gerade erst kennengelernt, aber da ist etwas ... Nun, ein freundliches Gesicht ist immer willkommen."

Eine Einladung. Das war es, was Reina brauchte. Sie schüttelte den Kopf und hielt ihn gerade so weit gesenkt, dass sie enttäuscht aussah. „Mein Timing ist ein bisschen daneben", sagte sie. „Als ich in der Stadt ankam, waren die Einladungen schon verschickt und ich war nicht ... nun, ich hoffe, Sie werden sich amüsieren. Ich habe gehört, dass solche Events etwas sind, an das man sich für den Rest seines Lebens erinnert."

„Gehen Sie mit mir zur Gala", lud die Frau ein.

Ja. „Wirklich?", fragte Reina. „Sind Sie sicher? Ich möchte niemandem einen Platz auf Ihrer Gästeliste wegnehmen."

Die Frau legte einen Arm auf Reinas Schulter. „Ich bestehe darauf. Fremde an einem fremden Ort sollten zusammenhalten."

Reina fühlte sich ein bisschen schuldig, aber sie versuchte, das zu ignorieren. Das war ihre Aufgabe. Ihr

Überleben und das Überleben von Stoan hingen davon ab.

„In diesem Fall nehme ich die Einladung gerne an", sagte sie, weil sie den Namen der Frau nicht kannte. Das wäre hilfreich. „Ich bin übrigens Reina."

Die Frau nickte. „Inrit. Treffen wir uns hier am Abend des Balls, etwa eine Stunde nach dem Abendessen. Das wird ein Spaß!"

Reina sah zu, wie Inrit einem Angestellten, der zum Kassieren erschienen war, Geld gab und ging. Eine Hürde war überwunden. Wie viele waren noch übrig?

12

KAPITEL ZWÖLF

Die Zitadelle, Droscus' Zuhause und gleichzeitig sein Operationszentrum, war riesig. Es stellte Ninas Festung in den Schatten und ragte mehr als zweihundert Meter in die Höhe, ein gigantisches Bauwerk aus Stein und Glas.

Er hatte vier Möglichkeiten entdeckt, das Gebäude ohne Einladung zu betreten, aber heute Abend ging Stoan mit den anderen Partygästen durch das Eingangstor. Diese Mission diente nur der Aufklärung, es sei denn, er hatte großes Glück.

Alles, wozu die Gäste Zugang hatten, war entweder unwichtig oder wurde streng bewacht. Sogar noch stärker bewacht als sonst. Er bezweifelte daher, dass er die Gelegenheit haben würde, die Trick-Box zu öffnen oder zu stehlen. Dennoch hatte er die alte Box, die

Ohrmand ihm gegeben hatte, bei sich. Es konnte nicht schaden, auf alles vorbereitet zu sein.

Mehr als hundert Gäste hielten sich in dem halben Dutzend Räume, die der Öffentlichkeit zugänglich waren, auf. Diese Ebene war Teil des Verwaltungstrakts und hatte weniger Sicherheitsvorkehrungen als andere Teile der Zitadelle, da hier tagsüber Dutzende Mitarbeiter ein- und ausgingen. Es war noch früh, und es wurden mehr als fünfhundert Gäste erwartet. Diese Veranstaltung war für die Mittelschicht gedacht, die in der Zitadelle ihren Lebensunterhalt verdiente. Sie waren das pulsierende Herz des Handels, und jedes Jahr feierte Droscus sie und erhob sie für eine Nacht in einen höheren Status.

In dieser Nacht war es sehr einfach, in die Zitadelle zu gelangen, aber fast unmöglich, im Verborgenen zu agieren.

Stoan trug ein schwarzes Outfit im für die Stadt typischen Stil. Die Hose war eng geschnitten und hatte einen roten Streifen, der von der Hüfte bis zu den Zehen reichte. Sein Oberteil war ähnlich eng geschnitten, mit kreuz und quer verlaufenden Lederriemen, die an den Seiten verschnürt waren. Darüber trug er einen etwas altmodischen Umhang, der seine Bewegungen und seine Größe nicht so leicht erkennbar machte. Im Dunkeln wäre es fast unmöglich, ihn zu beschreiben.

Stoan nahm sich ein Getränk von einem Tisch in der Mitte des Raumes. Die blubbernde violette Flüssigkeit sah ein wenig unheimlich aus, also trank er sie nicht, obwohl er bezweifelte, dass Droscus so weit gehen würde, seine Gäste zu vergiften. Dennoch ließ Stoan das Getränk nicht an seine Lippen kommen. Er konnte es sich auch nicht leisten, sich zu betrinken, außerdem konnte Alkohol einen seltsamen Effekt auf den Körper eines Detyen haben.

Um ihn herum standen Dutzende, Menschen, einige Oscavianer, Juntarier und eine Gruppe grünhäutiger Außerirdischer, die er nicht zuordnen konnte. Er machte eine gedankliche Bestandsaufnahme ihrer Merkmale und speicherte die Informationen für später ab. Er konnte die meisten Spezies benennen, die in diesem System lebten und arbeiteten. Es war komisch, jemanden zu sehen, den er nicht zuordnen konnte.

Tänzerinnen in wirbelnden Seidengewändern bewegten sich durch die Menge, während im Hintergrund beruhigende Musik lief. Es gab keine Bühne für die Tänzerinnen, und die hellen Farben ihrer Gewänder zogen das Auge auf sich. Eine Frau in einem schillernden Kleid aus Purpur und Silber wirbelte in seine Richtung und bewegte sich wie die Wellen des Ozeans. Mit einer dynamischen Drehung setzte sie den Weg fort und bewegte sich zum nächsten Gast. Sie waren hier, um zu unterhalten, nicht um zu stören.

Ein Funke Bewusstsein fuhr ihm über den Rücken und Stoan drehte seinen Kopf zum Eingang.

Zuerst sah er nur das blonde Haar, das mit einem

einfachen Band zusammengebunden war. Ein Mann trat hinter ihr ein und versperrte ihm für einen Moment die Sicht. Doch als der Mann zur Seite trat, stand da Reina, gekleidet in ein dunkles, bronzefarbenes Mieder, das ihre Kurven umschmeichelte, und eine wallende schwarze Hose, die sie wie eine Prinzessin von einem fernen Planeten aussehen ließ.

Sie lächelte eine andere Frau an, die mit dem Rücken zu ihm stand. Alles, was er sah, waren dunkle Haare und eine schwarze Jacke. Sie hätte jeder Spezies angehören können. Doch nachdem er ihren Bedrohungsgrad eingeschätzt hatte, richtete sich Stoans Aufmerksamkeit wieder mehr auf Reina. Sie sprach mit einem Lächeln zu der Frau, ihre Körperhaltung war trügerisch locker.

Sie musste nervös sein. Das hier war die Höhle des Löwen. Droscus hatte ihr großen Schaden zugefügt, und sie war unter ihrem richtigen Namen hier. Sie war in weit größerer Gefahr als er, was Stoan die Zähne zusammenbeißen ließ. Er war bereit, durchs Feuer gehen, um sicherzustellen, dass ihr kein Leid zugefügt wurde.

Er spürte, wie die Sekunden verstrichen, während er sie ansah, und nach drei Sekunden riss Stoan seinen Blick von ihr los. Es fühlte einen körperlicher Schmerz in seiner Brust, weil er nicht einfach auf sie zugehen und sich vergewissern konnte, dass es ihr gut ging. Er wusste, dass sie dem gewachsen war. Er hatte gewartet, bis sie bereit war. Und er hatte nicht vor, aus persönlicher Betroffenheit alles zu vermasseln.

Stoan wandte sich ab und sah dabei kurz etwas rote Haut neben dem dunklen Haar ihrer Begleiterin. Er war entsetzt. Ein Hauch von Galle kroch seine Kehle hinauf, und einen Moment lang wollte Stoan die ganze Sache abblasen. Es hatte nichts mit der Sicherheit von Reina zu tun.

Da war etwas … an ihrer Begleiterin. Etwas Wichtiges, das er nicht verstand.

Dennoch blieb er abgewandt und ging weiter. Wenn er noch länger an Ort und Stelle verharrte, würde er auffallen, und das war das Einzige, was er sich nicht leisten konnte.

Die Zeit verging in einem galaktischen Tempo, jede Sekunde dehnte sich zu einem Lichtjahr aus. Es trafen immer mehr Gäste ein, und nach einer halben Stunde musste Stoan sich anstrengen, um Reina im Auge zu behalten. Jedes Mal, wenn er merkte, dass er nach ihr Ausschau hielt, wandte er den Blick natürlich schnell wieder ab.

Er drehte eine Runde durch den Raum und bewegte sich im Allgemeinen so, dass er den Eindruck erweckte, seine Handlungen hätten einen Sinn. Sein eigentliches Ziel war es, die vier vom Hauptversammlungsraum ausgehenden Gänge einzusehen und den wahrscheinlichsten Ort zu bestimmen, an dem eine möglicherweise wichtige Box versteckt sein könnte.

Es kam ihm in den Sinn, dass die Box bedeutungslos, leer oder mit nutzlosem Schnickschnack gefüllt, irgendwo in einem Schrank stehen könnte. Und diese Möglichkeit war wahrscheinlich der Grund, warum Nina ihm und Reina den Auftrag gegeben hatte. Sie wusste, dass er kurz vor seiner ... Pensionierung stand und Reina hatte wenig Wert für sie. Wenn sie scheiterten, wäre das kein großer Verlust für Nina.

Aber Stoan hatte bisher noch nie versagt. Und er hatte nicht vor, jetzt damit anzufangen.

Mehr aus einem Instinkt heraus wählte Stoan den Gang, der am weitesten von seinem Standort entfernt war. In jedem Flur warteten einige wenige Kunstwerke und Erfrischungen auf die Besucher, aber es gab Schilder und Wachen, die jeden behutsam davon abhielten, zu tief in das Gebäude vorzudringen.

Als er die Mitte des Raumes erreicht hatte, bildete eine Gruppe von Tänzerinnen einen Kreis um eine Gruppe von Gästen, und Stoan war vorübergehend in einer Ansammlung von warmen Körpern und einer Wand aus fließenden Bewegungen gefangen. Als eine zarte Hand die seine berührte, wusste er ohne hinzusehen, wer es war. Wer sie war.

Seine Finger schlossen sich für eine kurze Sekunde um Reinas Hand, um sie zu beruhigen und sich in ihrer Gegenwart zu erden. Der neu erwachte Teil von ihm wollte sich an sie drücken und seinen Körper an ihrem reiben. Aber er war kein Vollidiot. Noch nicht.

Ihre Finger berührten sich für die Dauer von drei Herzschlägen, bevor Reina ihre Hand wegzog. Eine

Öffnung im Kreis der Tänzerinnen ermöglichte ihm die Flucht, und Stoan bewegte sich schnell und blickte nicht zurück. Es bestand wenig Gefahr in einem überfüllten Raum neben seiner Denya zu stehen. Diese Party war ein Gedränge, und zwei Personen konnten jederzeit zufällig nebeneinander stehen. Doch je länger diese Zeitspanne wurde, desto wahrscheinlicher wurde es, dass sie bemerkt wurden.

Er war so besorgt wegen der Gefahr, in der Reina schwebte, dass Stoan kaum mehr als leicht verärgert war, als Droscus und eine Schar von Mitläufern vor ihm anhielten. Er wollte diesen Mann bestehlen, nicht sich mit ihm unterhalten.

Aber der Kommandant starrte ihn mit zusammengekniffenen Augen an, als sei er ein Raubvogel und Stoan ein Staubkorn auf dem Wüstenboden. Stoan mochte diesen Blick nicht. In Droscus' Augen lag etwas Gefährliches. So etwas wie Wiedererkennen.

Droscus hob eine Hand und brachte so die beiden Männer, die rechts und links neben ihm standen, zum Schweigen. Er sah Stoan an und sprach mit finsterem Blick. „Kennen wir uns?"

Stoan verbeugte sich halb, als ob er den Mann und seinen Rang respektieren würde. „Ich fürchte, ich hatte noch nicht die Ehre." Und er hoffte, dass es dabei bleiben würde.

Droscus' Hand hob sich und strich über sein Kinn. Nach menschlichen Standards war er ein gutaussehender Mann, so groß wie Stoan, mit einem markanten Kiefer und goldblondem Haar. Um seine Augen und seinen Mund herum gab es kleine Fältchen, die ersten Anzeichen des Alterns, obwohl er kaum älter als vierzig war. „Hmm, seltsam. Es gibt nicht viele von eurem Volk hier bei uns." Nina wusste viel über die Detyens. Droscus auch? Er musste nach seinen Erfahrungen mit Tyral nachgeforscht haben. Und wenn dieser Spruch darauf hinweisen sollte, dass Stoan und Tyral gleich aussahen, bezweifelte er die Sehkraft des menschlichen Generals.

„Ich werde mein Volk auf jeden Fall wissen lassen, wie gastfreundlich diese Stadt ist", antwortete Stoan.

Droscus blinzelte und sah kurz zu einem seiner Männer. „Wie nett. Wenn du mich entschuldigen würdest ..." Er winkte mit der Hand, ging weiter, und Stoan war wieder seiner Arbeit überlassen.

Wäre da nur nicht die Last der ihn niederdrückenden Furcht gewesen.

———

Reina war kurz davor, auszuflippen. Sie spürte die Wärme von Stoans Hand noch immer an ihren Fingern, und sie führte sie unbewusst an ihre Lippen und ließ sie dort einen Moment lang liegen. Die Tänzerinnen, die sie für einen Moment gefangen gehalten hatten, waren weitergezogen und Reina stand jetzt in einer Gruppe von Fremden, völlig erstarrt, die Augen an die Wand gegenüber geheftet, damit sie nicht auf die Stelle starrte, wo Stoan mit Droscus sprach.

Hätte ein wohlwollender Gott ihr einen Wunsch gewährt, hätte sie in diesem Moment den Platz ihres Denya eingenommen. Es war ihr egal, ob Droscus ihr wehtat, sie einsperrte oder tötete. Solange Stoan nicht in Gefahr war.

Die Emotionen schossen durch sie hindurch, so intensiv, dass sie fast taumelte.

„Geht es dir gut?", fragte Inrit, trat von hinten an Reina heran und reichte ihr ein flaches Glas mit einem sprudelnden lila Getränk.

Reina sah sie an, und es dauerte eine Sekunde, bis sie ein nichtssagendes Lächeln aufsetzen konnte. Sie wusste, dass Besorgnis in ihren Augen lag. Sie hoffte einfach, dass Inrit nicht zu genau hinsah. „Oh ja", sagte sie und hielt den Drink hoch. „Danke dafür." Reina nahm einen kleinen Schluck und sprang fast aus ihrer Haut, als der Geschmack auf ihrer Zunge buchstäblich explodierte. Das Getränk sprudelte und glitt dann sanft ihre Kehle hinunter. Sie betrachtete das Glas und beschloss, langsam zu trinken. Die Flüssigkeit enthielt etwas, das ihr die Sinne rauben konnte.

„Bist du sicher?", drängte Inrit, in ihren roten Augen lag Sorge. Inrits Kleidung war schwarz, dazu trug sie den rot-goldenen Schal, den sie im Laden gefunden hatten. Reina war sicher, dass Inrit im Gegensatz zu ihr eher wie eine richtige Spionin aussah. Rot und Schwarz sahen förmlich nach Intrige aus, und die Art, wie sie sich bewegte, machte Reina fast ... misstrauisch.

Hatte sie die Detyen-Frau falsch eingeschätzt? Hatte sie ihr nur wegen ihrer Spezies vertraut?

Reina ging im Geiste die wenigen Momente durch, die sie mit Inrit verbracht hatte. Nichts deutete darauf hin, dass Inrit etwas anderes war als das, was sie gesagt hatte. Aber wenn Inrit das Gleiche tun würde, käme sie wahrscheinlich zu den gleichen — falschen — Schlussfolgerungen über Reina.

„Es ist einfach ein bisschen voll hier drin, zu warm", sagte sie.

Inrits runzelte die Stirn. „Wirklich?"

Nein, natürlich nicht. Tatsächlich war es im Raum fast kühl, obwohl Hunderte Personen eng beieinander standen. Aber Reina war jeder Vorwand recht, um sich aus dem Raum zu entfernen. Sie konnte Stoan im Moment nicht helfen, und jede Sekunde, in der sie ihn anstarrte, machte sie zu einem Risiko für ihn. „Ich brauche frische Luft", sagte sie und ging zielstrebig auf einen der vier Flure zu, die vom Hauptbankettsaal abgingen. Wenn ihre Erinnerung richtig war, gab es nicht zu weit entfernt eine kleine Terrasse.

Inrit folgte ihr dicht auf den Fersen, und Reina fragte sich, ob sie das tat, weil sie sich gerade anfreundeten, oder ob die Detyen-Frau Hintergedanken hatte — finstere Hintergedanken.

Reina war für diesen Spionagemist nicht geeignet.

Sie wollte ihren Kopf in die Hände nehmen und sich die Haare ausreißen. Sie stellte jede einzelne Person in ihrer Umgebung in Frage, selbst wenn sie keinen Grund dazu hatte. Nur weil Reina log, hieß das nicht, dass alle logen.

Ein paar Leute gingen den Flur hinunter zu einem Raum, den Droscus mit einigen der schönsten Kunstwerke ausgestattet hatte, die Tarni und die Zitadelle zu bieten hatten. Reina fand die Terrasse hinter einem offenen Durchgang. Eine schwere Holztür war so weit geöffnet, dass die Flügel die Steinwand rechts und links berührten. Der kurzzeitige Druck des Kraftfeldes ließ ihr die Haare auf ihren Armen zu Berge stehen, aber das Feld an der Tür diente nur dazu, dass Ungeziefer und Schädlinge vom Eindringen abgehalten wurden und die Temperatur konstant blieb. Es sollte die Gäste nicht daran hindern, sich frei zu bewegen.

Auf der Terrasse war es ziemlich kühl. In der Zitadelle ging der Spätsommer in den Herbst über, und der Winter kündigte sich bereits mit einem leisen Hauch an. Reinas Outfit war langärmelig, aber der Stoff war nicht annähernd dick genug, um sie in dieser kühlen Nacht warm zu halten. Aber die kalte Luft war genau das, was Reina brauchte.

Inrit stellte sich schweigend neben sie, und beide blickten hinaus auf die Lichter der verschlafenen Stadt. Keine von ihnen sprach, und nach einem Moment konnte Reina fast so tun, als stünde sie allein da draußen.

Am liebsten wäre sie wieder hineingelaufen und hätte Stoan in Sicherheit gebracht. Raus aus dieser Stadt, raus aus diesem Territorium, vielleicht sogar weg von diesem Planeten, wenn ihn das vor den Machenschaften ihrer eigenen Kommandantin schützte. Das machte ihr Angst. *Er* machte ihr Angst. Nicht, weil sie dachte, er würde ihr etwas antun. Nein, sie hatte Angst vor den Emotionen, die Stoan in ihr hervorrief.

Es war alles so schnell gegangen. Die Romantikerin, die dabei war, sich zu verlieben, die nichts von dem wusste, was in ihr lebte, versuchte, es zu rechtfertigen. Sie hatten sich vor sechs Monaten kennengelernt. Sechs Monate war keine ungewöhnlich kurze Zeit. Außerdem war da noch diese ganze schicksalhafte Denya-Sache. Natürlich würde sich ihr Herz verfangen.

Sie konnte sich nicht erinnern, dass sie jemals zuvor für *irgendjemanden* so etwas empfunden hatte. Vor allem nicht für Lex. Und das tat weh. Jahre ihres Lebens hatte sie mit einem Mann verbracht, für den sie nie das empfunden hatte, was ein blaugrüner Beinahe-Fremdling in ihr auslöste.

Glaubte sie an Schicksal? Dass sie durch eine Macht, auf die sie keinen Einfluss hatte, aneinander gebunden waren?

Reina untersuchte ihre Gedanken, ihre Gefühle, und die Antwort überraschte sie nicht. Nein, daran glaubte sie nicht. Eine außerirdische kosmische Macht konnte sie nicht dazu bringen, so zu fühlen. Vielleicht hatte sie ihre Gefühle geweckt, aber deshalb hatte sie sich nicht in ihn verliebt.

Liebe?

Oh.

Nun.

Natürlich liebte sie ihn.

Reinas Schultern strafften sich und sie spürte, wie ein halbes Lächeln ihre Lippen umspielte. Sie wollte lachen, als ihr das Offensichtliche klar wurde. Es war, als hätte sie eine Seite in einem Buch umgeblättert und die Kapitelüberschrift gelesen, nur um festzustellen, dass sie schon die ganze Zeit gewusst hatte, was dort stehen würde. Und es war nur logisch. Wie konnte sie seine Liebe wollen, wenn sie seine nicht erwiderte?

Sie schaute zu Inrit hinüber und sah eine Frau, die in einem gewaltigen Dilemma steckte. Als die Detyen zu Reina hinübersah, hatte sie offensichtlich noch keine großen Entscheidungen getroffen, und sah so besorgt aus, wie Reina eine Weile vorher.

„Ich bin hier, wenn du reden willst", bot Reina an und verfluchte sich in dem Moment, in dem sie die Worte aussprach. Sie war nicht *hier*. Oder sie würde zumindest nicht mehr lange hier sein, und sie sollte niemandem in der Zitadelle Unterstützung oder Freundschaft anbieten.

Doch Inrit holte tief Luft und schüttelte den Kopf. „Sollen wir wieder reingehen?", fragte sie. „Ich fürchte, die Wachen werden uns hier wegholen, wenn wir zu lange hier bleiben.“

Es war den Gästen zwar nicht verboten, die Terrasse zu betreten, aber allein dort zu stehen, konnte leicht unerwünschte Aufmerksamkeit erregen. Reina und Inrit traten durch das schwache Kraftfeld wieder nach drinnen und gingen den Flur entlang zum Hauptraum. Nach der Kälte draußen fühlte es sich drinnen wirklich warm an, und der Schweiß rann Reina den Rücken hinunter.

Sie stieß mit Inrit zusammen, als die andere Frau plötzlich stehen blieb. „Ist das ...?“, brach sie ab, bevor sie ihre Frage beendete.

Reina schaute sich um und entdeckte Stoan nur ein paar Schritte von ihnen entfernt. Ihre Blicke trafen sich und die Verbindung *durchfuhr* sie wie ein Stromstoß. Sie konnte sich ein kurzes Lächeln nicht verkneifen, und ihr Herz flatterte, als sich seine Lippen für weniger als eine Sekunde zusammenzogen. Er konnte es auch spüren.

Sein Blick wanderte nach rechts und er sah Inrit. Sein Gesicht wurde ausdruckslos, und wenn es möglich wäre, hätte sie gesagt, dass er blass wurde. Reina schaute zu Inrit und sah einen fast identischen Gesichtsausdruck. Ausdruckslos, ohne Regung, wie Stahl.

„Dieser Mann“, sagte sie mit dämmerndem Verständnis. „Er ist ein Detyen. Wie ich.“ Sie sagte nichts, aber Reina wusste nicht, was sie sagen sollte. Sie war hier, um die Aufmerksamkeit von Stoan abzulenken, nicht, um sie auf ihn zu richten.

„Wie schön", sagte sie und kämpfte um die richtigen Worte. „Jetzt, wo ich darüber nachdenke, scheinen nicht viele von deiner Art hier zu sein." War das besser oder schlechter? Reina *wusste*, dass es keine Detyens in der Stadt gab, aber als Mensch aus Nina City hatte sie keinen Grund, es zu wissen, wenn sie nicht schon einen Detyen kannte.

Aber Inrit schenkte ihr keine Beachtung. Ihre Augen waren fest auf Stoan gerichtet. Reina war nicht eifersüchtig, nicht wirklich. Es lag nichts Romantisches oder gar Sexuelles in Inrits Blick. Aber es machte sie trotzdem unruhig. Sie wollte nicht, dass Inrit ihren Mann — ihren Gefährten — so ansah.

„Willst du dich vorstellen?", zwang sie sich zu fragen. Das würde eine normale Person, eine Person ohne Bindungen zu einem von ihnen, vorschlagen.

Inrit hob die Hand und ballte sie zur Faust, bevor sie winken konnte. Kannten sie sich? So sahen sich zwei Fremde nicht an. Angesichts der Umstände ihrer Spezies war dies vielleicht die Art und Weise, wie sich fremde Detyens einander vorstellten.

Stoan traf die Entscheidung für sie und durchquerte den Raum, als würde er von einer unsichtbaren Kraft gezogen. Und dieses Mal hatte diese Kraft nichts mit Reina zu tun.

Fast hätte sie sich vor Inrit gestellt, obwohl sie nicht

wusste, wen sie damit schützen wollte. „Alles in Ordnung, Inrit?", fragte sie ein letztes Mal, bevor Stoan bei ihnen ankam. Sie durften keine Szene machen, und wenn etwas passieren sollte, musste sie einen kühlen Kopf bewahren, für ihren Denya, für ihre neue Freundin und für sich selbst.

Doch als sie sich umdrehte, war Stoan verschwunden.

„Es tut mir leid, ich muss gehen", sagte Inrit. Und dann stand Reina da, allein in feindlichem Territorium, und hatte keine Ahnung, was gerade passiert war.

13
KAPITEL DREIZEHN

Das konnte nicht sein.

Stoan flüchtete instinktiv aus dem Raum, als Reina Inrits Namen erwähnte. Sein Verstand geriet außer Kontrolle, wie ein Schiff mit defektem Anti-Schwerkraft-System. Nach einem halben Leben hatte er sich endlich davon überzeugt, dass sie weg war. Er hatte Schritte unternommen, um mit Reina das Band zu knüpfen.

Und jetzt war Inrit hier, aber er wollte nur mit Reina sprechen.

Erleichterung durchströmte ihn, als er auf einem versteckten Balkon in einem Nebenraum stand. Er war schockiert, als er seine alte Freundin sah. Sie sollte nicht in der Zitadelle sein, und er wollte sie schütteln, um sicherzustellen, dass sie sich in Sicherheit brachte. Er wollte mit ihr sprechen und herausfinden, wie ihr Leben in den letzten Jahren verlaufen war.

Aber er wollte sie nicht küssen. Oder sie ficken. Oder den Rest seines Lebens damit verbringen, sie zu lieben.

Reina war die Einzige, der seine Hingabe galt.

Inrits plötzliche Anwesenheit beunruhigte ihn sowohl auf der Ebene der Mission als auch auf der persönlichen Ebene. Es gab Zufälle, und dann gab es noch das hier.

Wenige Augenblicke, nachdem er etwas Privat-sphäre gefunden hatte, hörte er eine Bewegung hinter sich. Der leicht würzige Duft eines fremden Parfums verriet ihm, dass es nicht Reina war. Er drehte sich um und sah Inrit zum ersten Mal seit dreizehn Jahren wieder aus der Nähe.

Sie war groß.

Das war sein erster Gedanke. Und obwohl ihre Augen durch die Jahre des unbekannten Kampfes härter geworden waren, sah sie wie eine erwachsene Version ihrer selbst aus.

„Ich …“

Stoan hob eine Hand, um sie zu unterbrechen. „Nicht hier", sagte er auf Detyen. Selbst wenn es neugierige Ohren gäbe, würden sie die fast tote Sprache nicht übersetzen können. „In der Straße gibt es ein kleines Café mit dem Bild einer tanzenden Frau an der Tür. Wir treffen uns dort in zwanzig Minuten."

Sie sah ihn einen Moment lang mit besorgtem

Gesicht an. Dann nickte sie und ging ohne ein weiteres Wort. Das machte Stoan nur noch neugieriger darauf, wer sie geworden war. Eine normale Frau hätte diese Aufforderung in Frage gestellt. Nur jemand, der die Notwendigkeit von Privatsphäre verstand, jemand, der die tödlichen Folgen von unbesorgtem Gerede gesehen hatte, würde ohne Widerrede gehen.

Weniger als eine Minute später trat Reina auf den Balkon hinaus. Sie ging zum steinernen Geländer und hielt zwei Meter Abstand zwischen ihnen. Sie blickte auf die Stadt hinaus, ohne ihn anzusehen, als wären sie Fremde, die eine schöne Aussicht teilten.

Sie brauchte nichts zu sagen.

Der Moment war angespannt durch das Gewicht dieser ungesagten Dinge. Stoan wollte sie ansehen, ihr jede Wahrheit sagen, die er zu sagen hatte. Aber er hatte schon einmal Droscus' Aufmerksamkeit erregt, und er wollte sie nicht gefährden.

„Heute Nacht", versprach er und flüsterte das Wort in den Wind.

Reina nickte einmal und schaute ihm nicht nach, als er ging.

Zwanzig Minuten später setzte sich Stoan an einen Tisch im schlecht beleuchteten hinteren Teil des Cafés. Es war schon spät, aber die Kundschaft schien das nicht zu bemerken, und es war genauso voll wie mittags. Und was noch besser war: Im Gegensatz zu anderen Orten der Stadt waren die meisten Leute dort nicht menschlich, und ein blauer Mann, der mit einer roten Frau sprach, würde nicht auffallen.

Er gab über den kleinen Computer an der Wand eine Bestellung für eine Runde Getränke auf. Eine Minute später wurden zwei Gläser von einem gelangweilt aussehenden Kellner auf seinem Tisch gestellt. Der Kellner machte sich nicht einmal die Mühe, ihn zu begrüßen. Als der Kellner wegging, schlüpfte Inrit auf den Stuhl ihm gegenüber.

Sie starrte ihn einen langen Moment an, ihre Hände umklammerten das warme Apfelweinglas, als wäre es das Einzige, was ihr Halt geben konnte.

Stoan kannte das Gefühl. Er wollte seine Hand auf ihre Schulter legen und sich vergewissern, dass sie aus Fleisch und Blut war, so real wie er selbst und nicht der Geist, den er fürchtete.

Eine ganze Minute lang starrten sie sich an. Schließlich lehnte sich Inrit in ihrem Stuhl zurück und stieß einen erleichterten Seufzer aus. „Du bist am Leben."

Stoan grinste, und es war, als hätte sich nichts zwischen ihnen geändert, die Freundschaft kehrte zurück und füllte die Lücke, die Inrit hinterlassen hatte. „Du auch."

Ihr Blick fiel kurz auf ihr Getränk, bevor sie mit resigniertem Gesichtsausdruck wieder aufblickte. „Und du bist nicht mein Denya."

„Nein, das bin ich nicht", stimmte er zu. Ihr Freund?

Für immer. Ihr Liebhaber? Niemals. Dieser Titel gehörte allein Reina.

„Hast du ... nein", schüttelte sie den Kopf, „egal." Inrit griff in ihre Tasche und holte den leuchtend blauen Stein heraus, den er im Tempel auf Beothea hinterlassen hatte. Sie legte ihn auf den Tisch. „Ich bin vor etwa einem Monat zurückgekehrt, als wir — als ich — das erste Mal wieder im System war. Was ist passiert?"

„Ein Aufstand vor vielen Jahren. Geh nicht mehr zurück in die Tempelstadt", warnte er. „Es ist dort nicht sicher für uns."

Sie lächelte reumütig: „Ja, die Blasterschüsse und das Geschrei haben das deutlich gemacht. Einer von meinen ... ich bin in Sicherheit." Sie wechselte das Thema und Stoan wollte fragen, was sie ihm verschwieg. Es gab dreizehn Jahre unausgesprochene Worte, aber sie vermied ausdrücklich das Thema, mit wem sie reiste. Warum?

„Was machst du hier?", wollte sie wissen. „Ich habe viele Dinge über diese Stadt gehört, aber nichts Gutes."

„Ich arbeite. Wie du auch, nehme ich an." Und obwohl sie seine älteste Freundin war, konnte er ihr nicht sagen, was er hier tat. Nicht bevor er wusste, wer sie jetzt war. „Und ich wünschte, ich könnte dir mehr erzählen, aber das ist nicht mein Zuhause, und es gibt immer Ohren, die lauschen" Sie sprachen immer noch Detyen, aber das war auf lange Sicht auch keine wirkliche Garantie für Privatsphäre.

„Dachtest du, wir würden Gefährten werden?“, fragte sie. „Wenn wir uns wiedersehen?“

„Nein“, sagte Stoan und meinte es ernst. „Diese Möglichkeit habe ich schon vor einiger Zeit ausgeschlossen.“

„Weil ich weg war?“ Sie schaute betroffen.

Stoan griff in seinen Umhang und zog eine Karte mit Kontaktinformationen heraus. Sie führte zwar nicht direkt zu ihm, war aber alles, was er geben konnte. „Wenn du Zeit hast, würde ich mich freuen, wenn du dich meldest“, sagte er und reichte ihr die Karte.

Inrit nahm die Karte und steckte es in eine Tasche. „Wir sind doch noch Freunde, oder?“

„Immer.“

Er ließ sie im Café sitzen, ohne sich zu verabschieden. Mehr hatte er nicht zu sagen.

———

Reina zwang sich, auf der Party zu bleiben, nachdem Stoan gegangen war, und jede Minute zog sich länger hin als die letzte. Sie hörte auf, auf die kunstvoll verzierte Uhr zu schauen, die über dem Haupteingang hing, da zwischen drei Blicken nur zehn Minuten verstrichen waren.

Eine Stunde, beschloss sie. In einer Stunde konnte sie gehen. Dann würde niemand zwischen ihr und Stoan einen Zusammenhang herstellen können. Sie war ein

Risiko eingegangen, als sie auf den Balkon ging, um ihn zu treffen, und der weibliche Teil ihrer selbst, der ihn als den Ihren beanspruchte, war begeistert, dass er ein ebenso großes Risiko eingegangen war, als er diese zwei Worte zu ihr sprach.

Heute Abend.

Ein Versprechen, ein Gelübde.

Woher kannten er und Inrit sich? Worüber sprachen sie jetzt? Zu ihrem Erstaunen stellte sie fest, dass in ihr nicht einmal der kleinste Anflug von Eifersucht vorhanden war. Irgendwie *wusste* Reina, dass Stoan mit Inrit nichts anderes tun würde als reden.

Nun, *vielleicht eine Umarmung.* Die Verbindung zwischen ihnen schien eine rein persönliche, keine geschäftliche, zu sein. Waren sie alte Freunde? Obwohl alt wohl eine falsche Bezeichnung war, wenn jemand nicht älter als dreißig wurde.

Nicht, dass sich Stoan darüber noch Gedanken machen müsste. Oder er würde es zumindest bald nicht mehr tun müssen.

Sie schob die Frage nach Inrits und Stoans Vergangenheit beiseite und beschloss, ihn zu fragen, sobald sie frei sprechen konnten. Doch ihre Gedanken waren so aufgewühlt, dass sie nicht merkte, dass sie allein in dem Raum war, den sie betreten hatte, bis sie den lauten Knall der zufallenden Tür hörte.

Dies war kein verbotener Raum. Auf dem Boden standen Skulpturen und an den Wänden hingen Kunstwerke. Ein halbvolles Tablett mit Getränken stand auf einem Tisch in der Ecke, ein weiterer Beweis dafür, dass normale Partygäste hier willkommen waren.

Reina richtete sich zu ihrer vollen Größe auf und drehte sich zur Tür um. General Droscus stand da, allein, in seiner ganzen grausamen Schönheit.

Die Jahre lösten sich auf und nur Sannas eisenhartes Training hielt sie aufrecht, während Reinas Gedanken ein halbes Leben zurückgingen zu dem Moment, als sie diesen Mann zum ersten Mal gesehen hatte. Er hatte gerade teilweise die Kontrolle über die Stadt übernommen, und die Straßen stanken noch immer nach dem Blut der Truppen des alten Kommandanten. Reina sollte nicht draußen sein, das hatten ihre Eltern ganz klar gesagt.

Aber sie war nur ein neugieriges Kind mit einer Neigung, Unfug anzustellen. Sie hatte sich aus dem Laden ihrer Eltern geschlichen und war die Straße hinunter zur Bäckerei gelaufen, in der Hoffnung, ein paar Süßigkeiten zu bekommen. Sie hatte gewusst, dass die Kämpfe vorbei waren, dass die Schlachten gewonnen waren. Die Bürger der Stadt hatten deutlich gemacht, wem ihre Loyalität galt. Nach ihrem kindlichen Verständnis hatte sie nichts zu befürchten.

Droscus kam mit einem Dutzend seiner Männer, die alle bis an die Zähne bewaffnet waren, die Straße herunter. Und Reina war erstarrt. Schon damals, an der Schwelle vom Mädchen zur Frau, hatte sie die Gefahr in seinen Zügen erkannt. Er war wie der tödliche *Tilgra* im Hochland von Thanatos, ein Wesen, das kaum größer als eine Hauskatze und bei weitem schöner war. Aber jeder Mensch, der ihm zu nahe kam, hatte Glück, wenn er mit dem Leben davonkam. Diese Tiere waren schnell und tödlich.

In dieser Nacht hatte sie seine Grausamkeit und die seiner Männern gesehen, als sie zwei Rebellen aus einem Versteck zerrten und auf der Straße hinrichteten.

Sie hatte große Angst gehabt, aber die Stadt war kein friedlicher Ort, und Reina wusste, dass Widerstand immer gefährlich war. Als die Soldaten sie fanden, schwor sie ohne zu stottern ihre Treue und schaute nach unten, um den Blicken des Generals nicht zu begegnen. Aber er hatte sich vor ihr niedergebeugt und ihr Kinn nach oben gezogen.

„Hab keine Angst, kleines Haustier", hatte er gesagt und die Worte hatten sich in ihr Gedächtnis einge-brannt. „Wir machen diesen Ort für uns alle sicher."

Weniger als ein Jahr später waren ihre Eltern tot, ermordet von seinen Wachen, und sie und Haylio flohen aus der Stadt, ohne zurückzublicken, und ließen ihre Namen und ihre Vergangenheit zurück.

Wusste er, wer sie war? Oder dachte er, dass ihre Verbindung nur sechs Monate zurückreichte, bis zu dem Tag, als er ihren Mann ermordete, nachdem er ihn zum Verrat angestiftet hatte.

„Ich muss sagen, ich war überrascht, als dein

Ausweis am Eingang gescannt wurde", sagte Droscus mit trügerischer Ruhe. Er war immer bereit zuzuschlagen.

Reinas Herz drohte ihr aus der Brust zu springen, aber sie behielt einen neutralen Gesichtsausdruck bei. *Du machst nichts falsch,* erinnerte sie sich. Die Gala war öffentlich und sie hatte sich ihre Einladung rechtmäßig besorgt. Dafür konnte er sie nicht ins Gefängnis werfen oder hinrichten lassen.

Nicht, dass er eine Ausrede brauchte. Er war der General. Seine Männer taten, was er befahl. Sie würden nichts anderes wagen.

Er sah nicht wie ein Mann aus, der ihren Mann getötet, ihren Bruder entführt und versucht hatte, sie zu entführen. Aber Reinas Wange schmerzte, als sie sich an den Schmerz der bösartigen Fäuste erinnerte, die sie zum Reden bringen wollten. Sie hatte damals nicht nachgegeben und würde auch jetzt stark bleiben.

„Ich brauchte einen Tapetenwechsel", log sie. Ihre Sehnsucht, wieder zu Hause zu sein, war ein ständiger Schmerz in ihrer Brust. Der Ring, den Stoan ihr gegeben hatte, wog schwer an ihrem Finger, aber Reina löste das Notsignal nicht aus. Noch nicht. Das war es, wofür sie trainiert hatte. „Ich habe Geschichten über die Zitadelle gehört und wollte sie mit eigenen Augen sehen."

Droscus sah sie von oben bis unten an, trat vor und verringerte den Abstand zwischen ihnen, bis er fast nahe genug war, um sie zu berühren, zu schlagen. „Du bist ein süßes Mädchen", säuselte er. „Warum ruinierst du dann dein Gesicht mit Lügen?"

Seine Hand fuhr aus, um ihr Kinn zu packen, aber Reina zuckte zurück und wich dem Griff aus. Seine Finger streiften lediglich ihre Wange. Droscus' Augen blitzten heftig und bösartig auf und erkalteten fast ebenso schnell wieder. Er mochte es nicht, wenn er seinen Willen nicht bekam, so viel war klar. Aber Reina hatte diese kleine Demonstration nicht gebraucht, um das herauszufinden.

„Ich lüge nicht", log sie. Reina wollte zur Tür rennen, um diesem elenden Ort zu entfliehen und sich zu verstecken, bis sie einen Weg finden würde, das Gebäude zu verlassen. Aber die einzige Möglichkeit, von Droscus wegzukommen, war, dass er sie gehen ließ. Um gegen einen guten Kämpfer wie ihn eine Chance zu haben, war ihre Ausbildung zu kurz gewesen, und sie wollte nichts von ihren Fähigkeiten preisgeben, bevor sie keine andere Wahl hatte. Das bedeutete, dass sie mit ihm in diesem Raum bleiben und dreist lügen musste, bis er ihr glaubte.

„Deine Kommandantin war sehr geizig mit ihren Visa für mein Gebiet. Und angesichts der Ereignisse von vor ein paar Monaten frage ich mich, warum *du* ein Visum erhalten hast." Er starrte sie weiter an, als würde er erwarten, dass sie zusammenbrechen oder eine Art Trick ausführen würde.

„Ich hatte hier früher Verwandte", beschloss Reina

zu erzählen. „Ich wollte diesen Teil meiner Familienge-schichte sehen." Ihre Identität als Reina Draven war vollkommen wasserdicht. Selbst wenn Droscus oder seine Spione in der Lage wären, sie bis zum Anfang zurückzuverfolgen, würden sie in eine Sackgasse gera-ten. Seit sie das letzte Mal die Stadt verlassen hatte, hatte sie den Namen ihrer Kindheit nicht mehr ausge-sprochen, und was die Aufzeichnungen anging, war sie tot. Schlimmstenfalls würde ihr Hintergrund-Check zeigen, dass sie ein Mysterium war, nicht ein Staatsfeind.

„Und du verspürst keinen Wunsch nach Rache?", fragte er und zog eine Augenbraue hoch. Wenn er nicht so böse gewesen wäre, wäre er sexy gewesen. Reina dankte ihren Göttern, dass sie das wahre Ausmaß seiner Bösartigkeit kannte und nicht einmal einen Hauch von Interesse verspürte.

„Rache wofür?", fragte sie. Ein normaler Bürger von Nina City konnte nicht wissen, dass Droscus hinter dem Angriff steckte. Und sie hatte nicht einmal die Hälfte davon gewusst, bis Stoan ihr die ganze Geschichte erzählte.

Der General grinste und sein Gesicht erhellte sich, sodass er fast jungenhaft wirkte. „Jeder will Rache, Miss Draven. Für viele ist es das Einzige, wofür sie leben.

„Das ist sehr traurig." Reina war nicht wegen Rache hier. Sie hasste Droscus; sie würde ihn gerne tot sehen. Aber Lex hatte sich selbst in diese idiotische Lage gebracht, und sie hatte nicht vor, sich für seine Dummheit umbringen zu lassen. Was das Schicksal ihrer Eltern betraf, so hatte sie vor langer Zeit gelernt, dass Rache ein Luxus ist, den sich normale Menschen nicht leisten können.

Droscus sah schließlich weg, aber Reina atmete nicht auf. Die aufgerollte Schlange könnte jeden Moment zuschlagen und sie beißen. „Sei vorsichtig, schöne Reina", mahnte er mit einem müden Blick. „Es gibt Monster auf dieser Welt, die dich ohne zu zögern auffressen würden."

Bist Du eines dieser Monster? Sie war zurechnungsfähig genug, um diese Frage nicht laut auszusprechen. Aber ihr Schweigen war Antwort genug. Droscus drehte ihr den Rücken zu und ging, wobei er die Tür hinter sich offen ließ.

Reina verließ den Raum und sah auf der Uhr über dem Eingang nach, wie spät es war. Sie war nur fünf Minuten mit ihm allein gewesen, aber sie war sich sicher, dass sie um viele Jahre gealtert war. Eine halbe Stunde nach dieser schrecklichen Begegnung ging Reina auf die Straße und machte sich auf den Weg zu ihrem Zimmer. Es dauerte eine Minute, bis sie merkte, dass sie verfolgt wurde, und weitere zehn Minuten, bis sie den Verfolger abgehängt hatte.

Es war bereits weit nach Einbruch der Dunkelheit und die Straßen waren fast leer. Die wenigen Leute, die draußen waren, sahen ihr nicht in die Augen, als sie an ihnen vorbeiging, und sie selbst hielt ebenfalls ihren Kopf gesenkt. Offiziell gab es keine Ausgangssperre für die Bewohner der Stadt, aber weniger Menschen auf den Straßen bedeutete, dass die Wachen weniger Ziele für ihre Grausamkeiten hatten. Jeder, der jetzt noch draußen war, war ein potenzielles Opfer.

Reina wollte direkt zurückgehen, nachdem sie dem Verfolger entkommen war, aber sie zwang sich, einen Umweg zu machen und in eines der wenigen Geschäfte zu gehen, die noch offen waren. Ihre Vorsicht machte sich bezahlt, als sie das zweite Team entdeckte, das ihr folgte. Bei ihnen war es schwieriger, sie abzuhängen, aber eine halbe Stunde später war sie allein auf der Straße und wurde nicht mehr verfolgt.

Als sie in ihrem gemieteten Zimmer ankam, war sie mehr aus emotionaler als aus körperlicher Erschöpfung kurz davor, umzufallen. Diese Spionagetätigkeit war anstrengend, und sie glaubte nicht, dass sie auf Dauer dafür geeignet war. Sie wollte nicht die Aufmerksamkeit von Warlords auf sich ziehen oder sich Sorgen machen, dass Wachen ihr nach Hause folgen. Sie wollte einfach nur ihr Leben in relativer Ruhe leben und in nichts hineingezogen werden.

Ein Klopfen am Fenster neben ihrem Bett ließ sie fast aus der Haut fahren, aber sie spürte, dass es Stoan war, noch bevor sie ihn sah. Seltsam, so etwas hatte sie noch nie erlebt, aber es war fast so, als könnte sie ihn durch das geschlossene Fenster riechen. Eine Wahrnehmung,

die nicht so stark war wie das Sehen, aber fast genauso
zuverlässig.

Sie öffnete das Fenster und trat einen Schritt zurück,
um ihn hereinzulassen. Obwohl ihr Zimmer recht groß
war und für eine Person, die eine Weile in der Stadt
blieb, ausgelegt war, erschien es durch Stoans Anwesenheit plötzlich winzig. Er war zu groß, zu präsent.

Und Reina hatte sich noch nie besser gefühlt.

In dem dunklen Raum warf sie ihre Arme um ihn,
und dann küssten sie sich, Lippen und Zungen in einem
verzweifelten Gewirr. Wenn sie sich nie voneinander
lösen würden, käme vielleicht alles in Ordnung.

14

KAPITEL VIERZEHN

Natürlich gehörte das Loslassen zum Job. Im selben Moment zogen sie sich gleichzeitig zurück, und das Rauschen des Blutes in Reinas Ohren war so laut, dass sie es mit Schritten unter ihr verwechselte. Aber das Haus um sie herum war so still wie ein Grab.

Sie hatte sich beim Hereinkommen nicht die Mühe gemacht, das Licht einzuschalten, und bei Stoans Hautfarbe war es besonders schwer, ihn in dem dunklen, bläulichen Licht der Nacht zu erkennen. Er verschmolz mit den Schatten, und das Türkis seiner Haut reichte aus, um ihr Auge zu täuschen und ihn fast schwarz werden zu lassen.

Seine Augen leuchteten rot in der Dunkelheit.

Reina leckte sich über die Lippen und schmeckte ihn. Doch plötzlich wusste sie nicht mehr, was sie sagen sollte. In den letzten Stunden wollte sie unbedingt mit Stoan reden, und jetzt war sie stumm.

Sie starrten sich in der Dunkelheit an, oder sie starrte in seine Augen und hoffte, dass er sie im fahlen Licht des Mondes, das von draußen hereinströmte, sehen konnte.

„Kannst du im Dunkeln sehen?" Die Frage kam aus ihrem Mund, ohne dass sie darüber nachdachte.

Sie konnte das Zucken seiner Mundwinkel kaum erkennen. „Was?", fragte er.

„Ich glaube, ich weiß nur die schlechten Dinge über deine Spezies, die ganze Sache mit dem Sterben, wenn ihr euren Gefährten nicht findet. Was sind die guten Dinge? Überlegenes Sehvermögen? Laser-Augen? Fliegen?" Reina dachte, dass sie vielleicht gerne fliegen können würde. Einmal. Mit einem Fallschirm auf dem Rücken, falls etwas schief gehen sollte. Shuttles und Raumschiffe gab es ja nicht ohne Grund.

Stoans Grinsen verwandelte sich in ein breites Lächeln und er streckte seine Hand aus, um ihre Wange zu streicheln. „Bei dir zu sein, Denya, ist jeden Preis wert."

Es hätte nicht aufrichtig klingen dürfen. Reina war zu alt, als dass es sie direkt ins Herz hätte treffen sollen, sodass sie ganz schwach wurde. Aber als Stoan das sagte, wusste sie, dass er es ernst meinte. Er war wirklich der Meinung, dass eine Denya zu haben, sie als seine Denya zu haben, fast das Risiko, zu sterben, wert war.

Das zu wissen, das zu glauben, machte es ihr leichter, ihre Frage zu stellen. „Wer ist Inrit für dich?" In der Dunkelheit war ihre Stimme gedämpft, aber die Frage ließ sie trotzdem zusammenzucken.

Stoan atmete tief durch und die Stille dehnte sich aus. In der Ferne hörte sie ein Fahrzeug die Straße entlang rumpeln, aber sonst drang nichts in den kleinen Teil der Stadt ein, den sie für sich beansprucht hatten. Stoan schwieg so lange, dass sie dachte, sie müsse ihn nochmal fragen.

Und dann sprach er. „Inrit ist meine älteste noch lebende Freundin und die Frau, von der ich dachte, sie würde meine Gefährtin werden. Das ist schon lange her."

Reina setzte sich aufs Bett. Die Luft in der Matratze sorgte für ein weiches Polster, aber es war trotzdem ein Schlag. Es war ihr nie in den Sinn gekommen, dass er eine andere — eine ganz *bestimmte* — als Gefährtin haben wollte. Sicher, vielleicht hätte er lieber eine Detyen gehabt, aber das konnte sie nicht ändern. Dass Inrit, eine schöne, faszinierende *Detyen*-Frau, diejenige war, die er wirklich wollte, tat weh.

Reina Draven, immer die Zweitbeste. Zweites Kind, bei ihrem Mann an zweiter Stelle nach seinen Weltraumreisen und jetzt zweite Gefährtin.

„Liebst du sie?", konnte sie mit überraschend fester Stimme fragen. Jetzt war sie froh, dass es dunkel war, denn so hatte sie eine gute Ausrede, ihn nicht anzusehen.

Aber Stoan gab sich mit dem Abstand zwischen ihnen nicht zufrieden. Sie spürte, wie sich die Luft vor ihr bewegte, und sah, wie sich eine riesige, hünenhafte dunkle Gestalt bewegte, bis er vor ihr kniete und ihre beiden Hände fest in die seinen nahm. Er ließ nicht locker, als Reina versuchte, sich zurückzuziehen, und nach einem Moment hielt sie inne. „Als Freundin und Schwester, ja", gab er zu. „Aber was ich für dich empfinde, ist nicht dasselbe. *Ganz und gar nicht.*"

„Liebst du mich?" Meine Güte, wie erbärmlich konnte sie nur werden. Tränen traten Reina in die Augen, als sie die Frage flüsterte. Sie hoffte, dass Stoan es nicht bemerkte. Wenn er wüsste, welche Macht er über sie hatte, könnte er sie mit einem Wort vernichten.

„Du bist meine Denya", sagte er, als ob das eine Antwort wäre. Seine Finger schlossen sich fester um ihre, bis es fast weh tat. Dann lockerten sie sich und sein Daumen kreiste dort, wo ihr Handgelenk auf ihre Hand traf. „Es gibt keine andere für mich als dich."

Die Liebe war eine grausame Geliebte. Sie hielt Reina genau in diesem Moment gefangen und zwang sie zu akzeptieren, was er sagte, und forderte sie auf, zu vergessen, was er nicht sagte. *Und wenn er dich nicht liebt?* Das fragte sich die verzweifelte, liebeskranke Frau in ihr. *Er sagt, dass du die Einzige für ihn bist. Ist das nicht gut genug?*

Stoans Hand glitt ihren Arm hinauf, bis er ihre Wange umfasste, sein Griff zwang sie, ihm in die Augen zu sehen. „Was ist los, Reina?", fragte er.

Reina schob ihr persönliches Problem beiseite. Sie hatten einen Job zu erledigen. „Warum ist Inrit hier? Du hast gesagt, es gäbe keine Detyens in der Stadt."

Für einen kurzen Moment dachte sie, dass er ihr das nicht durchgehen lassen würde, aber Stoan nickte. Das Problem war noch nicht gelöst, aber er wusste, dass sie ein bisschen Zeit brauchte. Er kannte sie zu gut für einen Mann, der sie nur wollte, weil das Schicksal eingegriffen hatte.

Aber wenn sie ehrlich und ein wenig rationaler wäre, würde Reina vielleicht zugeben, dass er sich *nicht* wie ein Mann verhielt, der sie nur wegen einer dummen Fügung des Schicksals wollte. Auf der Bootsfahrt hierher hatte sich etwas zwischen ihnen verändert, ein Vertrauen, eine Partnerschaft war gewachsen. Und selbst mit ihrem Wissen über Inrit änderte sich nichts daran, wie sie fühlte. Diese aufkeimende Partnerschaft war immer noch da. Er war im Moment bei ihr, nicht bei Inrit. Er war trotz der Gefahr direkt zu ihr gekommen, weil er wusste, dass sie ihn brauchte.

Vielleicht war das Liebe.

„Ich weiß nicht, warum sie hier ist", sagte er. „Aber sie hat keine Verbindung zum General, und ich bin sicher, dass sie uns nicht in die Quere kommen wird."

„Woher kennst du sie?", hörte Reina sich fragen. Ihr

innerer Masochist hatte wirklich die Oberhand gewonnen.

„Wir sind zusammen im Tempel der Toten auf Beothea aufgewachsen", sagte er. „Wir wurden beide als Säuglinge ausgesetzt."

„Ist das eine Detyen-Sache? Wir haben einen Tempel für das Leben nach dem Tod, aber von einem Tempel der Toten habe ich noch nie gehört." Es klang grotesk. Andererseits könnte eine Spezies, bei der es üblich ist, mit 30 Jahren zu sterben, verständlicherweise eine Art Religion daraus entwickeln.

„Ja. Der Tempel wurde vor mehr als zehn Jahren zerstört." Er klang nicht traurig, sondern eher resigniert.

Aber Reina konnte seinen Schmerz spüren. Sie breitete ihre Arme aus, beugte sich vor und drückte ihn an sich. Und das war alles, was sie brauchte. Der innere Konflikt löste sich auf, als Stoans Arme sie umfassten und sie da saß, während er sich in ihre Umarmung kauerte.

Er war hier bei ihr. Er erzählte ihr von seiner Vergangenheit und sagte ihr klar und deutlich, was sie für ihn bedeutete. Inrit war irgendwo in der Stadt und Stoan war *hier* bei *Reina*, nicht bei der Frau, die er früher zu lieben glaubte. Er hatte sich für sie entschieden. Sie war seine Gefährtin. Und sie liebte ihn zu sehr, um auch nur so zu tun, als würde sie ihn gehen lassen.

Stoan bewegte sich ein wenig und Reina lächelte.

„Du bekommst noch einen Krampf, wenn du so stehen bleibst."

„Ich würde die ganze Nacht hier stehen, wenn du es brauchst", versprach er.

„Oder du könntest dich zu mir in dieses schöne weiche Bett legen", bot sie an und lehnte sich gerade so weit zurück, dass sein Gleichgewicht beeinträchtigt wurde. Stoan war zu stabil, um umzufallen, aber er musste sich bewegen.

„Ich kann heute Nacht nicht hier schlafen", sagte er bedauernd, „so sehr ich dich auch in meinen Armen haben möchte."

„Ich habe nicht vom Schlafen gesprochen", sagte sie in dem Moment, als er erkannte, was sie ihm anbot.

Sein Blick wurde scharf und er holte tief Luft. „Denya", hauchte er, und sie konnte fast sehen, wie das eiserne Band der Kontrolle zu reißen drohte. „Ich will dich so sehr, dass es mir weh tut."

Oh ja, Reina war mit diesem Gefühl sehr vertraut geworden. Das Verlangen war ein alter Freund.

Doch Stoan war noch nicht fertig. „Ich würde dir alles geben, was ich bin, für den Rest meiner Tage", schwor er, und in ihrem Herzen flatterten Schmetterlinge. „Aber ich möchte nicht, dass du mich nimmst, weil du dich verpflichtet fühlst. Du hast genug Zeit, diese Entscheidung zu treffen."

„Stoan?"

Er musterte sie aufmerksam. „Ja?"

„Ich habe mich entschieden, und zwar für dich. Jetzt komm her und fick mich", sagte Reina schwer atmend und ihre Augen klebten an Stoan. Er war ihr so nah, dass sie ihn im schwachen Licht sehen konnte, und was sie sah, wollte sie schmecken, wollte sie in Besitz nehmen. Aber sie hatte ihre Wünsche geäußert. Jetzt war er an der Reihe, sich zu bewegen.

Er starrte sie einen Moment lang an, als ob er erwartete, dass sie die Worte zurücknehmen würde. Aber Reina ließ sie stehen und hob herausfordernd die Augenbrauen.

Sie erkannte dem Moment, als es soweit war. Und dann fiel sie zurück aufs Bett und spürte, wie der Stoff ihrer Kleidung zerriss, als würde er in Fetzen gerissen. Sie spürte, wie etwas Scharfes über ihre weiche Haut glitt, aber nicht fest genug, um sie zu schneiden.

„Hast du ein Messer?", fragte sie und versuchte zu sehen, was er tat. Aber es war zu dunkel und er war zu schnell.

Stoan stockte, sein Atem ging stoßweise. Ohne einen einzigen Kuss war er mit seiner Beherrschung offensichtlich am Ende, aber er riss sich noch mit Mühe zusammen. Reina wollte nicht, dass er sich zusammenriss. Sie wollte, dass er weitermachte, bis zum Ende.

Sie spürte scharfe Spitzen auf dem weichen Fleisch ihres plötzlich nackten Oberkörpers. Kein Messer. Klauen. Er brauchte nur zu drücken und dann zu ziehen, und sie wäre tot. Keine Chance, sich zu wehren, keine Hoffnung, Widerstand leisten zu können.

„Ich bin kein menschlicher Mann, Denya", knurrte Stoan, und der sexy Klang drang bis in ihr Innerstes vor. „Und mein Volk war einst mehr Bestie als zivilisiert."

Eine Warnung? Oder ein Versprechen?

Reina tastete sich ihren Bauch hinunter, bis ihre Hand sanft — sehr sanft — auf seiner ruhte. „Meine Bestie", sagte sie und steckte ihr Revier ab.

Die Klauen zogen sich zurück, und in ihrer Hand spürte sie, wie sie unter seiner Haut verschwanden. Er drückte seine Handfläche gegen ihren Bauch und ließ seine Finger nach unten gleiten, bis er ihre nacktes Zentrum erreichte. „Meine Gefährtin", sagte er.

Oh, ja. Ganz und gar seine Gefährtin. Ihre Kleidung war größtenteils nur noch eine Erinnerung, und Reina lag nackt vor ihm, abgesehen von einem Streifen Stoff hier und da. Aber alle wichtigen Teile waren nackt. Sein Blick streifte wie besessen über sie, er nahm sie in Besitz, mit Blicken ebenso wie mit Worten und Berührungen.

Diese wunderbaren, gefährlichen Finger fanden sie bereits feucht und erwartungsvoll, ihre Falten waren vor Verlangen geschwollen und bereit, sich unter seiner Berührung zu öffnen.

Die Art und Weise, wie er sie ansah, wie seine Hände auf ihrem Geschlecht ruhten, ohne sich weiter zu bewegen, weckte Reinas Neugierde, obwohl ihre Lust unter seinen Berührungen aufflammte.

Sie wölbte ihren Rücken, rieb sich an ihm und stöhnte, als er sich auf die Lippe biss und scharf einatmete. Reina griff nach ihm, was in der Dunkelheit schwieriger war, als es hätte sein sollen, aber sobald sie ein Bein erreicht hatte, war es ein einfacher Weg zu dem pochenden Verlangen in seiner Hose.

Stoan keuchte: „Ich bin nicht ...“

Hart? Bereit? Beides war nicht der Fall, wie sie mit ihrer Hand feststellen konnte. „Was?“, fragte Reina.

„Ich habe das noch nie gemacht, Denya“, gestand er. Eine besitzergreifende Welle der Freude überrollte sie. Noch nie? Das hätte sie nach ihrer Zeit auf dem Boot nicht gedacht. „Also lass mich dich verwöhnen.“

„Mit niemandem?“, fragte sie. „Auch nicht ein einziges Mal?“ Vielleicht war es keine gute Idee, im Bett auf Informationen über ehemalige Liebhaberinnen zu drängen, aber wie konnte jemand diesem Exemplar eines schönen Mannes widerstehen, seine Haut funkelte mit einem Hauch von Schweiß, der Geruch von Sex durchdrang die Luft.

Er beugte sich vor und küsste ihre Lippen, seine Finger krümmten sich an ihrem Hinterkopf. „Mit niemandem außer dir. Niemals.“

Oh, das war ein Versprechen, bei dem ein Mädchen träumen konnte. Reina zitterte.

„Also lass mich dich berühren“, fuhr er fort und zog sich nur soweit zurück, dass er sprechen konnte, während seine freie Hand langsam Kreise über ihren Schenkel zog. „Lass mich dich kosten."

„Ja", hauchte sie kaum hörbar. „Bitte." Es war zu lange her, und noch nie mit ihm. Zumindest nie außerhalb ihrer Träume.

Er legte sie sanft wieder hin, sodass sie auf der weichen Matratze ruhte. Sie fühlte sich so entblößt, nackt unter seinen lüsternen, roten Augen, aber auf die beste Art entblößt. Eine Statue, die nur zu seinem Vergnügen ausgestellt war.

Stoan beugte sich hinunter und ließ seine teuflische Hand spielerisch über ihre feuchte Mitte wandern. Und seine Lippen führten einen anderen Kampf, indem sie ihren Körper mit sanften Kniffen und feuchten Küssen überfielen. Seine Zähne kratzten an der Sehne, die ihren Hals mit ihrer Schulter verband, und Reina wurde wild und zuckte hin und her, sie atmete heftig.

Sie hatte schon immer einen empfindlichen Hals gehabt, und jetzt spürte sie Zähne, die fast so stark waren wie Reißzähne. Aber er küsste, forderte, markierte jedoch nicht. Sobald ihr der Gedanke an eine Markierung in den Sinn kam, wusste sie, dass sie sie wollte. Wenn es eine Markierung gab, die sie auf ihrer Haut tragen konnte, die sie als Gefährtin dieses wunderschönen blauen Außerirdischen kennzeichnete, dann wollte sie sie mit Stolz zur Schau stellen.

Ihre Hand schoss nach oben und hielt ihn fest, während er sie küsste und seine Zunge an ihrem Schlüsselbein entlangfuhr. Mit jeder Bewegung seines Körpers, mit jeder Berührung seiner Hand legte er einen Zauber über sie.

Und obwohl er noch vollständig bekleidet war, konnte sie die harte Länge seines Schwanzes spüren, der kaum von seiner Hose im Zaum gehalten wurde. Sie wusste nicht, ob er wie ein menschlicher Schwanz aussehen würde, aber er war hart und dick und nur für sie. Ungeachtet ihrer Unterschiede konnten sie sich auf diese urtümlichste Weise verbinden, ihre Seelen gemeinsam vor Lust schreiend.

Seine heimtückischen Zähne kratzten tiefer und härter, während sie sich gegen ihn wölbte und stöhnte. Aber diese wahnsinnige Bestie war nur darauf bedacht, zu spielen und nicht zu verletzen. Und jeder Kuss, war eine weitere Inbesitznahme ihres Herzens. Er würde ihr niemals wehtun, versprach er mit seinen scharfen Zähnen und den Klauen, von denen sie wusste, dass sie eingefahren waren. *Ich bin deine Bestie,* hörte sie ihn fast versprechen. *Du wirst mich nie fürchten.*

„Niemals", hauchte sie aus und drückte ihre Hand gegen ihn.

Stoans Augen blickten zu ihr auf, rot und glühend, ihr dämonischer Beschützer. Einen Moment lang hielt er inne und überlegte, was ihr „niemals" bedeutet hatte. Und als er wusste, dass es keine Zurückweisung war, nahm er die empfindliche Spitze ihrer Brust in den Mund, züngelte daran und ließ sie keuchen.

Reina fühlte alles: Stoans Mund, das Kratzen ihrer zerrissenen Kleidung unter ihr, das Ziehen ihres Hosenbeins, das noch nicht ganz abgeschnitten war. Ihre Gedanken drehten sich, ein Wirbel von Erkenntnissen, die sich nicht zu Gedanken zusammenfügen ließen.

Als Stoan seine Hände über sie bewegte und seine Klauen leicht in ihre Seite stachen, gab sie sich völlig hin. Lasst sie vereint sein, lasst diese Nacht niemals enden. Wenn dies die letzten Momente ihres Lebens waren, würde sie sich gerne hingeben, solange sie mit ihm zusammen war.

Sie merkte, dass er die Richtung ihrer Gedanken spürte. Es löste etwas Wildes in ihm aus, etwas, das nie zivilisiert worden war und nie zivilisiert werden *konnte*. Er glitt an ihr hinunter und streifte die verirrten Kleiderfetzen ab, die nichts nutzten, um ihre Nacktheit zu verbergen, nichts, um ihn von ihrem Geschlecht fernzuhalten.

Und dann war sein Mund auf ihr, seine Zunge umkreiste ihre empfindlichste Stelle.

Eine von Reinas Händen grub sich in die Matratze über ihr, während sie sich an ihn presste, ihr Körper leicht und schwer, präsent und transzendent, in diesem Moment. Was Stoan an Erfahrung fehlte, machte er durch seine Begeisterung wett, indem er sie in sich aufsaugte und kostete, als wäre sie ein Festmahl für einen verhungernden Mann.

Sie wollte ihm sagen *„ja, genau so"*, aber alles, was

aus ihr herauskam, war ein langes Stöhnen, das in einem Keuchen endete, als sich die Erlösung langsam aufbaute. Sie wollte kommen, sie wollte, dass dieser Moment nie endet. Alles, was sie wollte, war Stoan.

Und als sie zu zittern begann und ihr Atem stockte, sah Stoan sie an, die Augen schwül und rot und feurig, und selbst als sie vor Lust nach oben schwebte, konnte sie all die Freuden lesen, die er ihr versprach, wenn sie nur mit ihm unten auf dem Planeten blieb.

„Ich will dich jetzt", brachte sie heraus. „In mir. Der Meine."

Hatte sie zuvor gedacht, seine Augen seien Zwillingsflammen? Sie war eine Närrin. Stoan beugte sich über sie, ein Priester vor einer Bittstellerin, seiner Opfergabe. Er küsste sie und sie schmeckte sich selbst auf seinen Lippen.

Sie wölbte sich nach oben, ihre Hände suchten zwischen ihnen, bis sie den Verschluss seiner Hose fand, und sie nutzte den ihr verbliebenen Verstand, um sie zu öffnen und nach unten zu schieben, um seine harte Länge freizugeben und ihn in die Hand zu nehmen.

Es war fast ein normaler Schwanz, fast menschlich. Nur größer und mit verlockenden Rillen drumherum. Er starrte sie an, während sie ihn streichelte, so intensiv, dass sie fast Angst bekommen hätte, hätte sie nicht gewusst, wie sehr er sie begehrte.

„Du bist die Meine", erklärte er, legte eine seiner Hände auf ihre und führte sich selbst zu ihrem Eingang.

„Meine Denya", sagte er. „Meine Gefährtin", sagte er, während er in sie eindrang.

„Ja", Reina warf ihren Kopf zurück, als er zustieß, tief in sie eindrang und sein Fleisch auf ihres presste, bis sie nicht mehr wusste, wie sie bisher ohne ihn überlebt hatte.

Und dann bewegte er sich und sie waren eins. Er war in ihr, um sie herum, durch sie hindurch, jeder ihrer Sinne war ihm gewidmet, sein Duft in ihrer Nase, sein Geschmack auf ihren Lippen, sein Fleisch heiß und stark an ihrem. Reina konnte ihre Augen nicht von ihm lassen, beobachtete die Intensität seiner Augenbrauen, während er sich auf sie konzentrierte, auf ihre Lust, als wäre es das Einzige, was zählte.

Er beobachtete, wie sie ihn ansah, ihre Blicke waren so fest verbunden wie ihre Körper, und etwas in ihr zerbrach, sie gab sich ihm völlig hin. Es knisterte zwischen ihnen, ein Band, das sie nicht ganz verstand, aber von ganzem Herzen wollte.

Das trieb Stoan nur noch mehr an, er stieß härter und härter in sie, bis sie vor Lust zerbrach, ihre Augen schlossen sich schließlich, aber das Licht dahinter war weiß, als sie wieder kam.

Er ergoss sich in sie, und bevor sie auch nur darüber nachdenken konnte, waren seine heißen Zähne an ihrem Hals, schärfer als jemals zuvor, und er biss sie, nahm sie in Besitz. Es hätte weh tun müssen, aber da war nichts als Ekstase.

Sie war erschöpft, ausgelaugt, so befriedigt wie nie zuvor, aber als er sie auf diese barbarische Weise nahm, kam sie erneut und spürte, wie eine Träne aus ihrem Augenwinkel floss.

Stoan zog sich zurück, und sie spürte, wie sein Schwanz in ihr schlaff wurde. Er nahm sie in die Arme und zog sie an sich, um sie sicher in den Schlaf zu wiegen.

15
KAPITEL FÜNFZEHN

Draußen war es noch dunkel, aber die Nacht war zu kurz, und Stoan wusste, dass er es nicht riskieren konnte, Reinas Unterkunft bei Tageslicht zu verlassen. Der vernünftige, gut ausgebildete Teil seiner selbst wusste, dass er bereits viel zu lange geblieben war und sie damit beide in Gefahr gebracht hatte.

Aber dem zufriedenen Mann in ihm war das völlig egal.

Reinas Körper lag warm und weich an seinem eigenen unter der dünnen Decke, die sie sich irgendwann übergezogen hatten. Sie murmelte etwas, als er aus dem Bett rutschte, und Stoan lächelte. Er fühlte sich leicht und so jung wie schon lange nicht mehr. *Das war Glück.* Zufriedenheit. Trost in den Armen seiner Gefährtin.

Und wenn sie nach Nina City zurückkehrten, würden sie sich für eine Woche in sein Zimmer einschließen und in seinem Bett bleiben.

„Es ist noch dunkel“, murmelte sie ins Kissen, und ihre nackte Schulter lugte unter der Decke hervor. Die Wunde, die er auf ihr hinterlassen hatte, verheilte bereits.

Die Meine.

Sie gehörte jetzt ganz ihm, markiert und in Besitz genommen und vollständig seine Gefährtin. Sein inneres Tier drängte ihn, sie noch einmal zu nehmen, schnell und hart, und den Abdruck seines Fleisches auf ihr zu hinterlassen, so dass sie keinen Schritt mehr ohne die Erinnerung an ihn tun konnte und sie mit jedem Atemzug den Duft seiner Haut einatmen würde.

Aber es wurde bereits hell am Horizont, und der Tag würde zu schnell kommen.

Reina drehte sich um und öffnete ein Auge. Ihre Lippen waren geschwollen und ihr Haar zerzaust. Sie war eine Göttin, seine eigene Gottheit der Liebe. „Musst du gehen?“, fragte sie.

„Das muss ich, Denya“, sagte er. „Aber wir werden uns heute Abend wiedersehen.“ Er nannte ihr Ort und Zeit des Treffens und gab ihr einen letzten Kuss, bevor er sich anzog und aus dem Fenster kletterte.

In der letzten Stunde vor der Morgendämmerung waren die Straßen bis auf ein paar Reinigungsroboter und Wachpatrouillen leer. Stoan tat sein Bestes, um beiden Gruppen aus dem Weg zu gehen. Bots konnten leicht mit Überwachungsgeräten ausgestattet werden, und eine einsame Gestalt, die morgens durch die Straßen ging, reichte aus, um Aufmerksamkeit zu erregen.

Er durfte nicht an Reina denken, während er auf der Straße war.

Doch als er sicher in sein Zimmer zurückkehrt war, ließ Stoan die Nacht noch einmal Revue passieren. Er war ... glücklich. Ekstatisch, um genau zu sein. Jetzt, wo er allein und in Sicherheit war, konnte er nicht aufhören zu grinsen und hatte den wahnsinnigen Drang, laut zu lachen. *Er hatte seine Gefährtin gefunden!*

Er konnte die Verbindung tief in seinem Inneren spüren, eine unsichtbare Schnur, die sich bis zu dem Ort erstreckte, an dem Reina schlief. Ganz gleich, wie weit sie voneinander entfernt waren, er wusste, dass er die Verbundenheit immer spüren würde. Es war nichts Übersinnliches, er konnte nicht etwa ihre Gedanken lesen. Aber wenn er sich konzentrierte, spürte er einen Sog in ihre Richtung, und er hatte gehört, wie andere Detyens sagten, dass sie gelegentlich den Geschmack der Gefühle ihrer Gefährten spüren konnten.

Es hatte etwas seltsam Zerbrechliches an sich, etwas, das so zart war, dass es unter Druck zu zerreißen drohte. Aber es würde mit der Zeit stärker werden, da war Stoan sicher.

Liebst du mich?

Reinas Worte hallten in seinem Kopf nach, nicht zum ersten Mal. Sie war seine Denya. Hatte sie die Bedeutung nicht verstanden? Verglichen mit dem Regenguss der Liebe war ihre Denya-Verbindung ein Hurrikan. Er würde Imperien für sie errichten, wenn sie es befehlen würde. *Alles, was sie von ihm verlangte, würde er tun.* Und dieses Gelübde würde er jeden Tag ablegen, wenn es nötig wäre, um sie dazu zu bringen, ihm zu glauben.

Er hatte keine Angst vor dem, was sie verlangen könnte. Im Kern war Reina einer der besten Menschen, die er je getroffen hatte. Er hatte ihr seine Seele anvertraut und wusste, dass sie sie beschützen würde.

Liebst du mich?

Sobald sie aus dieser dreimal verfluchten Stadt heraus waren, würde er jede Stunde damit verbringen, ihr zu zeigen, dass sie sein Ein und Alles war. Er würde ihrer nie überdrüssig werden, aber wenn sie einen Moment Zeit hatte, um zu Atem zu kommen, würde ihr klar werden, was er meinte, als er sie Denya nannte.

Die Meine.

Für immer. Für alle Zeit. Einfach und wahr.

Stoan kramte seine Tasche hervor, die er unter seinem Bett verstaut hatte, und holte den kleinen Bildschirm heraus, den er eingepackt hatte. Je eher er herausfand, wo die verdammte Box versteckt war, desto eher konnte er Reina in Sicherheit bringen.

Zu diesem Zweck fischte er drei kleine schwarze

Scheiben aus der Tasche seines Jacketts. Alle drei konnten gleichzeitig auf der Spitze seines Zeigefingers liegen, und es war immer noch Platz da. Die kleinen Scheiben waren weich, biegsam und matt. Sie enthielten auch eine kleine Kamera und Sensoren und konnten fast unbemerkt an den Fußleisten eines Raumes entlang gleiten. Wenn eine nicht eingeweihte Person die cleveren Geräte sah, würden die meisten denken, dass es sich um Insekten oder Staubkörner handelt.

Außerdem waren sie extrem teuer und konnten keine Daten übertragen, so dass ihre Einsatzmöglichkeiten begrenzt waren. Perfekt für eine Nacht des Ausspionierens, solange er mit den Kameras in der Hand rein und raus konnte. Und gestern Abend war das der Fall gewesen.

Stoan schob sie in ihre Steckplätze an dem Gerät und rief das 3D-Hologramm auf. Er musste sich durch Stunden an Filmmaterial arbeiten. Bevor er loslegte, holte Stoan einen Energieriegel und ein Päckchen Wasser heraus, legte sich auf sein Bett und ließ das Video laufen und laufen und laufen.

Die kleinen Scheiben konnten Teile der Zitadelle ausspionieren, in die Stoan selbst niemals hätte vordringen können. Dann hielt er die Wiedergabe an und sah sich eine bestimmte Minute des Videomaterials noch einmal an, während sein Herz in der Brust hämmerte. Kurz bevor er die Scheiben eingesammelt und die Party verlassen hatte, betrat Reina einen Vorraum, der sich am Ende des Flurs befand. Einen Augenblick später folgte Droscus und schloss die Tür hinter sich.

Sie hatte die Begegnung letzte Nacht nicht erwähnt. Warum nicht? Seine Instinkte drängten ihn, aus seinem Zimmer zu stürmen und zu ihr zu gehen, sie nach dem Grund zu fragen, sie zu fragen, ob es ihr gut ging. Aber jetzt war es hell, und sie konnten sich nicht treffen, es sei denn, die Lage würde sich in den nächsten Stunden zuspitzen.

Er merkte sich den Zeitpunkt der Begegnung und speicherte den Clip, zwang sich aber, weiterzumachen. Wenn Reina es nicht erwähnt hatte, bedeutete das wahrscheinlich, dass sie sich für den Moment sicher fühlte. Aber er wollte sie danach fragen, wenn sie sich an diesem Abend trafen.

Es kam ihm nie in den Sinn, dass sie ihm eine Falle stellen oder ihn hintergehen könnte. Er vertraute ihr vorbehaltlos.

Als er mit den Videos fertig war, war es bereits Vormittag und Stoan hatte die Box noch nicht eindeutig lokalisiert. Aber es gab zwei Kandidaten: Der erste war ein Raum, von dem auf der Aufnahme nur wenig zu sehen war. Was Stoan dort sah, rechtfertigte einen genaueren Blick — er war voll mit kleinen Schätzen, die auf Holzregalen standen. Die Kamera hatte es nicht geschafft, in den Raum zu gelangen; sie hatte nur einen kurzen Blick erhascht, als ein Wachmann die Tür öffnete und hinausging.

Die zweite Möglichkeit war ein Schreibtisch, der anscheinend einem Verwalter gehörte, in einem Büro im Hauptgeschoss. Die Kamera erfasste den Rand eines würfelförmigen Gegenstands, und obwohl er im Schatten lag, glaubte Stoan, die gleichen komplizierten Muster zu erkennen, die er auf Ohrmands Box gesehen hatte.

Keiner der beiden Räume wurde stärker bewacht als andere, es gab keine erkennbaren zusätzlichen Sicherheitsmaßnahmen. Für ihn deutete das darauf hin, dass die Box, wenn sie sich an einem dieser Orte befand, keine hochsensiblen Informationen enthielt.

Und nun begann er sich eingehend zu fragen, warum Nina ihn mit Reina hierher geschickt hatte. Mit jedem Schritt, den er tat, kam er der Erkenntnis näher, dass die Box nicht viel mehr als ein Schmuckstück war. Selbst ihr erster Hinweis, der Soldat mit dem Schlüssel, ließ nicht auf eine besondere Bedeutung schließen. Die Box war zu klein, um eine Waffe zu verstecken, und wenn sie wichtige Informationen enthielt, würde sie in den Tiefen des Schlosses versteckt sein und nicht im Büro eines Bürohengstes.

Stoan vermutete mit an Sicherheit grenzender Zuversicht, dass ihm ein Teil des Puzzles fehlte, etwas, das Nina für sich behalten hatte. Als Kommandantin war das ihr gutes Recht. Als ihr Agent war Stoan ... frustriert. Wenn seine Mission Teil einer größeren Operation war, musste er das wissen. Es war ihm egal, *worum* es bei der Operation ging, aber er konnte seine Arbeit nicht richtig machen, wenn er nicht wusste, wie seine Aufgabe da hineinpasste.

Er legte die Aufnahmen beiseite und legte sich wieder in sein Bett, um ein paar Stunden zu schlafen. Die Nacht war lang gewesen, und die Freuden waren anstrengend gewesen. Ein paar Stunden Schlaf würden ihm gut tun.

Und wenn er aufwachte, konnte er vielleicht besser einschätzen, in welcher Gefahr er und seine Denya schwebten.

———

Reina wachte auf, wunderbar wund an all den richtigen Stellen. Sie konnte immer noch Stoans männlichen Duft an ihrer Decke riechen, obwohl der Teil des Bettes, den er für sich beansprucht hatte, längst kalt geworden war.

Sie umklammerte die Decke, als ob der weiche Stoff und sein schwacher Duft die Abwesenheit ihres Gefährten wettmachen würden.

Ihr *Gefährte.*

In Reinas Kopf drehte sich alles, als sie darüber nachdachte, was das zu bedeuten hatte. Das war keine vorübergehende Sache zwischen ihnen. Ihre Finger fuhren zu der empfindlichen Stelle, wo er sie gebissen, sie markiert hatte. Gestern Abend war etwas Wildes in ihm gewesen, etwas, das nicht ganz mensch... — nun ja, nichts an ihm war ganz menschlich. Etwas *Wildes*.

Und sie hatte jede Sekunde seiner Dominanz genossen.

Er hatte nicht gesagt, dass er sie liebt. Aber er hatte ihr gezeigt, dass er ihr gehörte. Vielleicht hatten die Detyens kein Wort für Liebe, vielleicht war Denya das einzige Wort, das sie hatten. Könnte Reina damit leben?

Ja, das könnte sie.

Aber wenn sie noch länger im Bett blieb, würde sie wieder einschlafen und von ihm träumen, und diese Reise war kein Urlaub. Und heute musste sie wieder in die Stadt gehen und so tun, als wäre sie aus dem Grund hier, den sie angegeben hatte. Besonders jetzt, wo sie Droscus aufgefallen war. Er würde sie überwachen lassen.

Als sie sich aus dem Bett rollte und einen Bademantel überstreifte, fiel ihr auf, dass sie Stoan nichts von ihrer Begegnung mit dem General erzählt hatte. Gestern Abend stand ihre Beziehung im Mittelpunkt des Interesses. Er würde wütend sein, wenn sie es ihm heute Abend sagen würde. Sie erschauderte, als sie sich vorstellte, wie er sich über sie beugte und ihr sagte, sie solle sich nicht so in Gefahr begeben.

Und es war ein Schauer der Empörung, keineswegs der freudigen Erwartung.

Bei allen Göttern, sie war vollkommen neben der Spur.

In weniger als einer halben Stunde war Reina geduscht, angezogen und hatte gefrühstückt. Als sie die Herberge verließ, waren die Straßen voller Leute, die auf dem Weg zur Arbeit, zur Schule oder zum Spielen waren. Reina mischte sich unter die Leute, einfach ein weiterer Mensch, ihre Kleidung war genauso dunkel und figurbetont wie die der anderen.

Es war seltsam, sich vorzustellen, dass sie eine dieser Personen hätte sein können, eine Bürgerin der Stadt und eine Untertanin von General Droscus, anstatt ihren Platz in Nina City einzunehmen. Wären ihre Eltern nicht gestorben, hätte sie nie einen Grund gehabt, wegzugehen. Wahrscheinlich hätte sie weder Lex noch Dorsey noch einen ihrer jetzigen Freunde kennengelernt.

Sie konnte sich nicht vorstellen, Stoan nicht zu kennen. Das Schicksal hatte die beiden zusammengeführt, und sie war sich absolut sicher, dass sie ihn auch dann getroffen und geliebt hätte, wenn sie die Stadt niemals verlassen hätte.

Das Schicksal schien eine Krücke für Menschen zu sein, die ihr Leben nicht selbst in die Hand nehmen wollten. Nicht mehr. Das Schicksal konnte grausam sein, das war Reina klar, aber es war eine *Macht*, der sie nicht widerstehen konnte.

Reina kehrte nicht in das Geschäft vom Vortag zurück. Sie mied sogar die gesamte Hauptstraße und befragte einen Ladenbesitzer in einer der weniger belebten Seitenstraßen des Stadtzentrums. Sie hoffte, dass ein kleinerer Laden die Wahrscheinlichkeit verringerte, Inrit zu begegnen. Reina wusste nicht, wie sie ihr gegenübertreten sollte.

Stoan hatte Inrit gegenüber nichts über Reina gesagt, das hatte er deutlich gemacht. Es war nicht aus dem Wunsch heraus, sie zu verstecken. *Ich würde deinen Namen stündlich von den Dächern rufen, wenn du es befehlen würdest*, hatte er nach ihrem zweiten Liebesakt gesagt. Nein, hier ging es um die Sicherheit der Mission.

Und Reina war sich nicht sicher, ob sie gegenüber Inrit eine neutrale Miene aufrechterhalten konnte. Sie war nicht eifersüchtig. Nein, das war sie nicht. Im Laufe der Nacht waren ihre Ängste, ihre Zweifel durch Stoans Liebe so gründlich ausgeräumt worden, dass sie kaum noch mehr als ein Hauch von Wind waren.

Aber sie und Inrit hatten schnell ein gutes Verhältnis zueinander entwickelt, und was wäre, wenn Inrit sie um Rat wegen Stoan bitten würde? Was, wenn Inrit nicht akzeptierte, dass es nie etwas Romantisches zwischen ihr und Stoan geben würde? Wie konnte Reina als vermeintlich neutrale Dritte Ratschläge erteilen, wenn sie so tief in dieses Chaos verstrickt war?

Sie wusste, dass sie sich wieder mal eine Katastrophe ausdachte. Und als der Tag zu Ende ging, hatte sie eine Menge Informationen über die Buchhaltungspraktiken von drei verschiedenen Geschäften und hatte die Detyen-Frau nicht gesehen.

Bevor sie sich auf den Heimweg machte, ging Reina noch in einen kleinen Laden und kaufte ein Fertiggericht und ein Getränk fürs Abendessen. Sie hatte nicht vor, in einer fremden Küche für sich selbst zu kochen. Sie richtete schon zu Hause genug Unordnung an.

Den ganzen Tag über hatte Reina aufgepasst, ob sie verfolgt wurde. Für eine kurze Zeit am Nachmittag hatte sie geglaubt, dass sie verfolgt wurde, aber dann war ihr Schatten entweder weggegangen oder sie hatte ihn zufällig abgehängt. Auf dem Heimweg war sie sicher, dass sie allein war, aber irgendetwas war komisch, als Reina die Pension erreichte.

Sie schlenderte lässig mit ihrer Tasche in der Hand die Treppe hinauf, hielt aber die Augen offen. Im ganzen Gebäude war es unheimlich still, als wäre sie die einzige Person im ganzen Block. Es war noch hell draußen, und es hätten viele Leute unterwegs sein müssen. Als Reina an der Tür ankam, sah sie, dass das kleine Stück dunkles Klebeband, das sie an den Türrahmen geklebt hatte, gerissen war.

Jemand war in ihr Zimmer gegangen.

Hier gab es keinen Reinigungsdienst, und in ihrem Mietvertrag war festgelegt, dass niemand ohne vorherige Ankündigung das Zimmer betreten durfte.

Reina griff in ihre Tasche und holte eine kleine Karte heraus, die genau in ihre Handfläche passte. Ein

Wischen über die Oberfläche und ein Bildschirm leuchtete mit blauem Licht auf. Sie hielt die Karte mehrere Sekunden lang an die Tür und ließ sie den Raum scannen. Als der Bildschirm gelb blinkte und sich abschaltete, stieß sie einen Seufzer der Erleichterung aus. Wer auch immer in ihrem Zimmer gewesen war, war weg. Es war jetzt leer.

Sie steckte den Scanner ein und öffnete sehr vorsichtig die Tür. Mit einer Handbewegung ging das Licht an und erhellte einen Raum, der *beinahe* normal aussah.

Aber Reina war inzwischen gut genug trainiert, um zu wissen, dass das *beinahe* nichts bedeutete. Nun, es hätte bedeuten können, dass der Eindringling nachlässig gearbeitet hatte, aber das war auch schon alles. Sie vertraute auf ihr Bauchgefühl. Jemand, der hier nichts zu suchen hatte, war in diesem Raum gewesen.

Warum? Hatten sie etwas gestohlen? Oder, noch schlimmer, hatten sie etwas Gefährliches zurückgelassen?

Ihr Herz klopfte heftig und der Schweiß stand ihr auf der Stirn, aber sie blieb in der Tür stehen und sah sich um. Ihre Kleidung lag fein säuberlich gefaltet auf einem Stapel am Fußende ihres Bettes, aber statt des dunkelblauen Pullovers, den sie obenauf hatte, lag nun eine blaue Bluse oben, die vorher in der Mitte des Stapels gewesen war. Ihre Tasche stand nicht genau am gleichen

Platz wie vorher und sie sah das Tablet nicht, mit dem sie gearbeitet hatte.

Das Tablet war ihr nicht wichtig. Wenn der Bioscan nicht mit ihren Zugangsdaten übereinstimmte, würden alle Daten so vollständig gelöscht, dass sie nie wiederhergestellt werden konnten.

Die kleinen Ungereimtheiten beunruhigten sie mehr, als wenn das Zimmer verwüstet worden wäre. Hier war ihre Privatsphäre verletzt worden, und jemand wollte, dass sie es nicht bemerkt. Sie wollten sie in dem Glauben lassen, dass alles in Ordnung sei und dass sie nicht unter Verdacht stehe. Die Wachen der Zitadelle gingen nicht so diskret vor. Sie konnten in jedes beliebige Haus eindringen, während eine Familie zu Abend aß, das Haus verwüsten, die Kinder entführen, die Katze töten, ohne dass es irgendwelche Konsequenzen hatte.

Die Wachen gingen nicht subtil vor. Es sei denn, sie hatten einen verdammt guten Grund. Ein Grund wie, dass der General sich für sie interessiert und ihr nicht abkauft, dass sie nur zu Besuch in der Stadt ist. Und wenn das der Fall war, nun ja, gut. Das bedeutete, dass sie ihre Aufgabe der Ablenkung gut erfüllte. Wenn Droscus' Blick auf sie gerichtet war, achtete er nicht auf Stoan.

Und sie hatte nicht vor, Droscus direkt zu ihrem Gefährten zu führen, nur weil sie ein bisschen Angst wegen eines durchsuchten Zimmers hatte. Sie hob den

Fuß, um einen Schritt nach vorne zu machen, und der Boden knarrte.

Reina erstarrte.

In diesem Zimmer gab es keine knarrenden Dielen, zumindest bis gestern. In ihrer ersten Stunde hatte sie jeden Zentimeter des Zimmers erkundet und den gesamten Boden nach Schwachstellen und Wanzen abgesucht — sowohl nach lebenden Wanzen als auch nach Überwachungsgeräten. Zu dieser Zeit waren keine da. Sie wusste, wenn sie jetzt suchte, würde sie viele finden.

Es sei denn, bei dieser Mission ging es nicht um Informationen.

Sie lehnte sich zurück und stellte ihren Fuß genau dort ab, wo er vorher war. Dann ging sie in die Hocke, achtete darauf, das Gleichgewicht zu halten, und musterte das dunkle Holz des Dielenbodens. Reina streckte ihre Hand aus, um über die Lücke zwischen zwei Brettern zu fahren, zog sie aber in letzter Sekunde zurück. Wenn sich dort etwas befand, was berührungsempfindlich war, konnte die kleinste Berührung es auslösen.

Obwohl ihre Waden brannten, ging sie noch ein wenig weiter in die Hocke, beugte sich so weit wie möglich vor und betrachtete den Boden. Die Veränderung von Brett zu Brett war zwar gering, aber sie war da. Und das war gestern noch nicht der Fall gewesen. Reina hatte den Verdacht, dass es eine Sprengfalle war, die explodieren würde, sobald sie darauf trat. Sie würde zerfetzt werden und möglicherweise der halbe Block mit ihr.

Ein unglücklicher Unfall, so würde es im offiziellen Bericht heißen. *Eine Energieleitung unter der Stadt ist explodiert. Das kommt manchmal vor.*

Vor allem bei Dissidenten. Der letzte Teil müsste allerdings irgendwie angedeutet werden.

Sie konnte die Falle umgehen. Aber wenn sie einen Raum mit Sprengfallen versehen würde, würde sie nicht nur eine hinterlassen. Das wäre ein sicherer Weg, um zu garantieren, dass der Job nicht erfolgreich erledigt wurde. Im Zimmer gab es nichts, was sie brauchte. Die Kleidung gehörte nicht einmal ihr.

Reina wünschte, sie könnte die Besitzerin der Pension warnen, aber sie musste darauf vertrauen, dass ihre Bitte, ungestört zu bleiben, befolgt werden würde. Wenn sie der Besitzerin von den Fallen erzählte, war das so gut wie eine Nachricht an Droscus, dass mehr in ihr steckte, als auf den ersten Blick offensichtlich schien.

Also verließ Reina das Gebäude. Und als sie merkte, dass die Wachen ihr folgten, hätte sie fast gelächelt. Es war Zeit für ein kleines Spiel.

16

KAPITEL SECHZEHN

Stoan hatte den größten Teil des Tages damit verbracht, einen Weg in die Zitadelle zu finden. In den nächsten Monaten war kein anderes öffentliches Event geplant, und so viel Zeit hatte er nicht. Er wollte raus aus dieser Stadt, und er wollte zurück nach Hause. Aber um nach Hause zu gehen, brauchte er diese verdammte Box.

Vor der Festung eines Diktators zu sitzen, war keine gute Idee, also überließ er den Großteil der Arbeit seinen kleinen Kameras und versuchte, so unverdächtig wie möglich auszusehen. Das war ein bisschen schwierig, da er blaugrün und muskulös war und einen halben Kopf größer als die meisten Menschen.

Als er seine Kameras einsammelte und sich auf den Weg zurück in sein Zimmer machte, spürte er, dass man ihn verfolgte. Aber jede Technik, die er anwandte, um einen Verfolger zu entdecken, führte ins Leere. Niemand verfolgte ihn, auch wenn sein Instinkt etwas anderes sagte. Doch er hatte nur deswegen so lange überlebt, weil er seinen Instinkten mehr vertraute als seinen Sinnen, und er nahm einen Umweg zurück, um einen unsichtbaren Verfolger zu verwirren.

Er war erst seit ein paar Minuten in seinem Zimmer, als es an seiner Tür klopfte. Stoans Krallen juckten unter seiner Haut und entspannten sich dann plötzlich.

Reina.

Er spürte sie auf der anderen Seite der Tür. Sie wäre nicht hier, wenn es nicht wichtig wäre, sie verstand die Notwendigkeit von Diskretion zu gut, um zu riskieren, entdeckt zu werden. Er riss die Tür auf, zog sie hinein und schlug die Tür hinter ihr zu.

Sie war ein wenig außer Atem, ihre Wangen waren rosa und ihre Augen leuchteten. Stoan küsste sie, bevor er merkte, dass er es wollte, drückte sie mit dem Rücken gegen die Tür und nahm ihren Mund wie ein ausgehungerter Mann. Es war noch nicht einmal ein Tag vergangen, seit sie sich das letzte Mal berührt hatten, aber selbst eine Stunde war zu lang.

Reinas Hände waren fest auf seinen Schultern, die Finger gruben sich ein und hinterließen sanfte, liebevolle Druckstellen, als sie sich unter ihm öffnete, bereit, sich nehmen zu lassen.

Ja, jubelte seine Seele, *Denya.*

Aber die Umarmung konnte nicht lange dauern,

nicht wenn die Welt um sie herum zusammenzubrechen drohte, und vor allem nicht, wenn Reina eindeutig in Schwierigkeiten war. Sonst wäre sie nicht hier.

„Was ist passiert?", fragte er, sie immer noch gegen die Tür drückend, die Stirn an die ihre gepresst, ihr Atem vermischte sich.

Ihre Finger griffen in sein Haar und spielten mit den dicken, dunklen Strähnen. „Jemand hat mein Zimmer durchsucht, als ich weg war. An der Innenseite der Tür befand sich ein Druckschalter. Ich hätte ihn fast ausgelöst."

Sein Herz blieb stehen. Und dann begann es so schnell zu pochen, dass ihm für einen Moment schwindelig wurde. Stoans Arme legten sich enger um seine Denya, und sie spürte, wie aufgewühlt er war, und gab beruhigende Laute von sich, bis er sich wieder unter Kontrolle hatte. Sie wehrte sich nicht, als er sie erneut küsste und sich durch ihre Berührung erdete.

Ein Druckschalter. Eine Bombe. Sie hätte getötet werden können.

Er wollte sie mit dem ersten Shuttle aus der Stadt und in Sicherheit bringen, an einen Ort, an dem Droscus sie nicht finden konnte. Zwischen dem Mann, der diese Frau in Besitz genommen hatte, und dem Spion, der seinem Volk verpflichtet war, entbrannte ein Kampf.

„Ich bin bis zum Ende dabei", sagte sie, als könne sie seine Gedanken lesen. Sie kannte bereits seine Reaktionen. „Wir bleiben in dieser Stadt, bis die Arbeit erledigt ist. Also bringen wir es zu Ende. Zusammen." Sie zog ein wenig an seinen Haaren, aber nicht so, dass es wehtat, nur genug, um ihn daran zu erinnern, dass sie sein Herz ebenfalls in der Hand hatte.

Er wollte sie vor Schaden bewahren, weg von jeder Gefahr, die sie bedrohen könnte. Aber, sie einzuschränken, wäre so, als würde er sich mit seinen Krallen den eigenen Arm abschneiden. Eine Denya sollte nicht durch die Ängste und Sorgen ihres Gefährten eingeschränkt werden. Sie war dazu bestimmt, an seiner Seite zu stehen, seine Partnerin in allen Dingen.

„Wir machen das zusammen", stimmte er zu, ließ aber nicht los.

Sie ließ ihn auch nicht los.

Die Geräusche von der Straße drangen in den kleinen Raum, den er gemietet hatte. Und nach einigen Minuten zwang er sich, einen Schritt zurückzutreten, seinen Griff zu lockern und Reina auf ihren eigenen Füßen stehen zu lassen. Sie konnten sich später umarmen.

Sie ergriff seine Hand und zerrte ihn zu dem Arbeitsplatz, den er eingerichtet hatte. Ihr Griff war fest. Jetzt, wo sie Gefährten waren, war es zu schwierig, einander nahe zu sein ohne sich zu berühren, vor allem, da Berührungen im Moment nicht das Risiko, entdeckt zu werden, mit sich brachten. Es war niemand da, der sie sehen konnte.

Als Stoan auf seinen Stuhl rutschte, drückte er ihr

einen Kuss auf den Hals, nur wenige Zentimeter von der Stelle entfernt, an der eine dicke Schicht Make-up sein heilendes Mal verbarg. Er rieb an der Paste, bis die gerötete Haut zum Vorschein kam.

„Barbar", murmelte Reina, und in jeder Silbe schwang Zuneigung mit.

Ja, wenn es um sie ging. Sie setzte sich auf den Tisch und Stoan drückte ihr Knie. Es war direkt vor ihm und er konnte nicht widerstehen.

„Erst die Arbeit", ermahnte sie ihn. „Dann das Vergnügen."

Konzentriere dich, sagte er sich, wie es Reina befohlen hatte. Es kostete ihn zwar trotzdem einige Mühe, aber es gelang ihm, die Aufzeichnungen, mit denen er die Box gefunden hatte, aufzurufen und ihr zu zeigen.

„Ich wusste nicht, dass du Aufnahmen machst", sagte sie, nahm einen Ausdruck in die Hand und studierte ihn nach Hinweisen.

„Ich habe einige interessante Dinge gesehen", sagte er und seine Wut kochte hoch, als er sich an die Tür erinnerte, die hinter dem General zugeschlagen wurde. Er würde dem Mann den Kopf abschlagen, wenn er nur die geringste Chance dazu hätte, nur weil er zu nahe bei seiner Gefährtin stand.

Und seine kluge, sexy Gefährtin wusste genau, was er meinte. Langsam legte sie den Ausdruck weg und sah ihm in die Augen. In diesen leuchtend blauen Augen war keine Angst zu sehen, aber auch keine Verstellung.

„Droscus hat mich gestellt, gleich nachdem wir uns verabschiedet hatten. Er weiß nicht, warum ich hier bin, aber er ist eindeutig ... fasziniert.“ Beim letzten Wort erschauderte sie.

Den Kopf des Generals abzuschlagen, wäre eine zu große Gnade. Er würde an den Zehen beginnen und sich Zentimeter für Zentimeter nach oben arbeiten.

„Wir können ihn nicht töten“, sagte sie, als ob sie wüsste, was Stoan wollte. „Es wird den ganzen verdammten Planeten destabilisieren.“

„Es gibt genug andere Planeten“, widersprach Stoan, aber schon während er es sagte, wusste er, dass sie recht hatte. „Sobald er schwach genug ist, schalte ich ihn aus“, versprach er.

Reina strich ihm über die Wange und lächelte ein wenig traurig. „Ich habe die älteren Rechte“, sagte sie. „Für das, was er Lex und Haylio angetan hat und was er versucht hat, mir anzutun.“

Stoan erhob sich und ging auf und ab, während er leise knurrte. Er war nicht eifersüchtig auf den Mann, der ihr Ehemann gewesen war, nicht jetzt, wo er sie in Besitz genommen hatte. Aber jede Handlung gegen sie war eine Narbe auf seinem Herzen, und er wollte sie mit allem, was er hatte, beschützen. „Ich werde ihn in deinem Namen töten“, sagte er.

Als sie nach dieser Äußerung schwieg, blieb Stoan stehen und sah zu ihr hinüber. Sie hatte ein seltsames Lächeln im Gesicht, als könne sie ihre Freude nicht fassen. Sie schüttelte leicht den Kopf und sagte: „Oh, Stoan, ich liebe dich", und als die Worte herauskamen, sah sie zu Boden, als könne sie seinem Blick nicht mehr standhalten.

Menschliche Worte. Menschliche Gefühle. Sie war seine Denya, er hatte ihr immer wieder gesagt, was sie war, was sie bedeutete.

Liebst du mich? hatte sie gefragt. Und diese Frage hatte ihn den ganzen Tag über verfolgt, die Antwort war in seine Seele eintätowiert.

Er ging zu ihr und legte seine Finger auf ihr Kinn, um ihren Kopf zu heben. Ihre Augen trafen sich, heißes Rot und kühles Blau. „Meine Seele gehört dir, Reina", erklärte er, „und ich liebe dich dafür umso mehr."

Ihre Augen wurden groß, und sie öffnete den Mund, um etwas zu sagen, aber er erfuhr nicht, was sie antworten wollte, denn die Tür erbebte unter der Wucht eines dringenden Klopfens.

Zuerst dachte Reina, es sei die Stadtwache. Dann erinnerte sie sich daran, dass sie sich nicht die Mühe machen würden, anzuklopfen. Sie und Stoan waren wie erstarrt, sie auf seinem Schreibtisch sitzend, er nur Zentimeter entfernt. Unisono richteten sich ihre Blicke auf die Tür, die durch das Hämmern fast aus den Angeln gehoben wurde.

Dann sah sich Reina im Zimmer um. Hier durfte sie nicht gesehen werden. Und bei diesem hartnäckigen Klopfen, blieb Stoan nichts anderes übrig, als die Tür zu öffnen.

„Warum hast du keinen Schrank, in den ein Mensch hineinpasst?", fauchte sie.

„Unters Bett", sagte er und zog sie mit einer Hand vom Schreibtisch. „Sofort."

Sie kroch in Windeseile in die kleine, dunkle Spalte unter dem Bett und drückte sich so nah an die Wand, wie sie konnte. Das Bett war nicht groß, es war nur für einen Menschen gedacht. Nur die Schatten hielten sie verborgen. Stoan duldete keine Unordnung in seinen Unterkünften. Eine Decke fiel vor ihr herunter und sie hörte Stoans Schritte, die sich auf die Tür zubewegten. Er hatte das Bett gerade so weit aufgeschlagen, dass die Decke ihr Versteck verbarg. Wenn sie es nicht besser wüsste, würde sie meinen, er hätte Erfahrung darin, Frauen in seinem Zimmer zu verstecken.

Sie sparte sich diesen Gedanken auf, um ihn später damit zu necken.

Dann öffnete er die Tür, und Reina horchte angestrengt. Sie wollte näher an den Rand des Bettes kriechen, hatte aber Angst, dass die kleinste Bewegung sie verraten könnte.

„Wie zum Teufel hast du mich gefunden?" Stoan war wütend, voller Emotionen auf eine Weise, die sie noch nie bei ihm erlebt hatte. Selbst in seinen dunkelsten

Momenten hatte er sich ihr gegenüber nie so verhalten. Nicht auf diese Art.

„Ich habe — hatte — Ressourcen", antwortete Inrit eisig. Sie betrat den Raum und die Tür schloss sich hinter ihr. Weder sie noch Stoan schienen sich zu bewegen. Reina konnte sich die Anspannung im Körper ihres Gefährten vorstellen, und sie wäre nicht verwundert gewesen, wenn es bei seiner alten Freundin ebenso gewesen wäre.

Das hörte sich allerdings nicht nach alten Freunden an. Nicht mit so viel Spannung in der Luft.

„Warum bist du dann hier?", fragte er gefährlich leise. Aber nicht so leise, dass sie es nicht hören könnte. Reina erkannte, dass er das mit Absicht tat, um ihr nichts zu verheimlichen.

„Ich *hatte* Ressourcen", sagte Inrit erneut, diesmal mit mehr Nachdruck. „Aber die verdammten Verräter haben beschlossen, dass es ihnen nichts nützt, auf den Erfolg meiner Vorgehensweise zu warten."

Die Ausdrucksweise verblüffte Reina. Als sie sich kennenlernten, hatte Inrit etwas fast ... Weiches, Zartes an sich, etwas, das sagte, sie sei eine Frau, die beschützt werden musste. Jetzt sprach sie, als ob sie aus Stahl wäre.

„Und deshalb bist du zu mir gekommen", sagte Stoan, halb Frage, halb Feststellung. Reina biss die Zähne zusammen, um den frustrierten Laut, der sich in ihrer Kehle aufbaute, zu unterdrücken. Sie hatte sich noch nie so blind gefühlt und wünschte sich, sie könnte ihre Mimik, ihre Bewegungen sehen. Die Luft war von Unterströmungen durchzogen, aber ohne direkte Sicht waren diese kaum klar zuzuordnen.

„Ich konnte mich an niemanden sonst wenden", gestand Inrit. Und Reina zuckte zusammen. War sie etwa niemand? So viel zur aufkeimenden Freundschaft. Sofort sagte sie ihrem inneren Kind, es solle still sein; sie kannte die Frau erst seit einem Tag, Inrit kannte Stoan fast ihr ganzes Leben lang. Auch wenn sie sich seit Jahren nicht mehr gesehen hatten.

„Ist das so?" Stoan schien ungerührt.

„Nicht, wenn die einzige andere Person, zu der ich hätte gehen können, verschwunden ist und ihre Wohnung streng bewacht wird. Ich hätte es noch nicht einmal durch die Tür geschafft."

Das beschwichtigte Reina. Obwohl sie sofort befürchtete, dass dies bedeutete, dass Inrits Leute sie mit Stoan gesehen hatten. Sie war sich *sicher*, dass man ihr nicht nach Hause gefolgt war. War Inrit eine Spionin, die für jemanden arbeitete, von dem Reina nichts wusste? Oder war sie etwas ganz anderes?

Als sie sich kennenlernten, sagte sie, sie wolle Geld für eine Expedition auftreiben. War das wahr? Oder war sie genauso erfunden wie Reinas Mission, sich über die Buchhaltungspraktiken in der Stadt zu informieren?

„Hast du die Wache hierher geführt?", fragte er, und sogar Reina zuckte ein wenig zusammen. Kein Wunder, dass Stoan seine Leute mühelos anführte: Er konnte eine Drohung aussprechen, ohne seine Stimme zu erheben.

„Nein.“

„Bist du sicher?“, fragte er.

„Sicher.“

Reina hörte Bewegungen, aber sie wusste nicht, ob sie hin und her gingen oder sich setzten.

„Warum bist du vor sechs Jahren aus deiner Ausbildung verschwunden?“, fragte Stoan plötzlich.

Das musste für Reina genauso unerwartet gewesen sein wie für Inrit. Reina konnte fast hören, wie der Detyen-Frau der Mund offen stand. „Du hast mich gesucht?“

„Jahrelang“, sagte er.

Das hing einen langen Moment zwischen ihnen in der Luft. Doch Inrit hielt sich nicht mit der Vergangenheit auf. „Ich brauche Hilfe, um aus der Stadt zu kommen. Ich fürchte, meine Crew hat beschlossen, dass schnelles, leichtes Geld besser ist als eine reiche Belohnung, für die man sich anstrengen muss.“

„Ich habe meine eigenen Gründe, hier zu sein. Ich kann meine Mission nicht aufgeben.“ Stoan ging mit diesem Geständnis ein Risiko ein, und Reina fragte sich, wie weit er gehen würde.

„Du brauchst etwas aus der Zitadelle, nicht wahr?“, riet sie. „Da du nicht in der Stadt lebst, gab es keinen Grund für dich — oh mein Gott, du hast eine Gefährtin.“ Inrit ging rückwärts, und stieß hörbar gegen die Wand.

Sie war halb entsetzt, halb voller Ehrfurcht. „Du hattest dich letzte Nacht noch nicht verbunden."

Konnten sie das spüren? Reina war nicht glücklich darüber, ihre intimen Angelegenheiten vor der ganzen Welt preiszugeben. Aber sie hatte auch eine heimliche weibliche Freude daran, dass alle Detyens wissen würden, dass Stoan zu jemandem gehörte. Zu ihr.

„Das ist meine Sache, Inrit", sagte ein zunehmend frustrierter Stoan.

Inrit schnaubte. „Außer uns beiden gibt es keine Detyens in der Stadt. Davon habe ich mich überzeugt, bevor ich mich entschied, hierher zu kommen. Wenn du sie also nicht von dort mitgebracht hast, wo du jetzt zu Hause bist, muss ich gestehen, dass ich neugierig bin. Gibt es irgendwo eine geheime Sekte?"

Reina biss sich auf die Zunge. Natürlich würde Inrit denken, Stoan hätte sich mit einer Detyen verbunden. Seit der Verbindung von Ty und Dorsey waren erst sechs Monate vergangen. Obwohl Dorsey erwähnt hatte, dass sich ein anderer Detyen mit einer Menschenfrau verbunden hatte, hatte sich die Nachricht wahrscheinlich noch nicht verbreitet. Der Weltraum war zu groß.

„Sie ist keine Detyen", sagte Stoan. „Nun, was brauchst du von mir?" Er hielt eine Sekunde inne und fragte dann: „Und was ist das?"

Inrit seufzte. „Es ist ein einfaches Gerät ...", sie unterbrach sich und fragte leise, „Warum sind wir nicht allein?"

17

KAPITEL SIEBZEHN

Stoan hatte genau diese Szene in einer Komödie gesehen, die im Amphitheater in Nina City aufgeführt worden war. Ein Mann versteckte seine aktuelle Geliebte, während seine ehemalige Geliebte ihm irgendwelchen Unsinn erzählte. Natürlich war Inrit nie seine Geliebte gewesen, und sie erzählte auch keinen Unsinn. Das Einzige, was ihn davon abhielt, ihr Schaden zuzufügen, um seine Geheimnisse zu bewahren, war ihre lange Freundschaft.

Er wollte seine älteste Freundin nicht umbringen. Die Person, die wie eine Schwester für ihn war. Er hatte Fragen. Mit jedem Wort, das Inrit sprach, hatte er mehr Fragen. Aber da Inrit Reina bereits kannte, hatte er nur zwei Möglichkeiten. Entweder lügen oder ihr sein Leben — und, noch wichtiger, das seiner Gefährtin — anvertrauen.

War Inrit in ihrem Innersten noch dieselbe Person, die sie vor so vielen Jahren gewesen war? Es gab nur eine Möglichkeit, das herauszufinden.

Stoan stellte sich zwischen die Tür und Inrit. Er konnte sie nicht weglaufen lassen, nicht, wenn sie schon so viel wusste.

„Du kannst rauskommen", sagte er so laut, dass Reina es hören konnte. Es gab ein kurzes Hin und Her, aber in Sekundenschnelle lugte ihr blonder Kopf unter seinem Bett hervor. Inrit wich zurück, und Stoans Krallen juckten unter seiner Haut, bereit, auszufahren wenn sie eine falsche Bewegung in Richtung seiner Gefährtin machen sollte.

Reina rappelte sich auf, ihre Wangen erröteten und ihre Haare lösten sich aus dem Haarband. Stoan unterdrückte den neu erwachten Teil in ihm, der Reina in diesem Zustand sah und sich vorstellte, was er mit ihr anstellen könnte. Er musste sich *wirklich* zusammenreißen. In diesem Moment beschloss er, dass die einzige Möglichkeit, dies zu tun, darin bestünde, durch Gewöhnung eine Immunität aufzubauen. Wochenlange Gewöhnung.

Reina grinste ihn an, offensichtlich seine Gedanken lesend. Er konnte nicht anders, als zurück zu grinsen.

Aber Inrit blickte zwischen ihnen hin und her, mit einem Ausdruck zwischen Verstörung und Schock. Ihr Gesichtsausdruck wurde schnell wieder neutral, aber ihre Augen wurden leuchtend rot. Sie holte tief Luft, und er dachte, sie würde anfangen, ihm Vorwürfe zu machen, aber sie sagte nur: „Wie?"

Aus dem Augenwinkel sah er, wie Reina noch roter wurde. Aber sie richtete sich zu voller Größe auf und hielt ihren Kopf hoch. „Willst du alle Einzelheiten wissen?", fragte sie. „Das ist eine Sache zwischen Stoan und mir."

Inrits Blick konzentrierte sich auf Reina, in ihren Augen leuchtete der Schmerz noch immer hell. „Ich dachte ...", sie brach ab und schüttelte den Kopf. Dann zwang sie sich, wieder zu Stoan zu schauen. „Ein Mensch?"

„Ich bin nicht der Einzige", sagte er und erinnerte sich an die Hoffnung und die Verzweiflung, die er in dem Moment empfunden hatte, als er Ty und Dorsey traf. *In einer Minute hatte sich alles verändert und er war beinahe in Tränen ausgebrochen.* „Reinas Freundin wurde von einem Detyen-Mann namens Tyral gefunden. Sie haben sich vor sechs Monaten verbunden. Reina ist meines Wissens die zweite menschliche Denya."

Reina räusperte sich. „Eigentlich bin ich die Dritte. Ty und Dorsey haben auf ihrer Reise ein anderes Paar kennengelernt", sagte sie, presste die Lippen aufeinander und lächelte nervös, während sie mit den Schultern zuckte. „Tut mir leid, ich habe vergessen, es dir zu erzählen."

Stoan nickte und speicherte die Information ab, um sie später danach zu fragen.

„Alles menschliche Frauen?", fragte Inrit, deren Stimme einen undefinierbaren Unterton hatte.

Reina nickte.

„Ich nehme an, das ergibt einen gewissen Sinn", sagte Inrit mit neutraler Stimme. „Es gibt mehr männliche Detyen als weibliche. Ich freue mich für dich. Für euch beide." Sie atmete tief durch und wechselte das Thema, während Stoan versuchte zu analysieren, ob sie wirklich meinte, was sie sagte. „Ich brauche trotzdem deine Hilfe. Und wenn du einwilligst, mich aus der Stadt zu bringen, werde ich alles in meiner Macht Stehende tun, um dir zu helfen, dein Ziel zu erreichen."

Stoan und Reina tauschten einen Blick aus. Sie kannten sich noch nicht gut genug, um ganze Gespräche ohne Worte zu führen, aber das hier war einfach. Sie wollten beide das Gleiche.

Reina war diejenige, die antwortete. „Wir können die Stadt nicht verlassen oder riskieren, dich raus zu schleusen, bevor wir unsere Mission abgeschlossen haben." Wenn sie ihre Ressourcen nutzten, um Inrit zu helfen, riskierten sie, Alarm auszulösen und ihre eigene Flucht zu erschweren.

Oder unmöglich zu machen.

Inrit seufzte und sah auf, als würde sie ein Gebet zu den Göttern sprechen. „Ihr müsst zurück in die Zitadelle, nicht wahr? Sie versucht, den General zu bestehlen."

Sie war schon immer sehr schnell von Begriff gewesen, und was immer sie in den letzten Jahren getan hatte, hatte sie zu einer noch besseren Beobachterin gemacht.

Was *hatte* sie in den letzten dreizehn Jahren gemacht? Stoan war ihr Ausweichen auf die Frage nach ihrem Verschwinden nicht entgangen. Es gab viele Gründe, warum eine Frau in der Dunkelheit des Weltraums verschwinden konnte. Aber nur wenige tauchten Jahre später gesund und einigermaßen wohlhabend wieder auf. Ein Verdacht keimte bei ihm auf. In ihren Augen lauerte die gleiche Dunkelheit, von der er manchmal befürchtet hatte, dass sie in seinen eigenen Augen entstehen würde.

Aber er hatte sie schon so weit eingeweiht. Und was auch immer ihre Geheimnisse waren, Stoan bezweifelte ernsthaft, dass sie für Droscus arbeitete, und ihn untergraben wollte.

Er öffnete eine Schublade an seinem Arbeitsplatz, holte die Box aus dem gesicherten Versteck und stellte sie auf den Schreibtisch. „Der General hat so etwas wie das hier, und wir suchen es.“

„Was ist da drin?“, fragte sie und streckte die Hand aus, um sie zu berühren, zog sie aber im letzten Moment zurück, als ob das Holz sie verbrennen könnte.

„Das wissen wir nicht“, antwortete Reina. Schließlich trat sie nahe genug an Stoan heran, dass sich ihre Schultern berührten. „Aber wir haben den Schlüssel. Es könnte sein, dass nichts Nützliches drin ist.“

Inrit blickte fragend zu ihnen. „Warum wollt ihr es dann?“

„Weil etwas Nützliches drin sein könnte“, sagte Stoan. Er wollte Nina vorerst nicht erwähnen. Inrit brauchte nicht zu wissen, für wen sie arbeiteten. Und eine kleine Box zu stehlen, würde kaum als internationale Spionage wahrgenommen werden.

Inrit nickte, griff erneut nach der Box und nahm sie diesmal in die Hand. Sie musterte sie lange, bevor sie sie Reina überreichte. „Ich kann euch sicher, oder zumindest lebend, in die Zitadelle und wieder herausbringen. Werdet ihr mich aus der Stadt bringen?“

Er und Reina hatten die Entscheidung in dem Moment getroffen, als sie unter dem Bett hervorgekrochen war. Natürlich würde Stoan helfen. Es gab keine andere Wahl.

———

Sie brauchten Vorräte, und Stoan vertraute nur auf seine Kontaktleute, um sie zu besorgen. Außerdem vertraute er Inrit nicht genug, um sie aus seiner Unterkunft zu lassen. Das brachte Reina in die unangenehme Lage, mit der Frau, die beinahe die Gefährtin ihres Gefährten geworden wäre, die zufällig auch ihre Beinahe-Freundin war, zu warten. Die Befangenheit zwischen den beiden war so dick, dass nicht einmal ein Laser sie hätte durchdringen können.

Zumindest war es so für Reina. Inrit hatte auf dem Boden neben einer Innenwand Platz genommen und schien in Stille zu meditieren, die Augen geschlossen und das Gesicht entspannt.

Da sie nicht den Eindruck machte, reden zu wollen, stand Reina auf und begann, eine Reihe von Übungen zu machen, die sie von Sanna gelernt hatte. Das trug zwar nicht zu ihrer Beruhigung bei, aber es beschäftigte sie einige Minuten, was fast genauso gut war.

Als sie eine Sequenz beendete, waren Inrits Augen geöffnet und sie beobachtete Reinas Bewegungen. „Ich hätte nie gedacht, dass Stoan ein gewöhnlicher Dieb werden würde", sagte sie.

Die Verteidigung ihres Gefährten lag ihr auf der Zunge, aber Reina hielt sich zurück. Sie hatte nicht vor, einer Fremden Stoans tatsächlichen Beruf zu verraten, nicht einmal zur Verteidigung seiner Ehre. „Lieber ein Dieb als ein Pirat", sagte sie beiläufig. Das war etwas, was Lex zu sagen pflegte, wenn kleine Gegenstände aus seiner Fracht in ihrer Wohnung landeten und nicht an ihrem richtigen Bestimmungsort.

Aber Inrit zuckte leicht und Reina kniff die Augen zusammen. Der Schlag hatte gesessen. „Du warst eine Piratin?" Es war halb Frage, halb Vorwurf.

„Ich bin eine Überlebende", war Inrits Antwort.

Reina stieg die Galle in die Kehle, und sie musste sich von der Detyen abwenden. Sie erinnerte sich an den Anruf von Lex' Vorgesetztem, der ihr mitteilte, dass es eine Störung an seinem Schiff gegeben hatte und seine Leiche nicht geborgen werden konnte. Und dann, einen Tag später, änderte sich die Geschichte. Dorsey und Ty hatten sein beschädigtes Schiff entdeckt und seine Leiche geborgen.

Das Schiff war von Piraten zerstört worden, die unter dem Kommando von General Droscus standen.

War das der Preis, den er verlangt hatte, um Inrit das Geld zu geben, das sie brauchte? Hatte sie die Explosion ausgelöst, die Lex' Lebenserhaltungssystem ausschaltete?

Reina bekam ihren Gesichtsausdruck wieder unter Kontrolle, ihr Atem wurde wieder gleichmäßig. Sie drehte sich wieder um und sah Inrit an. „Du hast gesagt, du brauchst Geld von Droscus. War das die Wahrheit?", fragte sie. „Hast du für ihn gearbeitet?"

Inrit stand empört auf. „Von diesem Stück Dreck würde ich nie einen Befehl entgegennehmen. Außerdem sind wir — *bin ich* —raus." Es schien ihr schwer zu fallen, sich daran zu erinnern, dass ihr Team nicht mehr auf ihrer Seite war. Reina fragte sich, ob das daran lag, dass es zu sehr weh tat, oder daran, dass es eine Lüge war. Inrit trat einen Schritt näher an sie heran, und zum ersten Mal schlich sich ein Hauch von Verletzlichkeit in ihren Ausdruck. „Bitte sag es Stoan nicht."

„Ich habe keine Geheimnisse vor ihm." Die Beziehung war zwar neu, aber sie hatte tiefe Wurzeln. Inrits Vergangenheit könnte Stoan in Gefahr bringen, und

Reina wollte diese Frau, die sie kaum kannte, nicht über ihren Gefährten stellen.

„Ich werde es ihm heute Abend sagen", erwiderte Inrit. „Bitte. Lass mich es ihm erzählen."

Es war ja nicht so, dass Reina diese Information über ihre verschlüsselten Kommunikatoren verbreiten wollte. „Gut", stimmte sie zu.

Sie verfielen wieder in Schweigen. Reina war sich nicht sicher, ob sie Inrit bewachen sollte, aber nach der Enthüllung über die Piraten machte sie genau das zu ihrer Aufgabe. Natürlich war eine Bewachung besonders langweilig, wenn der Gefangene nicht versuchte zu flie-hen. Reina setzte sich wieder an Stoans Schreibtisch und nahm sich ein unverschlüsseltes Tablet. Es war nicht geeignet für geheime Arbeit, aber es war gut, um sich mit Spielen abzulenken.

Natürlich braucht es viel mehr als helles Licht und lustige Musik, um sie von der Piratin im Raum abzulen-ken. Nach einigen Minuten legte Reina das Tablet beiseite und starrte Inrit an. „Warum bist du ...", Reina rang nach den richtigen Worten.

„Wie ein Schurke im Weltraum verschwunden?", schlug Inrit vor.

Das traf es. Reina nickte. Inrit sagte lange Zeit nichts, so lange, dass Reina, fast überzeugt war, dass sie die Frage nicht laut gestellt hatte.

Doch dann zog Inrit ihre Beine dicht an die Brust und ließ einen Arm lässig herunterhängen. Als sie die

Fingerknöchel der Detyen sah, wurde sie an die bösartigen scharfen Klauen erinnert, die direkt unter Stoans Haut verborgen waren. Hatte Inrit auch welche? Hätte Reina eine Waffe gehabt, hätte sie jetzt vielleicht danach gegriffen. Glücklicherweise war sie unbewaffnet und provozierte keinen Zwischenfall.

„Vor sechs Jahren wurde mein Schiff angegriffen", sagte Inrit. Sie sprach so sachlich, als ob sie über eine andere Person sprechen würde. „Sie haben meinen Captain und den Ersten Offizier getötet. Einigen Besatzungsmitgliedern gelang es, Widerstand zu leisten, aber es waren zu viele Piraten, um sie alle abzuwehren. Zum Glück für die Besatzung waren es aber auch nicht genug Piraten, um das Schiff vollständig einzunehmen. Wenn die Schlacht weitergegangen wäre, wären am Ende alle tot gewesen."

Sie hielt inne, und Reina musterte sie, um zu sehen, ob ihre Entschlossenheit Risse bekam. Aber Inrits Gesicht war hart wie Stein.

„Die Piraten haben Glossen, dem ranghöchsten überlebenden Besatzungsmitglied, ein Angebot gemacht. Wenn er alle Frauen auf dem Schiff ausliefern würde, würden die Piraten gehen, ohne noch mehr von der Fracht mitzunehmen", sagte Inrit und schaute Reina herausfordernd an, doch Reinas Ausdruck blieb neutral. Sie wollte Inrits Geschichte hören, und sie wusste, dass selbst das kleinste Anzeichen von Mitleid die Frau zum Schweigen bringen würde.

Inrit grinste leicht und nickte, als ob sie Reinas Bemühungen verstanden hätte. „Ich dachte, Glossen sei ein guter Mann", fuhr sie fort. „Wir haben oft Karten gespielt. Wir haben Wetten abgeschlossen, all die kleinen Dinge gemacht, die die Mannschaft zusammenhalten. Aber die Entscheidung fiel ihm nicht einmal schwer. Er zögerte nicht eine Sekunde. Zur Besatzung gehörten zwanzig Frauen, ein Viertel der Crew. Und Glossen hat uns ohne Zögern verraten."

„Was ..." Das Wort rutschte Reina heraus und sie unterdrückte die Frage, die sie beinahe gestellt hätte. Stattdessen stellte sie eine andere Frage. „Was war das für eine Ausbildung?"

„Mechanikerin", sagte Inrit. „Aber der Arzt brauchte auch Hilfe, also habe ich auch dort ausgeholfen. Auf einem Schiff tut man, was getan werden muss."

Sie wollte gerade noch mehr sagen, als ein leichtes Klopfen an der Tür ertönte, gefolgt von dem Geräusch des sich öffnenden Schlosses. Stoan kehrte von seinen Besorgungen zurück.

Er öffnete die Tür, und Reina wusste, dass sie und Inrit ein interessantes Bild abgaben. Inrit lehnte entspannt und scheinbar ruhig an der Wand, während Reina vorgebeugt war und sich ganz auf die Detyen konzentrierte.

Stoan sah zwischen den beiden hin und her. „Ist etwas Interessantes passiert, während ich weg war?", fragte er.

Inrit sah Reina direkt an und ihre roten Augen flackerten warnend auf. Aber Reina hielt ihr Wort. Es war sinnlos, es zu brechen. „Hier ist alles klar."

Stoan lächelte, und Reinas Herz machte den kleinen Hüpfer, den es immer machte, wenn er glücklich aussah. Wenn Inrit nicht da gewesen wäre, hätte sie ihn geküsst.

Nach kurzer Überlegung erhob sich Reina von ihrem Stuhl und umarmte ihn kurz und gab ihm einen keuschen Kuss auf die Lippen. Er war ihr Gefährte, und sie war glücklich in seiner Nähe. Sie hatte nicht vor, etwas anderes vorzugeben.

Stoans Blicke galten nur ihr, Inrit hätte genauso gut nicht da sein können. Doch schon eine Sekunde später machte sie sich bemerkbar, indem sie mit übertriebenem Lärm aufstand und mit der Hand gegen die Wand schlug.

„Seid ihr beide bereit, euer Schmuckstück zu holen und aus dieser gottverlassenen Stadt zu verschwinden? Wir können heute Abend loslegen."

18

KAPITEL ACHTZEHN

Es wurde Abend, während sie den Raub planten. Hin und wieder ertappte Stoan Reina dabei, wie sie Inrit seltsam ansah, und das machte ihn unruhig. Er vermutete, dass in den wenigen Stunden seiner Abwesenheit etwas passiert war, aber keine der beiden Frauen wollte etwas sagen. Noch seltsamer war, dass Reina Ausreden zu erfinden schien, um ihm und Inrit so etwas wie Privatsphäre zu verschaffen.

Es gab nur ein Zimmer und ein Bad, was die Sache erschwerte, aber sie ließ ihnen Raum. Warum?

Da er sich darauf konzentrierte, seine Arbeit zu erledigen und nach Hause zu kommen, konnte er sich nicht allzu lange damit aufhalten. Aber in den Momenten, in denen Inrit und er alleine waren, schien sie kurz davor zu sein, etwas zu sagen. Er erwischte sie zweimal dabei, aber sie schloss den Mund, bevor sie überhaupt ein Wort formulieren konnte.

Mit den Ergebnissen seiner nächtlichen Überwachung und Inrits Wissen über die Zitadelle fanden sie einen Zugangsweg und entwickelten einen Angriffsplan. Es war die vierte Nacht der Woche, und normalerweise verbrachte Droscus diese tief im Inneren der Zitadelle in seinen Gemächern, um den Untergang seiner Feinde zu planen oder seine Liebhaberinnen zu unterhalten. Niemand wisse genau, was er tue, so Inrit, aber ihn zu stören sei das Letzte, was ein Wächter tun wolle.

„Und wenn er nicht in seinen Gemächern ist", sagte Inrit, „dann ist er höchstwahrscheinlich mit meiner früheren Mannschaft zusammen. Diese Bastarde werden nicht bereit sein, die Zitadelle ohne einige Zusicherungen zu betreten, die er bei einer so kurzen Bekanntschaft allerdings nicht geben wird."

Und da war auch wieder dieser verlockende Hinweis auf ihre Vergangenheit. Ihre Crew. Ehemalige Crew. Stoan hatte einige Vorstellungen von der Art dieser Crew, aber er wollte seine alte Freundin nicht beschuldigen. Nicht mit wenig mehr als einer Ahnung.

Bei der Erwähnung der Crew warf Reina erneut einen Blick auf Inrit und neigte den Kopf in Richtung Stoan. Inrit ignorierte das. Das war noch interessanter. Ohne die Einzelheiten zu kennen, begann Stoan sich eine Vorstellung davon zu machen, was zwischen ihnen geschehen war. Inrit hatte ein Stück ihrer Vergangenheit enthüllt und Reina hatte beschlossen, ihr die Möglichkeit zu geben, es Stoan selbst zu erzählen. Aber die Informationen waren so sensibel — oder nützlich — dass Reina wollte, dass er davon erfährt.

Also, was war sie gewesen? Söldnerin? Spionin? Prostituierte? Das Gerede von einer Crew eliminierte Letzteres, zumindest für die unmittelbare Vergangenheit.

„Wo werden sie sein, wenn er bei deiner Crew sein sollte?", fragte Reina mit verschränkten Armen und lehnte sich gegen die Wand. Stoan lehnte sich an seinen Schreibtisch, und Inrit hatte den Stuhl genommen und saß beiden gegenüber, während sie den Stuhl nach hinten kippte, und dabei einen täuschend lässigen Eindruck machte.

Die beiden vorderen Stuhlbeine kamen mit einem dumpfen Geräusch wieder auf dem Boden auf. „Wahrscheinlich auf der Werft", antwortete Inrit. „Unser letztes Schiff ist drei Lichtjahre von hier zerstört worden, und seither haben wir uns mit Arbeit zu in einem wohlhabenden System durchgeschlagen."

„Ich weiß nicht, ob ich das Konsortium als wohlhabend bezeichnen würde", sagte Reina mit einer gesunden Portion Skepsis. „Ich habe viele Geschäftsbücher gesehen, die etwas anderes aussagen."

„Es gibt reichlich Wasser, Nahrung, Edelsteine und Edelmetalle. Wenn das Konsortium nicht so viel für seine Weltraumverteidigung ausgeben würde, würde es innerhalb weniger Tage von Piraten, Plünderern und Möchtegern-Königen überrannt", sagte Inrit.

Diese Aussage erinnerte Stoan daran, wie viel Inrit von der Galaxis gesehen hatte und wie wenig er gesehen hatte. Nur wenige Detyens blieben vor ihrer Paarung in einem System, und ihm wurde klar, dass er mehr sehen wollte. Er schaute zu Reina und sah, dass sie ihn beobachtete und dass ein kleines Lächeln auf ihrem Gesicht spielte. Ihre Lippen formten die Worte *„Wir werden gehen"*, aber es kam kein Ton heraus. Er nickte. Tarni war ihr Zuhause, aber ihre Paarung verlangte nach einer Feier und nach Urlaub.

Eine Hochzeitsreise zu den Sternen. Er konnte es kaum erwarten.

Aber sie mussten damit noch ein bisschen warten.

Zwei Stunden vor Mitternacht waren sie startklar. Sie waren nur zu dritt, daher war es wichtig, dass jeder seine Aufgaben erfüllte, und Stoan musste ihnen vollständig vertrauen. Er vertraute Reina seine Seele an, aber er sorgte sich um ihre Sicherheit, sowohl weil sie seine Gefährtin war als auch wegen ihrer begrenzten Erfahrung.

Er wollte Inrit aufgrund ihrer gemeinsamen Vergangenheit vertrauen, aber ihre Geheimnisse beunruhigten ihn. Dies waren nicht die idealen Voraussetzungen für eine Mission, aber noch länger in der Stadt zu bleiben, würde zu viel Aufmerksamkeit auf sie lenken. Besonders jetzt, da Droscus ein Auge auf Reina geworfen hatte.

Aber letztendlich könnten sie das gegen ihn verwenden.

Als einziger Mensch in ihrer Gruppe hatte Reina die exponiertere Rolle. Dies geschah nur gegen den heftigen Widerstand von Stoan, aber selbst er wusste, dass es der richtige Schritt war. Menschen waren die größte Gruppe in der Zitadelle, und wenn sie erwischt wurde, hatte sie die besten Chancen, sich durch Lügen aus der Situation zu befreien.

Außerdem war ihr Zugangsweg zwar riskant, aber auch einfacher, und danach konnte sie die Sicherheitsvorkehrungen leichter umgehen. Er und Inrit mussten in völliger Dunkelheit eine zwanzig Meter hohe Mauer erklimmen und sich an zwanzig gut ausgebildeten Wachen vorbeischleichen. In Reinas Augen war viel Angst zu sehen, als sie die Einzelheiten besprachen. Angst um ihn.

„Bist du bereit?", fragte Inrit auf Detyen.

Sie standen vor der Zitadelle und waren bereit, mit dem Einbruch zu beginnen. So spät in der Nacht war das Gebäude kaum noch zu erkennen. Die Lichter waren aus Sicherheitsgründen ausgeschaltet worden, und alle Wachen waren mit Nachtsichtgeräten ausgestattet.

Detyens brauchte diese Hilfe nicht. Sie sahen in der Dunkelheit so gut wie ein Raubtier.

Stoan schaute auf seine Uhr. Reina hatte fünf Minuten Vorsprung, und er erlaubte es sich nicht, sich auszumalen, was alles schief gehen konnte. Sie würde es sicher schaffen und sich mit ihnen treffen, nachdem sie den ersten möglichen Standort der Box kontrolliert hatte.

Obwohl seine Überwachung nur zwei mögliche Standorte des Ziels ergeben hatte, war Stoan bereit, die minimal gesicherte Etage komplett zu durchsuchen, um es zu finden. Sie brachen mitten in der Nacht in den Verwaltungstrakt ein. Er bezweifelte, dass sie drinnen auf mehr als ein oder zwei Wachen stoßen würden. Der Großteil der Wachen würde sich auf die Gewölbe und Droscus' Quartier konzentrieren.

Die Sekunden verstrichen, und als die Minute um war, nickte Stoan Inrit zu. Sie bewegten sich schweigend und umgingen die erste Sicherheitsmaßnahme, ein Lasergitter, mit vorsichtigen Schritten. Als sie der Zitadelle näher kamen, wurde es immer dunkler. Dies war nicht die natürliche Dunkelheit der Nacht. Nein, für den Rest der Stadt hing der Mond fett am Himmel und die Sterne durchbrachen die tiefschwarze Nacht.

Dies war eine künstliche Dunkelheit, die geschaffen wurde, um unerwünschte Besucher zu verwirren. So nahe an der Mauer würden nicht einmal die modernsten Nachtsichtgeräte funktionieren. Die Dunkelheit schien von der Wand selbst auszugehen, als wäre etwas in sie eingebettet, das jede sichtbare Wellenlänge des Lichts buchstäblich aus dem Himmel saugte. Nicht einmal Stoans gute Sehkraft reichte aus, und er bewegte sich allein mit Instinkt und Tastsinn. Die

Dunkelheit machte die Luft dick, fast zu dick zum Atmen.

Es war nicht real. Er wusste das, aber es fühlte sich so echt an, dass er einen Moment innehalten musste. Inrit sah ihn nicht und stieß gegen ihn.

„Was ist los?", zischte sie, ihr Flüstern war wie ein Schrei in der Dunkelheit.

„Nichts." Stoan setzte sich wieder in Bewegung. Er streckte eine Hand aus und war fast überrascht, dass er nicht gegen die Wand stieß. Er war sich sicher, dass sie bereits dort waren. Aber es dauerte noch zehn Schritte, bis er etwas Festes spürte. Diesmal warnte er Inrit, bevor er anhielt, und sie bleib stehen, ohne mit ihm zusammenzustoßen.

Stoan griff blindlings in seine Tasche und zog einen Störsender heraus. Das Gerät würde auf kurze Distanz alle in die Wand eingelassenen physischen Sensoren für ein paar Minuten unterbrechen, so dass sie genug Zeit hätten, das Hindernis zu überwinden.

Stoan fuhr seine Klauen aus. „Los geht's."

———

Reinas Handflächen schwitzten, aber da sie dünne Lederhandschuhe trug, war das kein großes Problem. Das sagte sie sich immer wieder, aber die Handschuhe fühlten sich klebrig an und erinnerten sie daran, dass sie nervös war, was eine Kettenreaktion auslöste, die noch mehr Schweiß verursachte. Sie schlich am äußeren Rand des Gartens, der an die Zitadelle grenzte, entlang. Dies war der am wenigsten gesicherte Zugang zum Gebäude, da eine Person wirklich dumm sein musste, um es zu versuchen.

Reina hatte es geschafft, auf das Gelände zu gelangen, indem sie eines der Schmuckstücke aus Stoans Trickkiste benutzte, um das Schloss und die Sensoren am Außentor zu deaktivieren. Der Garten erstreckte sich über fast einen Quadratkilometer, und während ein Teil davon mit blühenden Blumen und schönen hohen, dichten Hecken bewachsen war, lichteten sich die Pflanzen, je näher sie dem Gebäude kam, immer mehr, bis es nur noch einen gepflegten Rasen und niedrige Sträucher gab. Auf den letzten zwanzig Metern bis zum Balkon gab es keinerlei Deckung.

Und der Balkon selbst war mit Gewichtssensoren ausgestattet. Sie würden Alarm geben, sobald sie einen Fuß darauf setzte. Das einzig Gute war, dass es keine Wärme- oder Bewegungsmelder gab. Es gab hier zu viele Vögel, Katzen und Stadtratten, um diese Art von Sensoren aktiv zu lassen.

Sie gelangte an den Rand der letzten Hecke und erstarrte. Es waren keine Wachen in Sicht, aber dieser Ort war mit Kameras übersät. Obwohl Reina einen Störsender trug, wusste sie, dass es möglich war, dass sie bereits von einer Kamera erfasst worden war. Aber wenn das stimmte, gab es niemanden, der den Feed überwachte, sonst würden die Wachen bereits auf sie warten.

Ihre Gedanken gingen sechs Monate zurück und sie erinnerte sich an das Geräusch von Fäusten, die auf das Fleisch ihres Bruders schlugen. Sie erinnerte sich an den heißen Atem eines von Droscus angeheuerten Schlägers und an die Angst, die sie getrieben hatte und die sie durch die Straßen von Nina City rennen ließ, bis sie sich hinter einem Verdrängungsfeld verstecken konnte — einem kleinen Gerät, das sie unsichtbar machte, solange sie sich nicht bewegte.

Sie wünschte, es gäbe solche Tarnvorrichtungen für diese Mission. Aber das Konsortium verfügte nicht über diese Technologie, obwohl sie anderswo existierte. Das Beste, was sie erreicht hatten, war eine mechanische Tarnvorrichtung für große Schiffe. Bei lebenden Körpern funktionierte diese Tarnung nicht.

So blieben Reina nur ihre Fähigkeiten, ihr Verstand und ein paar Gegenstände, die Stoan mitgebracht hatte. Sie durfte im Moment nicht an ihren Gefährten denken. Nicht, wenn sie wusste, dass er direkt neben einer Piratin stand und ihr sein Leben anvertrauen musste. Bis zu Lex' Tod waren Piraten eine abstrakte Bedrohung gewesen. Sie wusste, dass sie ein Risiko darstellten. Jeder, der das System verließ, wusste das. Aber sie hätte nie gedacht, dass sie ihren Leuten tatsächlich Schaden zufügen würden.

Lex. Dorsey. War Stoan der Nächste?

Nein. Sie wollte das nicht einmal denken. Solche Gedanken würden sie ablenken und töten. Und sie hatte kaum Zweifel daran, dass Stoan sie rächen und dabei sterben würde. Das wollte sie nicht zulassen. Nicht ihr Gefährte. In diesem einen Fall würde sie der Piratin vertrauen. Sie kannte nicht die ganze Geschichte, warum Inrit sich für dieses Leben entschieden hatte, aber so wie es sich anhörte, hatte Inrit nicht freiwillig mitgemacht.

Reina unterdrückte die Unsicherheiten und Zweifel und zwang sich, sich zu konzentrieren. Sie konnte Stoan nicht helfen, wenn sie sich im Garten versteckte und über alles nachdachte, was schiefgehen *könnte*. Die einzige Möglichkeit, die Stadt zu verlassen, bestand darin, diese Mission zu beenden.

Sie griff nach unten und schaltete die kleinen Roboterringe an ihren Knöcheln ein. Sie musste sich auf die Zunge beißen, als die Anti-Gravitation einsetzte und sie einige Zentimeter über dem Boden schwebte. Normale Schwebeschuhe würden bei den Gewichtssensoren auf der Terrasse nicht funktionieren, da der Schub, der den Träger in der Luft hält, ausreichen würde, um einen Alarme auszulösen.

Aber diese Babys hier waren echte Anti-Gravitationsgeräte, die sich nicht auf herkömmliche landgestützte Technologien stützten. Als Reina gefragt hatte, woher Stoan sie hatte, hatte er nur gegrinst.

Reina kippte ihren Körper nach vorne und überquerte das letzte Stück des Geländes, als sie sich sicher war, dass jetzt keine Wache kommen würde. Sie schaffte es bis zum Innenhof und dann zum Eingang. Es dauerte mehrere Minuten, bis der Zugangscode geknackt war, aber schließlich blinkte das Licht blau und die Tür öffnete sich.

Sie trat über die Schwelle und hielt den Atem an. Das Tastenfeld war mit dem Alarmsystem für den Verwaltungstrakt verbunden. Wenn der Code gültig war, hatte sie einige Minuten Zeit, bevor die Sicherheitskontrolle erneut aktiviert wurde. Das war eine Schwachstelle, aber so war es nun einmal auf Etagen, die von vielen Menschen betreten werden mussten. Tagsüber gingen bestimmt hundert Mitarbeiter, die in den Büros arbeiteten, ein und aus.

Es ertönte kein Alarm. Sie war drin.

Aber nur weil sie drin war, wurde Reina nicht leichtsinnig. Sie blieb im Schatten, senkte den Kopf und ging leise, nachdem sie die Anti-Schwerkraft-Ringe ausgeschaltet hatte. Sie hoffte, dass das Wachpersonal, falls sie von den Überwachungskameras erfasst würde, sie für eine Angestellte halten würde, die etwas vergessen hatte. Sie würden trotzdem kommen, um sie zu kontrollieren, aber sie würden es langsamer und ohne gezogene Blaster tun.

Reina gelangte zum ersten Raum, den Stoan nach seiner Überwachung als Ziel festgelegt hatte. Der Korridor war lang und dunkel, und ihre Schritte hallten laut in ihren Ohren. Aber sie atmete ruhig, auch als sie die Tür testete.

Abgeschlossen.

Anstatt zu versuchen, sie mit Gewalt zu öffnen, ging Reina weiter zum Treffpunkt. Es gab zwei mögliche Standorte für die Box, und Stoan und Inrit sollten sie an dem anderen treffen.

Sie ging schnell den Flur hinunter und eine breite Marmortreppe hinauf, die mit einem dünnen Teppich belegt war, der ihre Schritte kaum dämpfte. Sie erreichte den Treppenabsatz und wollte weiter nach oben gehen, als das Licht der Taschenlampe einer Wache sie kurz blendete.

„Was machst du hier?", bellte er.

Sie konnte ihn hinter dem Licht nicht sehen. Sie hatte nur den Eindruck von enormer Größe und Masse. Er könnte sie in der Luft zerreißen, wenn ihm ihr Aussehen oder ihre Geschichte nicht gefiel. Reinas Handflächen begannen wieder zu schwitzen und ihre Hände zitterten. Die Geschichte, die sie erzählen sollte, löste sich auf wie in einem Säurebad, und sie hatte Angst, sich übergeben zu müssen.

„Ich sagte, was machst du hier?", fragte er erneut.

Reina schluckte und leckte sich über die Lippen; sie musste etwas sagen, sonst würde sie verhaftet werden. Oder erschossen. Sie war sich nicht sicher, was schlimmer war.

Das Licht ging von ihr weg, die Taschenlampe fiel

auf den Boden, während das dumpfe Geräusch einer Faust, die auf Fleisch traf, in ihren Ohren widerhallte. Die Wache fiel mit einem dumpfen Aufprall zu Boden.

„Sie gehört zu mir", sagte Stoan, und Reina konnte wieder aufatmen.

19

KAPITEL NEUNZEHN

Adrenalin schoss durch Stoans Adern, als der Wachmann zu Boden sackte. Er hatte instinktiv gehandelt, als er Reina erstarren sah, und den Wachmann mit einem einzigen Hieb bewusstlos geschlagen. Seine Klauen schmerzten, wollten ihn erledigen, aber mit dem Rest seiner Selbstkontrolle ließ Stoan den Mann am Leben. Ihn zu töten würde genauso viele Schwierigkeiten mit sich bringen, wie ihn am Leben zu lassen, und Stoan wollte nicht noch ein Leben auf dem Gewissen haben, nicht, wenn es sich vermeiden ließ.

Sobald der Wachmann ausgeschaltet war, bewegte sich Reina und schritt zur Tat. Sie fesselten ihn schweigend mit dem dünnen Seil, das Stoan in seiner Tasche versteckt hatte. Es war nur mit einem sehr scharfen

Messer zu durchtrennen, und kein Mensch wäre in der Lage, sich daraus zu befreien.

Sie steckten ihn in einen Schrank und gingen zurück, um Inrit zu suchen. Reinas Hand glitt in seine und drückte ihn. Sie durften nicht sprechen, wenn es nicht unbedingt notwendig war, aber Stoan verstand, was sie wortlos sagte.

Danke, dass du mir das Leben gerettet hast.

Er drückte zurück: *jederzeit.*

Inrit betrachtete die verschränkten Hände, als sie zu ihr zurückkamen, mit sorgfältig neutraler Miene. Stoan hasste es, dass seine Freundin es für nötig hielt, ihre Gefühle vor ihm zu verbergen, aber mit jeder Sekunde, die sie zusammen verbrachten, wurde klarer, dass sie eine dunkle Vergangenheit hatte und nicht bereit war, ihm alles zu offenbaren. Solange sie ihnen jetzt half und seine Gefährtin in Sicherheit war, würde er keinen Druck machen. Sie würden später viel Zeit haben.

Ein einfaches elektrisches Schloss sicherte die Tür zum Büro des Verwalters, in dem Stoan die Box gesehen haben könnte. Er ließ Reinas Hand los und kniete vor der Tür nieder, während die beiden Frauen nach weiteren Wachen Ausschau hielten. Nach ein paar Sekunden blinkte das Licht auf, als sich die Sperre löste.

Stoan öffnete die Tür und ließ beide Frauen zuerst eintreten, bevor er ihnen folgte. Er ließ die Tür hinter ihnen offen. Es war besser, die Aufmerksamkeit einer

Wache zu erregen, als sich in einem schrankgroßen Büro mit nur einem Ausgang einzuschließen.

Unbehagen kribbelte in seinem Nacken. Er betrachtete Reina, nahm ihre Gestalt in sich auf und vergewisserte sich, dass sie es unbeschadet bis hierher geschafft hatte. Es ging ihr gut. Es ging ihm gut. Es ging Inrit gut. Und was noch besser war: Er entdeckte die Box auf dem mittleren Regal der Bücherwand. Reina wollte schon danach greifen, als Inrits Hand hervorschoss und sich um das Handgelenk seiner Denya krallte.

Stoan knurrte und machte einen Schritt nach vorne. *Niemand durfte seiner Gefährtin etwas antun.* Eher würde er die Welt in Stücke reißen, bevor er das zuließe.

Doch kaum hatte sie sie berührt, ließ Reina ihre Hand fallen. „Sensor", flüsterte sie und deutete mit einem Finger unter die Box.

Stoan sah nichts. Reina lehnte sich nahe heran, aber ihr menschliches Sehvermögen war in dem wenigen Licht zu schwach. Sie trat einen Schritt zurück, damit Stoan ihren Platz einnehmen konnte. Er suchte nach Drähten, nach Lasern, nach irgendeinem der vielen Geräte und Tricks, mit denen man ein einfaches, offen herumliegendes Schmuckstück überwachen könnte. Er sah nichts. Es sah nicht einmal so aus, als ob das Regal mit einem Gewichtssensor verkabelt wäre.

Woher wusste Inrit also, dass dort ein Sensor war?

Als es offensichtlich war, dass er nichts sah, schob sie ihn zur Seite, so dass sie die einzige Person war, die

die Box erreichen konnte. Sie griff in den Kragen ihres Oberteils und zog ein dünnes Gerät heraus, das fast wie ein Stift aussah, nur dass es keine Spitze hatte. Mit einer Bewegung ihres Handgelenks schoss eine schlanke Klinge aus dem Zylinder. Sie war zart, grün und so scharf, dass Stoan kaum den Rand erkennen konnte.

Diese Art von Messer wurde nicht bei einem Kampf verwendet. Es war die Waffe eines Attentäters. Oder die eines Piraten.

Inrit machte sich schnell an dem Sensor zu schaffen und schnitt Kabel und Drähte durch, die er nicht erkennen konnte, bis sie in einem ausgefransten Durcheinander an der Kante des Regals hingen. Als sie sich umdrehte, hatte sie die Box in der Hand und ihr Messer war nicht mehr zu sehen. Stoan hatte ihre Bewegungen genau beobachtet und nicht mitbekommen, wie sie es verstaute.

Attentäterin oder Piratin.

„Ich weiß nicht, wie lange es dauern wird, bis das System sich zurücksetzt", sagte sie und schob Stoan die Box zu. „Wir müssen hier weg."

Sie rannten nicht den Flur entlang. Rennen erregte zu viel Aufmerksamkeit, und jeder langsame Schritt ließ das Unbehagen weiter an Stoans Rücken hinaufkriechen. Er konnte es an dem Zucken von Reinas Schultern sehen und an ihrem zu schnellen Atem hören. Inrit wirkte so ruhig wie ein Jogger in einem öffentlichen Park.

Oben an der Treppe mussten sie sich trennen, jeder sollte das Gebäude auf dem Weg verlassen, den er gekommen war. Reina nickte ihm zu und versprach: „Bis bald.“

Doch noch bevor sie die erste Stufe hinuntergehen konnte, packte er sie am Ellbogen, zog sie zu sich heran und küsste sie. Das musste so lange reichen, bis die Mission abgeschlossen war. Als er sich zurückzog, war Reina ein wenig benommen, aber sie grinste. „Das hat fast ein bisschen Spaß gemacht“, flüsterte sie.

Stoan wünschte, er könnte zustimmen. „Wir sehen uns bald“, sagte er. Er drehte sich mit Inrit um, ging den Gang hinunter und vertraute darauf, dass Reina zurechtkommen würde.

Nicht einmal zehn Sekunden später stampften Füße die Treppe hinauf. Inrit fauchte, drückte sich an die Wand und zückte einen Blaster. Stoan erkannte diese Schritte. Er hielt eine Hand hoch und hoffte, dass Inrit nicht schießen würde.

Reina kam angerannt, warf einen Blick zurück und sah ihm in die Augen. „Wachen“, keuchte sie, packte ihn am Arm und zog ihn und Inrit mit sich. „Viele Wachen.“

Mit zwei Schritten überholte Stoan Reina und Inrit bildete automatisch die Nachhut. Sie stiegen eine Treppe am Ende des Flurs hinauf, und Stoan hörte Stiefel auf dem Teppichboden aufstampfen. Viele Stiefel und viele Wachen. Er gab Gas, rannte so schnell er konnte und wusste, dass Reina und Inrit mithalten mussten. Langsamer würde bedeuten, dass sie wären alle erschossen würden.

Sie schafften es bis zum richtigen Stockwerk, und das Fenster, durch das er und Inrit eingedrungen waren, war immer noch da, das Loch im Glas groß genug, dass eine Person vorsichtig hindurchkriechen konnte. Stoan ging voran und wartete auf dem Sims draußen, um Reina beim Hinausklettern zu helfen. Inrit kam als Letzte, und die erste Welle von Blasterschüssen schlugen gegen das Fenster und brachten es zum Vibrieren. Blasterschüsse waren nicht dafür gedacht, durch festes Material zu gehen. Die Fenster und Wände waren Barrieren.

Jedenfalls für den Moment.

Sie befanden sich mehr als zwanzig Meter über dem Boden, und es ging auf beiden Seiten steil bergab. Stoan schaute zu Reina zurück und sah, wie ihr die Farbe aus den Wangen wich. Sie konnte diesen Abstieg nicht schaffen, und sie waren viel zu hoch, als dass sie hätte springen und es überleben können.

„Geh weiter", befahl er in einem Ton, den er sonst nie bei ihr anschlagen würde. Aber es reichte aus, damit sie sich in Bewegung setzte.

Sie stiegen den Vorsprung hinunter und über eine hohe Mauer, die an der Seite des Gebäudes in einem Bogen um die äußeren Gärten lief.

Bei Abstieg waren sie noch ungeschützter, aber es war schneller, abwärts als aufwärts zu klettern. Inrit stolperte und stöhnte, und Stoan überzeugte sich davon, dass es ihr gut ging. Sie nickte kurz, warf sich nieder und begann ohne Aufforderung zu klettern.

Die Wachen hatten es bis zum Fenster geschafft und feuerten, aber keiner von ihnen war bisher mutig genug, hinauszuklettern. Das würde sich bald ändern.

Er reichte Reina die Hand und betete zu jedem Gott, der ihm zuhören wollte, dass sie es heil überstehen würden. „Steig auf meinen Rücken und halte dich fest", sagte er.

Sie wollte schon protestieren, aber ein Blasterschuss zischte so nah an ihr vorbei, dass er ihr Haar versengte, und Reina bewegte sich, ergriff seine Hand und ließ ihn ihr Gewicht tragen. Sie hielt sich fest, griff unter seine Arme und schlang ihre Beine um seine Taille.

„Was auch immer du tust, lass nicht los", sagte er, als er sein Gleichgewicht wieder gefunden hatte.

Reina lachte, ihr Atem strich direkt über sein Ohr. „Niemals."

Stoan ging in die Hocke und fuhr seine Klauen aus. Es tat höllisch weh, sich an die Wand zu hängen und sein eigenes Gewicht zu tragen, ganz zu schweigen von dem seiner Gefährtin, aber er konnte jetzt nicht versagen. Nicht, wenn sie der Freiheit, der Heimat, so nahe waren.

Inrit war schon ganz unten. Sie hatte die Mauer mit katzenhafter Anmut bezwungen. Er tastete sich vor und fand die Löcher, die er bereits hinterlassen hatte, sowie andere natürliche Vertiefungen. Die Mauer war größtenteils glatt, aber nicht vollständig. Ein Mensch könnte sie ohne Ausrüstung nicht bewältigen, aber mit seinen Klauen war es *gerade noch* möglich.

Als er sich nach unten bewegte, bewegte sich Reina ein wenig und stieß einen Fluch aus, als ihre Hand abrutschte. Stoans Herz schlug ihm bis zum Hals, aber er konnte keine Hand von der Mauer nehmen, um sie aufzufangen. Es sei denn, sie würde mit Sicherheit fallen, dann würde er mit ihr fallen oder bei dem Versuch, sie zu retten, sterben.

Aber sie fing sich wieder und ihr Griff wurde so fest, dass die Blutzufuhr zu seinem halben Körper praktisch unterbrochen wurde. Gut, es war besser, wenn sie sich gut festhielt und nicht mehr abrutschte.

„Wir werden angegriffen", hörte er Reina sagen, über das Rauschen des Blutes in seinen Ohren hinweg. Er konnte das Knirschen ihrer Zähne hören und sich die Linie ihres Kiefers vorstellen. Sie waren völlig ungeschützt: Das Einzige, was sie schützte, war die Dunkelheit, die von der Mauer ausging.

Stoan bewegte sich schneller. Er warf keinen Blick nach oben, auch nicht, als der erste Blasterschuss an ihnen vorbeizischte und einen Meter rechts von ihnen auf die Mauer traf. Er spürte, wie Reina ihr Gewicht verlagerte, und er wusste, dass sie sich umsah, um herauszufinden, wie sehr sie in der Klemme saßen.

„Es sind nur zwei", sagte sie und verlagerte ihren

Griff leicht. „Niemand sonst war mutig genug, auf diese furchterregende Mauer zu steigen.“

Ihr Atem drang laut an sein rechtes Ohr, und auch wenn er sie nicht sehen konnte, so konnte er doch ihre Gedanken lesen. „Wir werden es schaffen“, versprach er, obwohl seine Hand abrutschte und er sich nicht richtig festhalten konnte. Stoan spürte, wie sich etwas in seinem Arm verkrampfte, seine Finger kribbelten und der Schmerz schoss vom Ellbogen zur Schulter. Er presste den Kiefer zusammen und behielt es für sich.

Wenn Reina merkte, wie sehr es wehtat, ließ sie es sich nicht anmerken. Es gab nichts, was sie dagegen tun konnte. Sie verlagerte erneut ihr Gewicht. „Wo ist dein Blaster?“, fragte sie.

Stoan riskierte einen Blick nach oben; sie waren fast auf halber Höhe der Mauer. Nur noch ein bisschen weiter. „Geh das Risiko nicht ein“, sagte er. „Nicht fallen.“

„Dafür ist es zu spät, Gefährte“, antwortete sie, und er wollte sie küssen. Trotz der Schmerzen und trotz des feindlichen Feuers war Stoan glücklich. Er bewegte sich weiter, sogar noch schneller als zuvor, und Reina klebte an seinem Rücken, als wären sie eine Person und nicht zwei.

Weitere Schüsse zischten vorbei, mehr Feuer, als zwei Blaster aufbringen konnten. Stoans Klauen brannten unter der Anstrengung, aber er wurde nicht langsamer. Und obwohl er versuchen wollte, auszuweichen, wusste er, dass jede zusätzliche Bewegung Reina in noch größere Gefahr brachte.

Etwas Scharfes traf ihn an der Schulter, während Reina „Stoan!" rief, aber den Rest konnte er wegen des Summens in seinen Ohren nicht hören. Der Griff seiner anderen Hand wurde schwächer, und so sehr er sich auch bemühte, sich festzuhalten, er rutschte ab und sie fielen.

Er versuchte, sich zu drehen, versuchte, seine Gefährtin vor dem heranstürmenden Boden zu schützen, aber der Boden kam auf ihn zu, und alles, was er spürte, war das Knirschen und dann wurde es schwarz.

20
KAPITEL ZWANZIG

Nach dem Schock des Aufpralls schüttelte Reina den Kopf und setzte sich auf. Ihr Kiefer fühlte sich an, als würde er gleich abfallen, und ihre gesamte linke Seite war taub. Taub war gut. Taub bedeutete, dass sie nicht über die seltsame Beule an ihrem Arm nachdenken musste oder warum sie ihn nicht richtig anheben konnte. Taub würde sie lebend hier rausbringen.

Sie beide.

Ihr Herz blieb fast stehen, als sie Stoans regungslose Gestalt neben sich sah. Sie beugte sich über ihn, drückte ihre Hand auf sein Herz und versuchte, seinen Atem zu hören. Er stöhnte, und das schmerzerfüllte Geräusch war die süßeste Musik, die sie je gehört hatte. Sie wollte ihn direkt auf die Lippen küssen, begnügte sich aber mit einem kurzen Kuss auf seine Stirn. Sie waren noch nicht aus dem Schneider.

Sie zog sich zurück und ließ ihm Raum, um aufzustehen oder sich zu bewegen. Reina wollte den Schmerz aus ihm herausziehen und ihn auf sich nehmen. Er hatte ihr gerade das Leben gerettet; er hatte die ganze Arbeit gemacht. Wenn sie nur für ihn bluten könnte, dann würde sie das gerne tun. Aber wenn es einen Zauberspruch oder eine Technologie gab, die das ermöglichte, dann kannte sie sie nicht.

Stattdessen schaute sie sich nach Inrit um, die die Mauer in der Hälfte der Zeit, die sie gebraucht hatten, hinabgestiegen war. Ihre Piratenfreundin war nirgends zu sehen. Einen Moment lang dachte Reina, dass Inrit ohne sie geflohen war und sie ihrem Schicksal überlassen hatte. Als Stoan stöhnte und sich auf die Seite rollte, verflüchtigten sich die Gedanken an Verrat, und eine Minute später war Inrit da und schoss mit ihrem Blaster auf die Wachen, die immer noch oben auf der Mauer waren.

„Komm schon", drängte sie, „ich habe ein Fahrzeug besorgt."

Besorgt. Gestohlen. Reina war das eigentlich egal, solange sie nur aus der Stadt herauskamen. Sie legte Stoans Arm um ihre Schultern und zog ihn nach oben, wobei sie vor Mitgefühl zusammenzuckte, als er aufstöhnte. Ihre Finger streiften über sein zerrissenes Hemd und waren blutverschmiert.

„Stoan ist verletzt“, sagte sie, wahrscheinlich unnötigerweise.

„Mir geht es gut“, murmelte er, taumelte ein wenig und lehnte sich fest an Reinas gute Seite.

„Genau“, sagte sie. „Bleib einfach bei mir, falls ich falle.“ Sie wollte sich nicht mit ihm streiten. Über Hunderte von Kilometern gab es keinen Arzt, bei dem sie hätten anhalten können. Je schneller sie nach Hause kamen, desto schneller konnte er sich erholen.

Die Mauer war von Ziersträuchern gesäumt, und als Reina sie durch die Hecke zog, um Inrits schattenhafter Gestalt zu folgen, wurden sie zwar ziemlich zerkratzt, aber die neuen Wunden waren meist nur oberflächlich. Eher lästig als lebensbedrohlich.

Es sei denn, es ist Gift an den Zweigen, erwiderten ihre wenig hilfreichen Gedanken. Sie schob sie beiseite. Es waren ihre Ängste und Befürchtungen, die das Unmögliche in den Vordergrund brachten und versuchten, sie zum Scheitern zu bringen, sie zum Aufgeben zu bewegen. Und das wollte sie nicht, nicht jetzt, wo sie so nah dran waren. So nah an Zuhause.

Ein dunkles Fahrzeug wartete am Straßenrand, und Inrit öffnete ihnen die Tür. Reina half Stoan beim Einsteigen, kletterte neben ihn auf die Sitzbank und legte ihnen die Sicherheitsgurte an. Weder sie noch Stoan waren in der Verfassung, zu fahren.

Reina sah auf die Uhr, und endlich löste sich der Knoten in ihrer Brust. Sie gab Inrit die Adresse, und sie machten sich auf den Weg, heraus aus dem feindlichen Gebiet.

Als sie den leeren Parkplatz am Rande der Stadt erreichten, sank Reinas Herz. Er war leer, obwohl sie pünktlich waren. Stoan stöhnte neben ihr auf und kam schließlich zu sich, um aus dem Fenster in die dunkle Nacht zu schauen.

„Lichtzeichen", sagte er. Hätte sie nicht erlebt, wie er angeschossen wurde und mit ihr zusammen abgestürzt war, hätte sie anhand seiner Stimme nicht erkannt, dass er verletzt war.

Inrit gab ein Lichtzeichen. Zehn Sekunden später schimmerte es in der Dunkelheit vor ihnen, und ein schlanker Kurzstreckenflieger setzte sich leichtfüßig auf den Boden und wartete auf sie. Reina lehnte sich an Stoan und küsste ihn auf die Wange. Sie waren fast Zuhause.

Aber das Aussteigen aus dem Fahrzeug war fast so schmerzhaft wie das Einsteigen. Stoan murmelte bei jedem Schritt Flüche, aber er konnte auf seinen eigenen Füßen gehen, bis sie von einer Person in Empfang genommen wurden, deren Gesicht mit einer dünnen Maske bedeckt war, die ihr Aussehen verbarg. Der Mann öffnete eine Luke, sie kletterten hinein und er schloss sie schnell hinter ihnen.

Sie hoben mit einem sanften Schub ab und der Jet war unheimlich leise, als sie durch die Luft glitten. Ein Flugzeug mit kurzer Reichweite wie dieses konnte die

Atmosphäre nicht durchbrechen, aber sie würden in wenigen Stunden Zuhause sein. Zurück in Nina City.

Stoan lehnte sich in seinem Sitz zurück, offensichtlich hatte er Schmerzen, die aber nicht schlimmer wurden. Reina kramte nach einem Verbandskasten. Er brauchte zumindest ein Schmerzmittel. Vielleicht etwas Regenerationsgel. Doch während sie noch damit beschäftigt war, etwas zu finden, griff Stoan nach ihren Händen und zog sie zu sich heran.

Automatisch schmiegte sie sich an seine Seite und versuchte, so viel wie möglich von sich an ihn zu pressen. Die Schmerzen in ihrer linken Seite wurden stärker, aber seine Anwesenheit und die Tatsache, dass es ihm gut ging, machten es erträglich.

„Mir geht es gut", beruhigte er sie. Seine Augen waren glühend rot, aber er lächelte.

Reina nickte und schwieg.

Schließlich löste Stoan seinen Blick von Reina und sah Inrit an. „Wolltest du mir irgendwann sagen, dass du eine Piratin bist?", fragte er beiläufig.

Das war direkt genug, um der Detyen-Frau ein Lachen zu entlocken. Ein echtes Lachen, etwas, von dem Reina nicht wusste, dass Inrit dazu in der Lage war. „Ex-Piratin", korrigierte sie. „Und ich bin sicher, dass ich es dir irgendwann erzählt hätte."

Stoan nickte, und die Sache war geklärt zwischen den beiden alten Freunden.

Reina griff nach der Tasche, in die Stoan die gestohlene Box gesteckt hatte, und zog sie heraus. Aus dem Augenwinkel sah sie, wie ihr Gefährte sie anstarrte. Sie drehte ihren Kopf zu ihm. „Willst du nicht wissen, was drin ist?", fragte sie.

Er nickte, nahm den Schlüssel von der Kette um seinen Hals und reichte ihn ihr. „Sei nicht enttäuscht, wenn es nichts Wichtiges ist. Ich habe das Gefühl, dass die Box nicht das eigentliche Ziel der Mission war."

Natürlich war sie das nicht. Warum sollte sich Nina für ein Schmuckstück interessieren? Aber Reina sprach das nicht laut aus. Sie wusste nicht, was Inrit über ihren Chef herausgefunden hatte, und sie hatte nicht vor, etwas streng Geheimes zu verraten.

Sie steckte den Schlüssel in das Schloss und gab die Codesequenz ein, die sie auf der Box, die Stoan von Ohrmand erhalten hatte, gefunden hatten. Die Box klappte auf, und auf einem Bett aus weichem Material lag ein runder, dunkelblauer Stein von der Größe ihrer Faust. Er war mit weißen Punkten und Linien bedeckt und leuchtete von innen, als Reina ihn in der Hand hielt.

Es war hell genug, um Licht und Schatten um sie herum zu werfen.

„Es ist eine Sternenkarte", sagte Inrit. „Nicht für ein System in unserer Nähe. Darf ich es sehen?"

Reina zuckte mit den Schultern, reichte ihn weiter und setzte sich wieder neben Stoan. Sie sah zu, wie Inrit ihn betrachtete und die blendenden Lichter um sie herum analysierte. „Er ist wunderschön“, sagte sie zu Stoan.

Er küsste sie schnell, gerade so viel, dass ihr Herz zu klopfen begann.

Einen Moment später warf Inrit ihn zu ihnen zurück, und Stoan fing ihn auf und legte ihn in die Box zurück. „Er ist schön, aber der Stein ist nichts wert, und ich glaube nicht, dass am Ende der Karte ein Schatz zu finden ist.“

„Darüber brauchen wir uns keine Gedanken zu machen“, sagte er und verstaute die Box wieder sicher in seiner Tasche.

Als er sich wieder zurücklehnte, schmiegte Reina sich an ihn, und lauschte dem gleichmäßigen Klang seines Atems. Das Brummen der Triebwerke reichte aus, um sie in den Schlaf zu wiegen, und ehe sie sich versah, schnarchte sie leicht, während sie zurück nach Nina City flogen, weg von der Gefahr und hin zu ihrer Zukunft.

21

KAPITEL EINUNDZWANZIG

Eine Woche später

Reina hatte gerade den letzten Karton mit ihren Sachen verschlossen, als sie hörte, wie die Haustür geöffnet wurde. Sie lächelte bereits, als sie aus ihrem Zimmer trat, da sie Stoans Anwesenheit spürte, bevor sie ihn sehen konnte.

Er sah gut aus. Wirklich gut. So gut, dass sie sich wünschte, ihr Bett wäre nicht schon ins Lager verfrachtet worden oder ihr Zimmer wäre nicht mit Kisten übersät, die ihr Gewicht nicht tragen konnten. Im natürlichen Nachmittagslicht hatte seine Haut die Farbe des Meeres, und die kurzen Ärmel seines Hemdes enthüllten die schönen, dunklen Clanzeichen, die seinen Arm hinauf und um seinen Hals herum kletterten. Die meisten davon hatte sie bereits mit den Fingern nachgezeichnet, aber sie hatte verdorbene Absichten und wollte sie schmecken.

„Wenn du mich weiter so anschaust, Denya, kommen wir hier nie wieder raus", sagte Stoan, sein Tonfall war ein Versprechen und voll der Leidenschaft, die sie bereits miteinander geteilt hatten.

Alles war neu zwischen ihnen, und gleichzeitig passte es wie ein perfekt gearbeiteter Handschuh. Reina konnte sich nicht erinnern, jemals glücklicher und zufriedener gewesen zu sein. Er war so ernst, dass seine Aufmerksamkeit ihr Herz zum Klopfen brachte, und wenn er verspielt wurde, wusste sie, dass sie etwas Besonderes war. Er gehörte ihr ganz und gar und war jeden Moment für sie bereit. Und das war auch gut so, denn sie konnte ihre Hände nicht von ihm lassen.

Reina durchquerte den Raum mit verführerischen Bewegungen, schwang die Hüften und blieb nur einen Atemzug von ihrem Gefährten entfernt stehen, wobei ihre Brust die seine berührte. „Wozu die Eile?", fragte sie.

Mit einer einzigen fließenden Bewegung nahm er sie in die Arme und küsste sie, raubte ihr den Atem und hielt ihr Herz fest. Als er sie absetzte, wusste sie, dass ihre Wangen knallrot waren, aber es war ihr nicht peinlich. Sie legte ihre Handfläche auf seine Brust und stand einfach nur da, während das Glück sie umgab. „Hat Inrit den Captain gefunden?", fragte sie.

„Sie reisen morgen früh ab", antwortete er.

Obwohl Stoan seine Freundin gebeten hatte, eine Weile zu bleiben, hatte sie deutlich gemacht, dass Tarni nicht der richtige Ort für sie war. Ihre Zusicherung, dass Ninas Territorium weitgehend vor Droscus' Einfluss sicher sei, hatte sie nicht zufrieden gestellt. Stoan hatte sich deshalb mit einem alten Freund und Söldner in Verbindung gesetzt, der immer auf der Suche nach neuen Mitarbeitern war.

„Glaubst du, sie wird jemanden finden?", fragte Reina. Inrit war genauso alt wie Stoan, was bedeutete, dass sie weniger als drei Jahre Zeit hatte, ihren Denya zu finden, bevor sie starb. Reina mochte Zweifel an der Frau gehabt haben, aber sie wünschte ihr nichts Böses, und sie wollte nicht, dass sie starb.

Stoan beugte sich hinunter, bis sich ihre Stirnen berührten, und seine roten Augen schauten abwesend. „Ich glaube, sie ist noch nicht bereit." Sie wollte die Detyen-Männer, die auf Tarni leben, nicht kennen lernen, und Detyen waren immer noch ihre beste Chance, einen Gefährten zu finden.

„Ich dachte, es sei Schicksal", sagte Reina. „Dem Schicksal ist es scheißegal, ob du bereit bist oder nicht."

Stoan zuckte mit den Schultern. „Es ist Schicksal, ich kann es nicht erklären."

Sie lösten sich voneinander und begannen, Kisten auf die vor der Wohnung aufgestellte Palette zu stellen. Reina zog in Stoans Quartier, nachdem klar geworden war, dass sie als frisch verbundenes Paar eigentlich keinen Mitbewohner wollten, schon gar nicht ihren Bruder. Noch besser: Stoans Wohnung lag näher an ihrem Arbeitsplatz und verkürzte ihren morgendlichen Arbeitsweg um die Hälfte.

Stoan war seinen Job los. Nachdem er die Box einer zufriedenen Nina übergeben hatte, stellte er klar, dass er kein Interesse mehr an Spionage-Aufgaben hatte. Reina hatte nicht gewusst, dass er das tun würde. Sie hatte sich mit der Angst und der Gefahr abgefunden, einen Gefährten zu haben, der bei jedem Einsatz sein Leben aufs Spiel setzte. Aber jetzt war er hier und in Sicherheit und gehörte ganz ihr.

„Man hat mich gebeten, der offizielle Anführer der Detyens in Nina City zu werden", sagte er ihr, während sie die letzten Kisten auf die Palette hoben. Stoan tippte die Adresse ein und sah zu, wie sie davon schwebte. Sie würde zu seiner Wohnung schweben und dort auf sie warten.

„Das ist toll!", sagte Reina und warf ihre Arme um ihn. „Du bist der Richtige dafür." Was auch immer es war, Stoan war ein geborener Anführer und seine Leute waren ihm wichtig. Sie brauchte die Einzelheiten der Aufgabe nicht zu kennen, um zu wissen, dass er hervorragend sein würde.

„Es wird eine Menge Arbeit sein", sagte er. „Wir haben uns jahrelang durchgeschlagen. Seit mindestens einem Jahrzehnt hat es keinen richtigen Anführer mehr gegeben. Bestimmt schon, bevor ich hierher gezogen bin."

„Du brauchst die Herausforderung und du willst sie. Das sehe ich." Reina konnte es in seinen Augen erkennen. Sie waren leuchtend rot geworden, als er es ihr erzählte, und glühten weiter vor Vorfreude, etwas Größeres als sich selbst aufzubauen.

Er ergriff ihre Hände und drückte sie fest an sich. „Ich glaube, das stimmt."

Sie küsste ihn. „Gut. Und wie lautete das Urteil über die Sternenkarte?" Reina hatte ihrem Bruder nicht viel darüber erzählt, warum sie verschwunden war. Und sie hatte das Gefühl, wenn sie Ninas Namen aussprach, würde die Kommandantin auftauchen und sie noch einmal zum Dienst verpflichten.

„Es herrscht Einigkeit, dass sie bedeutungslos ist. Aber sie war froh, dass wir sie uns holen konnten, ohne gefangen zu werden. Ich habe das Gefühl, dass das der wahre Zweck der Mission war." Stoan legte einen Arm um ihre Schultern. „Bist du sicher, dass wir keine Zeit haben?", grinste er.

Das Verlangen kochte hoch und Reina zerrte ihn beinahe zurück in den nun leeren Raum. Aber sie musste stark bleiben. „Wir haben dieses Abendessen schon einmal verschoben, und Haylio wird uns für geile Monster halten, wenn wir es noch einmal tun."

„Wir können uns beeilen", versprach er und küsste ihren Nacken.

Ein Lachen kam aus Reinas Mund, und sie ließ sich beinahe von ihm überzeugen. Beinahe. Doch schließlich stieß sie ihn weg. „Du bist noch nicht schnell, wir werden später daran arbeiten. Wenn ich meinem Bruder nicht in die Augen sehen muss."

Er verschränkte seine Finger mit den ihren, und Reina strich mit ihrem Daumen hin und her, wobei ihr Wortschatz an beiläufigen Berührungen jeden Tag wuchs. Sie konnte es kaum erwarten, mit diesem Mann, diesem Außerirdischen, alt zu werden, Kinder mit ihm zu haben und ein Leben und eine blühende Gemeinschaft mit ihm aufzubauen. Er war alles, wovon sie nie zu träumen gewagt hatte, und sie wusste nicht, wie es noch besser werden könnte.

Aber es würde besser werden, denn jeder Tag mit ihm war noch besser als der vorherige. Sie zerrte ihn zur Tür und warf einen Blick zurück in die Wohnung. Sie hatte hier Jahre ihres Lebens verbracht, und ihr Bruder würde sie in gutem Zustand halten.

Es war ja nicht so, dass sie für immer gehen würde. Immerhin hatten sie das gemeinsame Sorgerecht für die Katze. Doch als sie die Tür hinter sich schloss, wusste sie, dass sie in eine neue Phase ihres Lebens eingetreten war, eine, die von Dauer sein würde. Sie hob den Kopf, um ihren Gefährten anzusehen, und gab ihm einen Kuss auf die Wange. „Ich liebe dich", sagte sie.

Seine Hand drückte ihre und er grinste. „Du bist meine Denya."

WEITERE BÜCHER VON KATE RUDOLPH

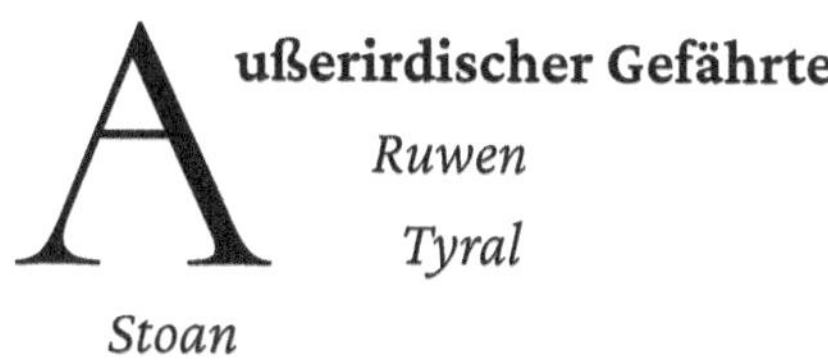

Außerirdischer Gefährte

Ruwen

Tyral

Stoan

Zulir Krieger-Gefährten

Der synnrische Retter

Die Hoffnung der Synnr

Der Löwe und die Diebin

Der Raubüberfall

Der Fluch

Die Quelle der Macht

Der Löwe und die Diebin Die vollständige Serie

ÜBER KATE RUDOLPH

Kate Rudolph ist eine Science-Fiction-Romanceautorin, die in Indiana lebt. Sie liebt es, über knallharte Heldinnen und die sexy Helden zu schreiben, die sie lieben. Sie verschlingt Liebesromane, seit sie zu jung war, um sie zu lesen, und ihre Bücher verstecken musste, damit niemand sie ihr wegnahm. Sie könnte sich keinen besseren Job auf dieser Welt vorstellen, als Liebesromane zu schreiben und sie mit ihren Mitlesern zu teilen.

Wenn Ihnen diese Geschichte gefallen hat, hinterlassen Sie bitte eine Bewertung.